中公文庫

そこに無い家に呼ばれる

三津田信三

中央公論新社

目次

そこに無い家に呼ばれる

序章

一

「ところで先生、『幽霊《ゆうれい》屋敷』と言った場合、『幽霊の出る家』という意味になりますよね。そうではなくて、『家そのものが幽霊』である文字通りの――と表現するのも変ですが、そんな『幽霊屋敷』はご存じでしょうか」

河漢社《かかんしゃ》の編集者である三間坂秋蔵《みまさかしゅうぞう》から、徐《おもむろ》にそう訊《き》かれたとき、またしても来たか――という気持ちに僕はなった。

これまでに『どこの家にも怖いものはいる』と『わざと忌《い》み家《や》を建てて棲《す》む』（共に中央公論新社／中公文庫）をお読みの方には説明が不要だろうが、本書がはじめての人もいると思うので、簡単に彼との関係を記しておきたい。

三間坂秋蔵は中学生のとき、僕のデビュー作『ホラー作家の棲む家』（文庫版で『忌館《いかん》』と改題／講談社文庫）を読んで以来の拙作《せっさく》の愛読者である。やがて大学を卒業《そつぎょう》した彼は、文芸とは極《きわ》めて異質な某《ぼう》分野が専門の河漢社に入社して編集者となる。これだけなら同じ出版業界とはいえ、僕と彼が出会うことは万に一つもなかっただろう。

しかし三間坂からもらった一通の手紙が切っ掛けとなり、実際に顔を合わせたのみならず、いつしか〈頭三会《とうさんかい》〉という飲み会または怪談《かいだん》会を二人で持つようになり、こうして数ヵ月に一度の割合で、新宿の割烹《かっぽう》や横浜のビアバーで談笑するようになったのだから、本当に縁とは不思議なものである。

もっとも彼との関係が続いたのは、相手が拙作の長年に亘《わた》る愛読者であるだけでなく、無類の怪談好きだったせいも大きい。それに加えて彼の実家にある蔵《くら》が、怪異譚《かいいたん》に纏《まつ》わる文献《ぶんけん》や資料の宝庫だったことも無視できない。

そのお陰で僕も彼も度々《たびたび》、何とも恐ろしい目に遭《あ》う羽目《はめ》になってしまう。それらの顚末《てんまつ》は先の二冊に記してあるので、まだお読みでない方は、できれば目を通して欲しい。とはいえ前著の内容をまったく知らなくても、本書を読む妨《さまた》げには少しもならない。それぞれが独立した話なので、どれから手に取っても問題はない――と書き掛けて、今はそうでもないことを知っている僕は躊躇《ためら》った。

個々の話を理解するうえで、他の本が必要になることは本当にない。ただ二人が『どこの家にも怖いものはいる』の五つの体験談を知り、次いで『わざと忌み家を建てて棲む』の四つの記録に関わり、そして今回『そこに無い家に呼ばれる』の三つの奇《き》っ怪《かい》な出来事に、またしても懲《こ》りずに首を突《つ》っ込んで……という全体の流れを俯瞰《ふかん》した場合、そこに薄気味《うすきみ》の悪い「ある現象」が存在することに、実は三間坂がそのうち気づくのである。

しかしながら、それはもう少しあとの話になる。よってここでは触れない。

冒頭《ぼうとう》に記した三間坂の問い掛けがあったのは、某沿線の某駅から十分ほど歩いた某蕎麦《そば》屋の、間仕切り板で仕切られた半個室である。そこは蕎麦屋には珍《めずら》しくビールの種類が豊富で、かつ酒の肴《さかな》が美味《おい》しいと評判の店だった。

「たまには別の場所で、頭三会をやりませんか」

三間坂の誘《さそ》いのメールにあった駅名が、僕の家からそれほど遠くなかったため、すぐに承《しょう》諾《だく》した。作家になって通勤がなくなり十数年も経《た》つと、すっかり電車に乗るのが苦手になった。そのため新宿の割烹も、次第に足が遠退《とおの》いていた。そんな僕のために、彼が新しい店を探してくれたのだから有り難い。

二人が好きな鰭酒《ひれざけ》が飲めることも、この店を選んだ理由らしい。ただし晩秋から初冬に掛けての時季だったので、まだ鰭酒には少し早かった。そこで二人ともビールにした。

この年は六月に『どこの家にも怖いものはいる』の文庫版、七月に『わざと忌み家を建てて棲む』、九月に『忌物堂鬼談《いぶつどうきだん》』（講談社ノベルス）を刊行して、某蕎麦屋で頭三会を開いたときは、十二月に予定している『魔邸《まてい》』（角川書店）の再校ゲラの著者校正をしつつ、刀城言耶《とうじょうげんや》シリーズの新作『碆霊《はえだま》の如《ごと》き祀《まつ》るもの』（原書房）を執筆している最中で、それなりに忙《いそが》しくしていた。

にも拘《かかわ》らず彼の誘いを受けたのは、頭三会が何よりの息抜きになったからである。実際は新たな怪異に巻き込まれる前兆《ぜんちょう》となり、そして鎮《しず》まっていたかもしれない得体《えたい》の知れぬものを、わざわざ呼び起こす愚を犯すことになるわけだが……。

話を元に戻そう。

三間坂の問い掛けを受けて、僕は応《こた》えた。

「本来の意味は『幽霊の出る家』だけど、『家そのものが幽霊』とも捉《とら》えられる『幽霊屋敷』という表現は、『幽霊船』にも当て嵌《は》まりそうだな」

「と言われますと？」

「海上を航行していると、濃い霧《きり》の中から一隻の船が現れる。だが外観は朽《く》ちており、どうやら廃船らしい。それでも乗組員の安否《あんぴ》を気遣って、その船に乗り込んだところ、実は幽霊船で怪異に襲《おそ》われる……というのが、この手の話の典型だろう」

「そうですね」

「もっとも体験者たちには自分の船があるので、いざとなれば逃《に》げ帰ることができる。でも映画『ゴースト　血のシャワー』のように——ビデオタイトルは『デス・シップ』だけど——自分たちが遭難《そうなん》している場合は違う。やれ助かった……と喜んだのは間違いで、そこから漂流《ひょうりゅう》するよりも恐ろしい体験をする羽目になる。しかも周りは海のため、何処《どこ》にも逃げ場がない。この絶望感は体験したくないなぁ」

「あっ、そうか」

　さすがに三間坂は察しが良く、僕が言わんとしていることが分かったらしい。

「あの映画の場合、主人公たちが乗り込んだのは、廃船と呼べる代物《しろもの》でした。でも、あの船そのものが幽霊だった……と解釈《かいしゃく》することも、充分にできるわけですね」

「うん。ただ印象としてあの作品の場合は、亡霊《ぼうれい》たちが廃船を操《あやつ》っていた感じが強いから、船そのものが幽霊という例なら、むしろ『エル・ゾンビⅢ　死霊船大虐殺《しりょうせんだいぎゃくさつ》』を挙《あ》げるべきかもしれない」

「それは観《み》ていません」

テンプル騎士団の盲目《もうもく》ゾンビを扱った第一作「エル・ゾンビ　死霊騎士団の誕生《たんじょう》」（ＶＨＳのタイトルは「エルゾンビ　落武者《おちむしゃ》のえじき」である）を皮切りに、しばらく僕はシリーズの説明を続けたあとで、

「幽霊の出る家と船と、家と船そのものが幽霊――という関係には一見、二律背反性《にりつはいはん》があるように思えるけど、実際は違うよね。仮にこの二つの状態が同時に存在していたとしても、別に何の問題もないというか、そもそも区別をつける必要があるのかどうか」

「仰《おっしゃ》る通りなんですが……」

「それに『家そのものが幽霊』という話をするのであれば、その前に『幽霊とは何か』を明らかにしないと、恐らく先には進めないと思う」

「先生と私の間柄で、今更そこを議論しますか」

彼は呆《あき》れたようだが、僕は構わずに、

「その実在の是非《ぜひ》は措《お》いておくとして、幽霊を敢《あ》えて説明するとすれば、『人間の身体《からだ》から抜け出た霊魂《れいこん》のようなもの』という表現が、最も分かり易《やす》いのかもしれない」

「死んだ人間の――と言った方が、より正確ではありませんか」

「僕も最初はそう思ったけど、生霊《いきりょう》もあるからな」

「あっ、そうでした」

呆れながらも躊躇《ためら》いなく話に乗ってくるのは、やっぱり三間坂秋蔵である。

店内にいる他の客に聞かれたら、よい大人《おとな》が何の話をしているのだと呆れられそうな会話だ

ったが、幸い半個室のため、ほとんど隣の声は響《ひび》かない。密談や怪談をするのに、これほど打ってつけの席はないだろう。

「けど先生、動物が霊的な存在として出てくる話も、昔からありますよね」

「そうなると『生物の身体から抜け出た霊魂のようなもの』と、改める必要があるか。ここで言う『霊魂』とは何か、なんて言い出すと、少しも先に進まないので――」

「はい、止めましょう」

まさに「つうと言えばかあ」とばかりの反応があるのも、いかにも彼らしい。

「それに先生は、『霊魂』と言い切らずに、わざわざ『のようなもの』と暈《ぼか》されています」

「実在の是非は措いておく――なんて断《こと》わりながら、霊魂を肯定するのも変だからな」

「今ここでの話の場合、そこまで固く考えなくても、とは思いますが……」

思わず苦笑いをした僕に、三間坂は共犯者めいた笑みを返しつつ、

「そうなると生物ではない家屋の幽霊は、やはり有り得ないことになりますか」

「山川草木悉皆成仏《さんせんそうもくしっかいじょうぶつ》という言葉がある」

「えーっと、この世のあらゆるものは成仏できる――という意味ですよね」

「つまり命があるってわけだ」

「あっ、付喪神《つくもがみ》も似た考えではありませんか」

「室町時代に描かれた『付喪神絵巻』では、百年が経った器物には精霊が宿り、これが変化《へんげ》するとされている。今では妖怪《ようかい》と見做《みな》されているようだけど、長い歳月を経た結果、それに変化が起こるという俗信《ぞくしん》は、猫又《ねこまた》に通じるものがある」

「一番の違いは、元は生命のない器物が、霊魂を得る点でしょうか」

「にも拘らずそのとたん、器物が化物になってしまうのは、何とも皮肉《ひにく》だな」

「それって『早く人間になりたい』と叫んでいた、あの『妖怪人間ベム』のテーマに、何処かで通じてるような気がします」

テレビアニメ「妖怪人間ベム」（一九六八～六九）を、もちろん彼はリアルタイムで視聴してはいない。その後の再放送で観たわけでもなく、すべてＤＶＤレンタルで鑑賞《かんしょう》したらしい。

「でも、そうなると――」

三間坂は小首を傾《かし》げながら、

「無生物の幽霊が存在するとすれば、西洋より東洋の方が、その可能性があるってことになりませんか」

「草木国土《そうもくこくど》悉皆成仏などという思想は、恐らく西洋にはないだろうからな」

「あれ、さっきと少し違いませんか」

「こっちは『涅槃経《ねはんぎょう》』で説かれてる教えだけど、基本の意味は同じだよ」

「そうなると益々――」

と結論を急ぐ彼に、僕は微《かす》かに首を振りつつ、

「ところが、そうでもない。むしろ西洋の方に、例は非常に少ないけれど、無生物の幽霊話がありそうなんだ」

「ええっ、意外です」

三間坂は素直《すなお》に驚いたようだが、

「幽霊と言えば、イギリスが本場のようなものだけど、彼の国だけあって、馬車やバスやタクシーも化けて出る」

　僕が乗物の名前を挙げはじめると、さらに目を丸くした。

「ヘンリー八世の二番目の妃であるアン・ブーリンは、斬首《ざんしゅ》されたあと、ノーフォーク州にある彼女の実家に、首のない馭者《ぎょしゃ》が駆《か》る馬車でやって来る。また幼少の頃に過ごしたケント州のヒーヴァー城には、首のない六頭の馬に引かれた、黒い葬儀《そうぎ》用の馬車で現れる。そういう怪談が伝わっている」

「本人が首を斬《き》られたので、馬も首がないのでしょうか」

「そうだとしたら律儀というか、健気《けなげ》と表現すべきか……。もっともグリニッジには、死んだ金持ちの幽霊が、やはり首のない四頭立ての馬車に乗って出るというから、あまり関係ないのかもしれない」

「首のない馬イコール幽霊の証《あかし》というわけですね」

「律儀や健気とは意味が違うけど、実直というか正確ともいうべき幽霊駅伝馬車が、ロンドンのエンフィールドには現れる。暗がりから急に走ってきて、目撃者《もくげきしゃ》が『あっ、轢《ひ》かれる！』と思った瞬間、目の前で消えるらしい。この幽霊馬車が特徴的なのは、路面より一メートル以上も宙《ちゅう》を走る点にある」

「浮かんでる？」

「昔この辺りは排水が悪かったので、大水から逃れるために、路面が現在よりも高かった。その当時、事故った馬車が道路から飛び出して、リー川に転落した。だから幽霊馬車は昔の路面の高さを、今も走っているということらしい」

「確かに筋は通ってますが……」

　どう反応すべきか、彼も困《こま》ったようである。

「こういう例は、別に珍しくない。ヘンリー八世の先妻《せんさい》となるキャサリン・オブ・アラゴンの幽霊は、キルボルトン城に出没《しゅつぼつ》すると言われているが、なんと上半身は二階に、ドレスの裾《すそ》は一階の天井《てんじょう》から垂《た》れた状態で出るそうだ」

「それは彼女の死後、城を改修したからですか」

「二階の床が、ちょうど大人の腰の辺りまで、当時よりも高くなっている。イギリスには築何百年という建物がざらにあるけど、外観はともかく内部は、それなりに改修工事を行なっている場合が多い。そうしないと住めないからね」

「だから幽霊は、当時のままの状態で出る……というのは、よくよく考えると信憑性《しんぴょうせい》があるのかもしれません」

　一応は納得した口調だったが、すぐさま彼は、

「その前の幽霊駅伝馬車の話ですが、アン・ブーリンのように、人間の幽霊は乗っていないのでしょうか」

「馬車と一緒に川に落ちて、死んだと思《おぼ》しき二人の貴婦人の姿が、どうやら見えるらしい」

「そうなると――」

　三間坂は鹿爪《しかつめ》らしい顔をして、

「確かに馬車そのものが、それらのお話では幽霊と言えそうです。けど、その幽霊馬車が出る

大きな要因は、アン・ブーリンや二人の貴婦人の方に、つまりは人間の幽霊に、結局はあることになりませんか」

もっともな不満を漏《も》らした。

「そうだな。彼女たちの亡霊があってこその、馬車の幽霊と言えるか。そういう意味では幽霊船も、乗組員たちの幽霊がいてこそになりそうだな」

「人間の霊が関わっていない、純粋《じゅんすい》に無生物だけの幽霊はないのですか」

「一九三四年六月のケンジントンで、車を運転中の若者が突然、道を逸《そ》れて街灯《がいとう》に追突した。車は炎上して彼は死んだが、なぜ急に曲がったのか、それが謎《なぞ》だった。ところが死因審問で、幽霊バスの目撃談が、複数の証人の口から出ることになった。つまり若者は、前方から走ってくる幽霊バスを避《さ》けようとして、事故を起こしたというわけだ」

「刀城言耶に解《と》かせたい、そんな謎ですね」

拙作でシリーズ探偵を務める人物の名を、彼は口にした。

「あとロンドンに限っても、幽霊タクシーの目撃談は多くある。ウェストミンスター橋には、お化けボートも出るしな。また某教会の鐘は、牧師が亡くなる前に、必ず独《ひと》りでに鳴って知らせるという。鐘といえばニューゲート監獄《かんごく》の取り壊しがはじまる直前、誰《だれ》もいない死刑囚監《しけいしゅうかん》房《ぼう》の鐘が、やはり独りでに鳴ったらしい。そして監獄といえば、ロラーズ監獄には幽霊ドアがある。このドアは簡単に開くこともあれば、勝手に鍵《かぎ》が掛かってしまう場合もあって、ここを通れるかどうかは、そのときにならないと分からない」

そこまで話してから僕は、彼に突っ込まれる前に、

「とはいえ、これらのバスやタクシーやボート、また鐘やドアに、まったく人間の幽霊が絡《から》んでいなかったのかといえば、正直よく分からない」

「どの怪談にも、むしろ関係していると見做すべきでしょうか」

「そうなるかな。幽霊話が特にないのに……という例では、ハイド・パークの『黒んぼサリーの木』と呼ばれた楡《にれ》があった。『黒んぼ』は差別表現だけど、ここでは許してもらおう」

「過去形なのは、もうないから？」

「楡立枯《たちがれ》病という樹木に発生する感染症で、枯死《こし》してしまった。そうなる前に、この老木はホームレスたちの間では、ちょっと有名だった。『あの楡には、何か邪悪《じゃあく》なものが棲みついてる』と噂《うわさ》され、誰もが恐れていた。しかしサリーは違った。皆の忠告を聞かずに、老木の瘤《こぶ》だらけの枝の下で眠ることにした。すると翌朝、彼女は死体で見つかった」

「その楡に取り憑《つ》いてたのは、幽霊というより魔物のような存在っぽいですね」

「またグリーン・パークにも、かなり悪名の高い木がある。公園の管理人たちは、それを『死の木』と呼んでいる。なぜなら首吊《くびつ》りが、あとを絶たないから……。他にも自殺するには手頃な樹木があるのに、いつも死の木が選ばれるという。この木には鳥たちも、決して近づかない。ただし木の側《そば》では、くつくつ……という微かな笑いが聞こえたり、無気味な人影《ひとかげ》が目撃されたりもしているから、最初に死の木で首を括《くく》った者の幽霊が、ひょっとすると憑いてるのかもしれない」

「どうしても人間が、怪異に絡んできそうですね。それに植物の場合、生命があるとまでは言えませんが、生物区分の一つではあります」

「とにかく生物ではない、そういう例か……」

三間坂の厳しい意見を受けて、僕は途方に暮《く》れそうになったが、

「あっ、一つ思い出した」

その瞬間、ぱっと脳裏《のうり》にある幽霊話が浮かんだのは、長年に亘って古今東西《ここんとうざい》の怪談に親しんできたお陰だろうか。

「ロンドンのコヴェント・ガーデンにある〈ジョン・スノウ〉というパブには、無生物の幽霊が出るんだ」

「人間の幽霊は抜きにして、ですか」

かなり警戒《けいかい》するような、そんな口調である。

「このパブは一八七〇年代に創業したけど、元の名前は〈ニューカッスル・アポン・タイム〉だった。それが一九五五年に、疫学《えきがく》の祖《そ》であるジョン・スノウ医師の業績を記念して、彼の名を冠《かん》することになる。この医師が有名だったのは、ヴィクトリア女王の出産にクロロフォルムを使用して、見事に無痛分娩を成功させた功績に由《よ》るところも大きい。いずれにしろ名前を使用するだけでなく、パブの二階には医師のコーナーまで設けられているため、その業績がいかに評価されたかが分かる」

「これが他のパブなら、店内に彼の幽霊が出て……という話になりそうですが、もちろん違いますよね」

僕は軽く頷《うなず》いてから、

「一八三〇年代に、ロンドンではコレラが猛威《もうい》を振るった。でも当時は空気感染が原因と考え

られていたため、何ら効果的な対策が取れなかった。そして一八五〇年代、またしてもコレラが大流行してしまう。このときジョン・スノウは、ロンドンの何処でコレラが発症しているのか、その地域を詳しく調べた。その結果、ブロード通りのポンプを使って、井戸から水を汲《く》み上げていた住人の感染率が、最も高いことを突き止めた。この事実から彼は、コレラは空気感染ではなく経口《けいこう》感染ではないか、その菌《きん》に汚染された井戸の水に因って、実は広まっているのではなかろうか――と考えた。そこで当局にポンプのハンドルを外させたところ、目に見えてコレラの発症率が下がった」

「原因を突き止める過程が、まさにミステリのようです」

「人間にしてみれば、万々歳《ばんばんざい》だったわけだ」

「えっ、まさか……」

　何とも言えない表情をした三間坂に、僕は悪戯《いたずら》っ子《こ》のような笑みを浮かべながら、

「そのまさかで、この場所に一八七〇年代になってパブができると、問題のポンプの幽霊が出るようになったらしい」

「ポンプにしてみれば、腕を捥《も》ぎ取られた格好になったため、その無念さから……ということでしょうか」

　そう解釈しながらも、彼の反応は半信半疑ではなく「一信九疑」くらいである。

「ロンドンっ子たちも同じように、まぁ考えたようだ。もっとも店内に、どんな風にポンプが出没するのか、あまり詳しくは分かっていない。だから酔《よ》っ払《ぱら》いの戯言《たわごと》と、これは捉えることもできる。ただし怪談の歴史的背景が、やはりイギリスだけあって、しっかりし過ぎてるから、

そう簡単には笑って済ませられない」

「怪談は好きだけど、人間の幽霊を見るのはご免だ——という人には、このパブは打ってつけってことですか」

「いや、コレラ発生から百年を記念して、かつて井戸があった位置に印をつけ、パブから道路を挟《はさ》んだ向かいの歩道に、ハンドルのあるポンプのレプリカを設置したら、ポンプの幽霊は出なくなったという」

「成仏したんですかね」

「ところが、酔っ払いが水を汲み上げて、辺りに撒き散らす被害が続いたので——」

「えっ、実際に水が汲めるんですか」

彼には珍しく、こちらの話を遮《さえぎ》ってまで驚いている。

「うん。でも放っておけないので、またしてもポンプのハンドルは外されてしまった」

「なんか話を聞いてるうちに、そのポンプが可哀想になってきました」

「とはいえ実際のポンプは、このレプリカのお陰で成仏したみたいだから、まぁ良かったと言えるんじゃないか」

彼は真面目《まじめ》な顔で同意したあと、

「それに無生物の幽霊も存在すると、一応は分かりましたからね」

あまり満足していなさそうな口調で、そう言った。

二

僕がビールからワインに切り替えると、三間坂は酒の肴の追加注文をしてから、

「小説や映画では、どうでしょう？」

さらに「家そのものが幽霊」という元の話を進めた。

ここまで拘《こだわ》るからには、案の定お馴染みの理由があるに違いない。そう察しはついたものの、僕はあくまでも素知らぬ振りをして、

「でも、あるんですね」

「小説の作例も、かなり少なかったと思う。しかも短篇《たんぺん》ばかりになる」

彼の口調には、少なからぬ期待が籠《こも》っている。それに応えられるかどうか、やや不安を覚えながらも、とにかく僕は続けた。

「すぐに思い出したのは、イーリア・ウィルキンソン・ピーティー『なかった家』だな」

「タイトルが、まさにそうじゃないですか」

「フローラは十七歳で、バートの小さな家に嫁入《よめい》りをする。彼は三年前に、ここの平原に農場を拓いた。その頃から彼女との結婚を、ずっと彼は夢見ていた。そして二人の生活がはじまった。けど彼が働いている間、まだ若い彼女は独りで家を守ることに、少し退屈しはじめる。やがて玉蜀黍《とうもろこし》の収穫《しゅうかく》時期となり、その全部が刈《か》り取られたあと、フローラは遠くに一軒の小さな家を目にする。ただ、そこが自分たちの家から本当に遠いのか、実はもっと近いのか、よく

よく見ても分からない。でも、その家が最も近い隣人であることは、どうやら間違いなさそうだった。そこで夫に、『あの家には、どんな人が住んでるの?』と尋《たず》ねた。なのに彼は話をはぐらかすばかりで、ちゃんと答えてくれない。けど彼女も引き下がらなかった。なおも強く訊き続けていると、そのうち夫が妙なことを言い出した」

　この話に三間坂は、完全に食いついている様子である。

「フローラの嫁入りを、首を長くして待っていたとき、バートは人恋しさのあまり、あの家を訪ねたという。ところが、そこには家などなかった。自分の農場から、確かに小さな家が見えていたのに、その場に行っても何もない。ただの草地があるばかりで……。知人に尋ねたところ、昔そこには家が建っていて、夫婦と赤ん坊の三人が住んでいた。その奥さんが臆病者《おくびょうもの》で、平原の物淋《ものさび》しい雰囲気《ふんいき》に、次第に耐えられなくなってきた。一種のノイローゼだな。すっかり可怪《おか》しくなって、夫と赤ん坊を殺して、彼女も自殺してしまった。それから二週間後、無人のはずの家から火が出て、完全に焼け落ちた。だから家など、あそこにはない。そうバートは、フローラに言って聞かせた」

「本当に、家の幽霊の話ですね」

「エイミアス・ノースコート『ブリケット窪地《くぼち》』も、似たような怪談になる」

　すでに身を乗り出し気味の彼に、僕はわざと淡々とした調子で、

「アリスとマギーの姉妹は、牧師として激務続きの父親の骨休めのために、田舎《いなか》の寓居《ぐうきょ》で暮らすことになる。姉のアリスは物思いに沈《しず》むタイプで、妹のマギーは社交性があった。ある日のこと二人が散歩の帰りに、道が二股《ふたまた》に分かれた地点に差し掛かったとき、アリスがブリケット

窪地へ下りていく右手を指差して、『今まで気づかなかったけど、あそこに家があるわ』と言った。しかしマギーには、家など一向に見えない。ただ妹は近眼で、辺りも暗くなり掛けている。そこで明日にでも、二人で行ってみることにした。ところが夜になって、マギーが階段から落ちてしまう。足首を捻挫《ねんざ》した彼女は、しばらく外出ができなくなる」

「お約束のような展開とはいえ、やっぱりそそりますね」

「結局アリスは独りで、その家へと向かった。そして帰宅するとマギーに、自分が目にした家の外観や住人である老夫婦について、それはもう興奮して報告した。このとき妹は、とても変に思った。姉は自分とは違って、非常に慎重《しんちょう》な性格である。はじめて目にした夫婦に、そこまで親しみを覚えるのは可怪しい。第一この父の骨休みに労を取って下さったロバーツ師は、そんな家のことなど一言も口にしなかった。それほど好人物の夫婦が近くに住んでいるのなら、きっと事前に教えてくれたはずだ。マギーの心配を他所《よそ》に、アリスはその家を訪れては、老婦人と立ち話をしているらしい。そしてある日ついに、アリスは老婦人に招かれたので、明日その家に遊びにいく約束をしたと、マギーに言うのだが……」

「それで？」

両の瞳《ひとみ》を輝《かがや》かせている三間坂には悪いが、そこで僕は紹介《しょうかい》を止めると、

「先の『なかった家』と比べても、こっちは傑作《けっさく》なので、あとは実物を読んで欲しい」

「分かりました」

同好の士だけあって、こういうときの彼は聞き分けが良い。

「でも、一つだけ教えて下さい」

「問題の家の因縁というか、正体みたいなものか」

「はい」

「はっきり言うと興醒《きょうざ》めだから暈《ぼか》すけど、基本は『なかった家』と同じだな」

「そうなんですか」

　明らかにがっかりした様子だったので、僕は急いで付け加えた。

「とはいえ本作の方が、遥《はる》かに無気味で出来が良い。『怪異十三』に採《と》ろうかと、実は考えてるところなんだ」

『怪異十三』とは、このときの頭三会から約九ヵ月後に、原書房から刊行した怪奇《かいき》小説のアンソロジーである。何年も前に依頼された企画《きかく》だったが、収録する十三作――海外と国内を合わせた作品数――の選定基準を難しくしたために時間が掛かり、なかなか進められないでいた。

　この企画については、もちろん三間坂にも話してあった。彼の意見を聞いたこともある。ただし「ブリケット窪地」の収録は見送った。その訳を書いていると長くなるので割愛するが、別に大した理由ではない。

「それでしたら、ぜひ読んでみます」

　三間坂は好奇心《こうきしん》を示したが、両作とも「元々は家があった」という真相に、どうやら不満を覚えているらしい。

「君が望む作例として、アーサー・マッケン『コーニー・コート七番地B』が、辛《かろ》うじて当て嵌まるかもしれない」

「どんな話ですか」

「コーニー・コートという建物の管理人が、一通の封書を受け取る。その中には二十ポンドの小切手と、『コーニー・コート七番地Ｂにある小生の部屋の今期分の家賃《やちん》として』と書かれたメモ程度の手紙が入っていた。署名はあったが、住所も日付もない。関連の名簿《めいぼ》で調べてみたが、そんな名前の人物など見当たらない。それ以前にコーニー・コートには、そもそも七番地Ｂは存在していなかった」

「家ではなく、部屋の幽霊ですね」

「正確に言うと七番地Ｂは部屋を指すのではなく、建物の入口を意味する。だけどややこしいので、ここでは部屋としておこう」

「分かりました」

「それからも同じ時期になると、紋切《もんき》り型の手紙と小切手が届くようになる。やがて手紙の内容に変化が現れるのだが、それは読んだときのお楽しみにしておこう」

「例の問題は、どうなってます？」

　彼が期待半ばの顔をしているのは、本作で扱っているのが家屋ではなく、建物内の部屋だったからだろう。

「その判断が、ちょっと難しい。基本的には『なかった家』と『ブリケット窪地』に似ているけど、まったく同じでもないんだ」

「元々そこには部屋があった。でも何らかの理由で塞《ふさ》いでしまった。それが七番地Ｂだった。というわけではないのですね」

「うん、違う。その真相よりは、もっと不条理さが強いと思う。ただ、どうやら君が望んでいるような、その場所には元から何もなかったはずなのに、なぜか家が建っている……という例からは、やっぱり少し外れるのかもしれない」

「さすが先生です。私が何を期待してるのか、ちゃんと分かってらっしゃる」

「ここまでの流れから考えても、それは自明だろ」

照れたように笑う三間坂の整った顔を眺めながら、文芸専門の出版社の編集者として女性作家を担当すれば、きっと人気が出るに違いないという不穏《ふおん》な考えが、ふっと脳裏に浮かんだ。

「先生、何か良からぬ想像をしてませんか」

的確な指摘にどきっとしながらも、僕は顔に出すことなく、

「有名な作品を忘れていた。はじめから存在していない部屋が、なぜか急に現れて……という話なら、M・R・ジェイムズ『十三号室』があった」

「大好きなジェイムズを失念するなんて、先生らしくありませんね」

「まさに灯台下暗《とうだいもとくら》しだな」

分かり切ったつもりになっている物事ほど、つい見過ごし勝ちになるものである。

「でも、あの短篇も部屋が対象だった」

さらに僕は頭を絞りつつ、

「一番近いのは、バーナード・ケイプス『消えた家』かもしれない。厳寒の真冬に風が雪煙を主人公たちに吹きつけたあと、忽然《こつぜん》と一軒の家が眼前に現れるんだけど、とある騒動のあと消えてしまう」

「その家の正体は、もちろん分からない？」

期待の籠った眼差《まなざ》しを向けられ、僕はちょっと困りながら、

「はっきりと書かれていないけど、主人公たちが遭遇したのは、魔物のような存在が棲む家だった……ということらしい」

「そうなりますか」

「魔物の住処《すみか》と分かってしまったら、出現と消失を繰り返しても、あまり意外性はないよね」

彼は少し考える表情を見せたあとで、

「幽霊屋敷物を書こうとした場合、誰も住んでいない、無人の家のはずなのに、その中で過ごすと怪異に遭ってしまう……という設定が、やっぱり基本形になるから、それ以外の作例が少ないのでしょうか」

「ヘンリー・ジェイムズ『ねじの回転』のように、住人がいる場合も多々あるけど、空家《あきや》や廃屋になっている方が、より恐ろしさがあるからだろう」

「先生がお好きなシャーリイ・ジャクスン『丘の屋敷』とか」

「アルジャーノン・ブラックウッド『空家』やエドワード・フレデリック・ベンスン『空き家の話』、マーガレット・オリファント『廃屋の霊魂』などは、まさにタイトルがそうなっている。この手の話で怖いというか、何とも厭《いや》な気分になるのは、空家や廃屋に入った者が、そのまま出てくることなく消えてしまう展開だな」

「精神的なダメージが、どうしても残りますよね」

「ベンスン『空き家の話』がそうだし、アンブローズ・ビアス『エカート爺《じい》さんの家』や『お化け屋敷』も同じだ。ビアスには他にも、人が消える話がある。新しいところでは、マリアー

ナ・エンリケス『アデーラの家』がそうだった」

これらの作品の連想から僕は突然、ある海上の事件を思い出した。

「さっきの幽霊船の話に戻るけど、エレン・オースティン号って聞いたことないかな」

「いえ、知りません」

いきなりの質問だったが当たり前のように応じて、すでに好奇心を覗かせているのは、やっぱり三間坂である。

「海上を漂流している船を発見したので、乗組員たちを救助しようと乗り込んだものの、船内には誰もいなかった……という話は、君も耳にしてるだろ」

「マリー・セレスト号が有名ですよね。先生も『山魔《やまんま》の如き嗤《わら》うもの』で、あの事件を山中の一軒家に置き換えられて、一家消失の謎に挑まれました」

「あれと同じような怪異は、かなり報告されている。一八五五年に、大西洋の直中《ただなか》でジェームズ・B・チェスター号が発見された。船に損傷《そんしょう》は少しもなく、船内に争いの痕跡《こんせき》なども一切ない。救命ボートも全部が残っている。しかし、なぜか羅針盤《らしんばん》と航海日誌だけが見当たらない。しかも乗組員たちの荷物は、どうしてなのかマストの根本に積み上げられていた」

「そんな不可解《ふかかい》な状況にも拘らず、船には誰もいなかった……」

「うん、マリー・セレスト号とよく似ている」

「他にもありますか」

「一九〇五年に、バハマ海域でロッシーニ号という商船が発見された。やはり船に損傷はなく、積荷のワインや果物や絹《きぬ》も、まったく無傷で残っていた。船内から一匹の猫、数羽の鶏《にわとり》、番《つが》いの金糸雀《カナリヤ》が見つかったものの、人間は一人もいなかった」

「今ここで、この話をされたのは、何か意味があるんですよね」

　僕は軽く頷きつつ、

「本番は、ここからだ。一八八一年、エレン・オースティン号は航行中に、三本マストのスクーナー船が漂流しているのを見つけた。船長は乗組員たちを乗り移らせ、船内を調べさせた。すると特に故障《こしょう》など見当たらないのに、船には誰も乗っていない。また航海日誌をはじめ、その船に関する書類の一切がなくなっており、船名さえ分からない始末だった」

「珍しい例ですね」

「エレン・オースティン号の船長は、調査のために乗り移らせた乗組員たちに、そのまま名無し船の操縦を任せた。それから二隻は、イベリア半島のジブラルタルへ向かった。しかし四十八時間後、エレン・オースティン号は濃霧《のうむ》のために、名無し船を見失ってしまう。幸いにも翌日、その船は発見できた。でも船内から、乗組員たちは消えていた」

「えっ……」

「船長は再び、数名の乗組員を名無し船に送り込んだ。このときエレン・オースティン号では、反乱が起き掛けたらしい」

「乗組員たちの多くが、その名無し船に懼《おそ》れを抱いた……。無理もありません」

「でも結局、新たな乗組員たちが名無し船に乗り移って、二隻の航行が再開された。ところがジブラルタルから三百キロの辺りで、またしても濃霧が発生した。そしてエレン・オースティン号は再び、名無し船を見失ってしまう」

「どうなったんです？」

「そのままだよ。新たな乗組員たちを乗せたまま、名無し船は消えてしまった。その後、船も彼らも見つかることはなかった」

　彼は両腕を摩《さす》りながら、

「この話には、鳥肌が立ちました」

「昔から海の男は迷信《めいしん》深いけど、その反面かなりの度胸持ちでもある。だからエレン・オースティン号で反乱が起き掛けたのも理解できるし、名無し船に乗り移る新たな乗組員たちを、そういう状況にも拘らず用意できたことも頷ける。けど、二度目に船を見失ったとき、彼らを見送った船長をはじめ他の乗組員たちが覚えた恐怖を想像すると、本当に居《い》た堪《たま》れなくなる」

「名無し船で消えた人たちに、いったい何があったのか……。こっちを考える方が、もっと怖くないですか」

「だから、想像しない」

　三間坂は苦笑いを浮かべながらも、僕の答えに納得したようである。

「肝心《かんじん》な話から、すっかり逸れてしまったな」

「そのお陰で海の怪談を聞けたんですから、むしろ儲けた気分です」

　しばらく二人でワインと酒の肴を味わってから、僕は徐に切り出した。

「ここまでが、言わば試運転《しうんてん》のようなものか」

「すでに先生は、察していらっしゃる？」

「君との付き合いも、気がつくと長いからな。家の幽霊という振りから、またしても魔物蔵《まものぐら》で何か見つけたんじゃないかと、さすがに分かるよ」

「実は、そうなんです」

　彼の返事から、その場の空気が微妙に変わった。

「前の二件のような怪異に巻き込まれるのは、もう勘弁して欲しいけど……」

　一応は苦言を口にしながらも、三間坂の話を止めなかったのは、もちろん僕も彼と同様、怪異譚好きの血が流れていたからである。

三

　いかにも曰《いわ》く有り気な名称の蔵は、その地の旧家である三間坂秋蔵の実家に存在していた。そこには様々なお宝が収蔵されているらしいのだが、彼の興味を引いたのは、祖父の萬造《まんぞう》が蒐集《しゅうしゅう》した古今東西の怪異に関する膨大《ぼうだい》な蔵書や資料類だった。

　猟奇《りょうき》者。

　三間坂萬造を一言で表現するなら、そう呼ぶのが妥当《だとう》だろう。もっとも孫に言わせると、「ただの変人でしょう」となる。だが「とにかく困った人で……」と嘆きながらも、その口調に愛情が感じられるのは、立派に彼も猟奇者の血を受け継いでいる証拠《しょうこ》だろう。

「怪異的なことに、それはもう目がない人で、祖母が嘆いてましたが、財産のかなりを注ぎ込んだようです。百物語の会を開くなどは当然として、全国各地の『出る』と噂される場所の探《たん》索《さく》から、幽霊屋敷での生活体験、透視《とうし》や念写の実験、狐狗狸《こっくり》さんのような各種の占いの試み、降霊術《こうれいじゅつ》の実践《じっせん》、心霊写真や心霊動画の撮影《さつえい》まで、手を出さなかったものはないのではないか、と思えるくらいです」

「……凄いな」

はじめて聞いたとき、僕の口から出たのは、ただ感嘆の言葉だけである。

「それ以上に先生のご興味を引くのは、恐らく祖父の蔵書でしょう」

彼の言う通り蔵には、古今東西の古典から現代までの怪奇幻想《げんそう》系の小説、悪魔や魔術に関する研究書、心霊学を扱った学術雑誌など、本当に物凄《ものすご》い量の蔵書があるという。

「そういった書籍の中には、かなりの稀覯本《きこうぼん》も当然あります。でも世界で一冊しかないとか、そんなことはありません。同じようなコレクターは、他にもいますからね。蔵の中を漁《あさ》るようになって、私が何よりも驚き魅了《みりょう》されたのは、祖父が独自に集めた『記録』でした」

「何に対する？」

もちろん僕は一つの答えを予測していた。

「様々な怪異に関して綴《つづ》られた、何とも奇っ怪な記録です」

例えば「入らずの森で友達と遊んでいたら知らぬ間に独りになって割《わ》れ女《おんな》に追い掛けられた少年の語りの口述録」とか、または「引っ越した格安のアパートで怖い目に遭った学生の体験記」とか、あるいは「新興宗教の本部と化した民家を訪れた際に見舞われた異様な出来事を記した少女の原稿」とか、他にも「子供の頃に故郷《こきょう》の村に実在した無気味な異能を持つ女のことを書き残した老人の私家版の回想録」とか……。

これら四つの記録に、三間坂が伯母《おば》から入手した「新築の家の子供部屋の壁に異状を認めた母親の日記」を足して、そこに僕と彼のやり取りまで加えて纏《まと》めたのが、先の『どこの家にも怖いものはいる』だった。ちなみに彼の伯母は、そんな気は少しもないのに、自然と怪談めいた話が本人の周りに集まってしまう……という一種の特技を持っている。これが特殊な技能と言えるのかどうか、それは措いておくにしても、彼女にもまた三間坂萬造と同じ血が流れているのは間違いなさそうである。

　そして二冊目の『わざと忌み家を建てて棲む』は、病死や事故死や自殺や殺人があった集合住宅の部屋や家屋の現場を一箇所に集めて、それらの部位を継《つ》ぎ接《は》ぎして造った〈烏合邸《うごうてい》〉という前代未聞の建築物の中で、なんと実生活や調査をした四人の記録から成っていた。しかも本書には、この烏合邸に関わったが故に、いみじくも僕と彼まで体験する羽目になった怪異の詳細も入れてある。

　斯様《かよう》に先の二冊が成立したのは、三間坂家の蔵に仕舞《しま》われていた萬造が蒐集した奇怪千万な数多《あまた》の記録があったからである。だから感謝の気持ちは大きかったが、その一方で二冊目のような怖い目に遭うのは、正直もうご免だという思いも強かった。

　にも拘らず三度、魔物蔵に秘蔵されていた何か曰《いわ》くのありそうな記録に関わろうとしているのだから、病膏肓《やまいこうこう》に入るとはよく言ったものだ。

　この「魔物蔵」とは、二人の間で自然と使うようになった呼称である。他には「魔蔵《まくら》」や「魔っ蔵」と言うこともあったが、最近は「魔物蔵」で落ち着いている。

「それで今回は、どんな記録が見つかったんだ？」

　抑え切れぬ好奇心と大いなる恐怖心を同時に覚えつつ、僕は尋ねたのだが、

「祖父にしては珍しいことに、木箱と缶の中に入ってました」

　彼が答えたのは内容ではなく、それが見つかった状態だった。しかし、はぐらかされたと感じるよりも前に、まず僕は驚いた。

「君のお祖父《じい》さんの怪異譚に関わる蒐集は、物凄い量だけでなく質も立派に兼ね備えてると常々思ってたけど、もし欠点があるとすれば、ほとんど整理されることなく蔵に仕舞われているところにあったよね」

「その通りです。これまで先生にお見せした記録も、すべてを見つけるまでに、どれほど蔵の中をひっくり返したか分かりません」

　最初に彼が、たまたま発見した「割れ女に追い掛けられた少年の語りの口述録」も、萬造の蔵書である『The spiritualism of Haunted Houses』という洋書の頁の間に挟まれていた、薄汚れた紙片《しへん》の束に過ぎなかった。それに彼が目を通した結果、何とも奇っ怪な体験談の記録だと分かったわけである。

　今ここで改めて振り返っても、よく先の二冊に収録した記録の全部が、ちゃんと見つかって揃《そろ》ったものだと感心する。とにかく魔物蔵の中にある怪異譚関係の記録は、あまりにも未整理だったと言える。

「これまでは、紐《ひも》で一括りに縛られた用紙とか、のたくるような文字が綴《つづ》られた反故《ほご》紙ばかりの箱とか、仮に纏《まと》められていると言っても、その程度のものでした。体験者も場所も同じで、怪異が連続して何年にも亘って続いている場合の記録が、何冊ものノートに記されている例でも、一纏めになっていることは、まずありません。大判の封筒に二冊のノートが入っていても、実は一冊目と三冊目で、間の二冊目が抜けている——なんてことは普通です。そして二冊目が見つかるのは、新聞や雑誌の記事が貼《は》られたルーズリーフの中とか、大抵はまったく別の所からなのです」

「それなのに今回は、木箱と缶の中に入っていた……」

三間坂はここで、少し躊躇《ためら》うような素振りを見せたあと、

「しかも問題の木箱には、御札《おふだ》のようなものが貼られていました」

「おいおい」

思わず非難めいた声を僕は出してしまったが、だからといって引き下がる気は、もちろん少しもない。

「それを君は、よく開けたな」

「御札といっても、ちょっと変でしたからね」

「どんな風に？」

「中心にはウロボロスが描かれ、漢字と梵語《ぼんご》とラテン語らしき文字が、その周囲を装飾するように記されていました」

「へえ。妙な取り合わせだな」

ウロボロスとは古代ギリシア語で、「尾を飲み込む」という意味を持つ。一匹の蛇《へび》が自らの身体で円を描いて、己《おのれ》の口で己の尾《お》の先を銜《くわ》えている。そういう格好の図で表現されることが多い。蛇は脱皮するため——また円を表した全体の形から——「死と再生」の象徴とされ、さらに循環《じゅんかん》性や永続性や無限性を意味しているとも考えられた。

　漢字は中国の黄河《こうが》文明で発祥した表意文字で、日本には五世紀頃に入り、七世紀頃に広まったとされる。梵語は古代インドの言語で、日本ではサンスクリット語とも呼ばれる。ヒンドゥー教では礼拝に用いられ、大乗《だいじょう》仏教では経典を記すのに使われた。ラテン語は古代ローマ帝国の公用語で、ヨーロッパ各地に広まった際には典礼《てんれい》言語として使用された。

「一枚の御札の中で、この四つが共存してるのか」

「だから私も、これは祖父が独自に編み出した封印ではないか、と考えたわけです。もしそうなら、仮に剝がしたとしても……」

「いやいや、駄目《だめ》だろう。仮にお祖父さんのオリジナルでも、それによって木箱の中の何かを封じてるのであれば、余計に駄目だよ」

「私も最初は、さすがにそう思いました」

　本当か——と突っ込みたかったが、ここは彼の話を聞くことにする。

「でも、最も分かるはずの漢字の意味が、さっぱりでした」

「どういうことだ？」

「囗《くにがまえ》の部首を持つ漢字ばかりが、御札にあったのです」

　そう言いながら三間坂は、スマートフォンを取り出して、しばらく操作《そうさ》してから画面を僕に見せた。

　彼が撮影したらしい御札の写真を目の当たりにして、「漢字の意味が、さっぱり」という台詞《せりふ》の意味が、ようやく僕にも理解できた。読み取れただけでも、以下のような漢字が記されていたからである。

圐圓國回圖四圄
因圍囲園固図囹囿圂圊圃圈
囮回国囧囷圉困圁囤団
もちろん意味の分かる漢字もあった。仮に知識がない字でも調べれば済む。だが、このように羅列《られつ》する理由が、まったく不明だった。

「何だと思われますか」

「共通してるのは、口の部首だけか」

「恐らくそうでしょう」

「となると一つずつの漢字には、特に意味はないのかもしれない」

「どういうことです？」

「御札が封印なのは、まず間違いないだろう。そして口の部首は、四方が完全に閉じている。つまり封じていると見做せないこともない」

「あっ、なるほど。それを祖父は利用した？」

「とでも考えないと、この意味のない羅列の説明はつかないよ」

僕は写真の他の言語を指差しながら、

「あとの梵語とラテン語は？」

「それが調べてみたのですが、どうも該当《がいとう》するものがありません」

「えっ、別の言語なのか」

ラテン語はともかく、梵語は間違いないと思ったので首を捻《ひね》った。

「世界中の文字を、一応は当たりました。その結果、やっぱり梵語とラテン語に違いない、という結論に達したのですが……」

「でも同じ文字が、どうしても見つからない……」

「そうなんです」

「まさかお祖父さんが、封印用に独自の文字を勝手に作ったとか」

「あの祖父なら、普通に有り得るかもしれません」

「しかし、そんなことをしても効果が……」

「はい、望めないに違いないと考えたので、それで剝がしても大丈夫かと――」

「いやぁ、それはどうかな」

あの祖父にして、この孫あり、というところだろうか。

「とはいえ剝がしてしまったものは、仕方ないか」

僕も中身が気になったので、つい先を促した。

「木箱の中には、缶が入っていました。煎餅《せんべい》や御欠《おかき》などの外箱として、よく使われるような缶がありますが、ああいうものです」

「それに御札は？」

「ありません。ただし輪にした縄《なわ》が、缶に掛けられていました。ほぼ正方形の缶に対して、縦に四本、横に五本、計九本も巻かれてありました」

「輪になった縄って、ウロボロスを意味してるんじゃないのか」

「私も、そう考えました」

　三間坂は嬉《うれ》しそうな顔を見せたが、

「だったら縄の輪も、立派な封印だよ」

　僕が続けて指摘すると、ちょっとばつが悪そうな表情に変わって、

「そうなんですが、祖父が独自に開発したとしたら、何処まで効果があるのか……」

「お祖父さんは素人《しろうと》だったかもしれないけど、その手のものに関する造詣《ぞうけい》は、物凄かったはずだろ。となると一概《いちがい》には、あまり否定できない気がするぞ」

「ええ、仰る通りです。けど、もう木箱は開けてましたからね」

　三間坂秋蔵は基本的に常識人だったが、時に僕が驚くような行動力を――悪い意味で――見せる場合がある。例えば『どこの家にも怖いものはいる』の「終章」で記したような、ああいう行ないのことである。

　今後のこともあるので、とにかく僕は釘《くぎ》を刺しておいた。

「木箱の御札を剝がしたのも、どうかと思うが、その中から出てきた缶に、またしても封印と思しき縄が掛けられてるのに、それまで破ったのは、明らかにやり過ぎだよ」

「先生なら、そこで止めましたか」

「正直に言うと、御札がお祖父さんのオリジナルだと見破った時点で、木箱は開けていたかもしれない」

　にんまりと笑う彼を見詰めながら、

「しかし、別の封印をされた缶が、その木箱の中に入っていると分かったところで、恐らく止めていたと思う」

「ええっ、そうでしょうか」

「僕は怖い話が好きだけど、そういう目に自分も遭いたいかというと、絶対に違う。それに『わざと忌み家を建てて棲む』では、ああいう忌まわしい体験をした。この気持ちが昔よりも強くなっているのは、まず間違いない」

「先生ともあろう方が……」

彼は不満そうだったが、そこで気を取り直したように、

「そうは仰っても、缶の中から出てきた記録には、もちろんご興味がおありですよね」

これが今回の頭三会を開いてすぐの台詞であれば、もしかすると僕は「関わりたくない」と返事をしていた可能性も、皆無ではないと思う。だが、すでに好奇心は充分過ぎるくらいに刺激されている。

三間坂君の作戦勝ちか。

彼の利口なところは、いきなり木箱の話を持ち出さなかったことだ。まず僕の興味を引くような投げ掛けをして、散々その話題について喋《しゃべ》らせておいてから、徐に打ち明ける。

よく考えたら前回も前々回も、同じ手で乗せられたんだ……。

僕は覚悟《かくご》を決めると、

「缶の中に仕舞われてたのは、家そのものが幽霊……という記録だったのか」

「ええ、そうとしか言い様のない、何とも妙な代物でした」

彼は真顔になりながら、急に声を落としつつ、

「缶の中身は、まるで報告書のような書き込みのある新社会人が記した大学ノート、なぜか自

分に宛《あ》てたらしい大判の封筒に入った手紙の束、精神科医の執筆予定らしい本の覚え書きをプリントアウトして閉じたファイル――の三つでした。ノートの記述が最も長くて、あとの二つは逆にかなり短い。とはいえ理由は別ですけど」

「というと？」

「手紙は揃っているみたいでしたが、覚え書きには相当な抜けがあると思われます」

「こちらの想像力が試《ため》されるわけか」

「先生は作家ですから、お得意でしょう」

「どうかな。それにしても二番目の自分に宛てた手紙とは、偉《えら》く妙だな」

「恐らく全部が、かなり妙ではないかと思います」

「しかも三つ共、すべて家の幽霊に関する記録だった……」

「完全に確かめたわけではありませんが、ざっと目を通した限りでは、そんな感じなんです」

「まだ読んでなかったのか」

「三つの記録に何が書かれているのか、それを大まかに見ただけです。もしかすると覚え書きは相当な抜けがあるだけでなく、そもそも完結していないかもしれません」

「尻切れ蜻蛉《とんぼ》なのか」

「実際に読んでみないと、確実なことは言えませんが……。ようやく大学ノートに目を通し掛けたところで、ちょうど頭三会のお約束の日になりました」

　そこで三間坂は、急に苦笑いを浮かべると、

「このノートですが、かなりの悪筆で読むのに苦労しますよ」

「同じく字が下手《へた》な身としては、耳が痛いな」

そう返すと彼は首肯することもできずに、何とも困った顔をした。

「学生のとき大学新聞に頼まれて、江戸川乱歩《えどがわらんぽ》の『陰獣《いんじゅう》』に関する評を書いたことがある。新聞だから二百字詰めの原稿用紙に、もちろん手書きだった。まず前振りとして、『二銭銅貨』や『D坂の殺人事件』を取り上げたのだが、『D坂』が新聞では『O坂』になってて、とても恥《は》ずかしかった覚えがある。それほど僕の字も酷《ひど》いわけだよ」

「明智小五郎《あけちこごろう》が初登場する『D坂の殺人事件』を、新聞部なのに知らなかったんですか」

「ミステリに興味がなければ、そんなものだ」

「けど新聞部でしょ。校閲《こうえつ》がありませんか」

「学生新聞だからなぁ」

その誤字《ごじ》のミスは僕のせいではないと、ひとしきり三間坂は力説してから、

「手紙に関しては、非常に整った文字ですので、ストレスなく読めます」

という断りをしたあとで、

「話を戻しますと、三つの記録を読んだうえで、この件は先生にお伝えしようと思ってたのですが、こうしてお会いしてしまうと、どうしても喋りたくなって……」

「その持って行き方が、相変わらず上手《うま》い」

「お褒《ほ》めに与《あずか》り恐縮《きょうしゅく》です」

澄ました顔で一礼してから、

「こちらでコピーを取ったあと、先生に実物をお送りする。それで宜しいでしょうか」

「僕の方は、別にコピーで構わないよ」

「いえ、ぜひ実物でお読み下さい」

もちろん彼は、わざわざ気を利かせているわけだが、

「その記録を読むことによって、前回のように何か障《さわ》りがあるとしたら、それはコピーよりも実物の方だから……という理由が、実はあるわけじゃないよね」

「滅相もない」

ふるふると首を振りながらも、にやっと彼は笑った。

「邪悪な笑みだな」

「そうですか」

「けど実物だろうとコピーだろうと、前回は二人とも、それなりの目に遭ってるからな」

「何を仰ってるんですか」

もう忘れたのかと言わんばかりに、

「それどころか、あの二冊の読者にまで、何らかの影響が出たって話なんでしょ」

三間坂の言う通り、版元《はんもと》の中央公論新社には、僕宛ての手紙と葉書とメールが何通か届いていた。どれも中身は似ていて、あの二冊を読んでいる最中に、こういう不可解な体験をした、こんな恐ろしい目に遭った……という内容ばかりだった。

その中には、「著者のせいだ」と僕を罵倒《ばとう》するような文面もあったらしい。ただ、そういう代物は担当編集者がチェックして、こちらに見せないように配慮してくれる。だから僕は、「こんな手紙もありました」程度の報告しか受けていない。

という反響があったことを、彼には話してあった。

「今回の記録も、先生が面白《おもしろ》いと思われたら、また小説化するつもりなんですよね」

「個々の記述者の方に、決して迷惑が掛からないと、そう判断できたらだけど」

「三つとも、特に年月日が記されていません。ただ大学ノートも手紙もファイルも、かなり年季が入っています。昭和に書かれたであろうことは、まず間違いないでしょう」

「三つ目のファイルのプリントは、ワープロかパソコンか、そこまで分からないか」

「そうですね」

「ワープロの普及は一九八〇年代だから、最も新しそうな記録でも、少なくとも三十年は前になるか。だったら関係者は、まだ存命の可能性があるな」

「あとは特定できるかどうか……。一応こちらで調べてみるつもりですが、ちょっと難しいでしょうね」

「いずれにしろ目を通して、それから考えよう」

「でも前の二冊で、そんな騒動があったのでしたら……」

三間坂が冗談《じょうだん》ではなく、本気で心配したようだったので、

「とはいっても、その多くは読者の気の迷いで済む、そういう内容だったと思う」

「けど中には……」

なおも突っ込もうとする彼に、僕は明るく笑い掛けながら、

「おいおい、しっかりしてくれよ。所詮《しょせん》は小説じゃないか。いくら基《もと》になる話があっても、それをノンフィクションとして執筆するのではなく、あくまでも小説の題材として扱った段階で、

もう創作物になってしまっている。小説とは、そういうものだろ」

彼は凝《じ》っと耳を傾けているだけで、特に反応は示さない。

「それを読んだからといって、実際の障りなどあるわけがない。仮に何かが起きたとしても、単なる気のせいか、ただの偶然《ぐうぜん》に過ぎない。あの二冊では僕が老婆心《ろうばしん》から、なまじ読者に注意喚起《かんき》をしたものだから、普通なら何でもない出来事なのに、つい神経質になる人が、ちょっと出てしまっただけだよ」

彼は黙《だま》っている。

「それなのに読者の中には、怖くて途中で読むのを止めた人もいるらしい。そのせいで他の拙作にまで手を出せずに、困ったと訴えてきた人もいたと聞く」

なおも彼は黙っている。

「完全なフィクションである刀城言耶シリーズの『首無《くびなし》の如き祟《たた》るもの』でさえ、読後に首または手首や足首に異状を訴える人がいると聞くくらいだからな」

ここで僕は、さらに念を押すように、

「いいかい。僕が書いてるのは、小説だよ」

そう言い切ったところで、

「……確かに、そうです」

ようやく肯定する言葉を、三間坂は口にしたのだが、

「でも先生、『のぞきめ』や『怪談のテープ起こし』でも、障りの出た読者がいたんですよね」

返す刀で斬ってきたので、僕は慌《あわ》てた。

「うん、けど、それらも気のせいでしょう、という程度だったはずだ」

「そうでしたか」

「第一すべての作品に言えることだけど、実際に起きた現象を、かなり誇張《こちょう》して書いている。なぜなら娯楽《ごらく》小説だからだ。それは君も、よく知ってるはずじゃないか」

「ええ、まぁ――」

彼は頷きながらも、まだ引っ込みそうにない気配があったので、

「何度も言うけど、所詮は小説だ」

僕は止めを刺すように、そう言い切った。

結局、問題の三つの記録を三冊目として小説化するかどうかの判断は、それらに目を通してから考えようということになった。

頭三会が終わって数日後に、三間坂から分厚い封書が届いた。その中に入っていたのは、彼の簡単な手紙と、もちろん例の記録だった。コピーではなく実物を送ってきたのは、やっぱり彼らしい。

これらに名称がないのは不便なので、先の二冊に合わせる格好で、三つを以下のように呼ぶことにした。

古い大学ノートは、新社会人の報告。

封筒入りの手紙は、自分宛ての私信。

加除式《かじょしき》ファイルは、精神科医の記録。

二番目の「自分宛ての私信」という表現は変かもしれないが、これが最も相応《ふさわ》しいことは、

実際に手紙を読むと納得できると思うので、了《りょう》とされたい。

　この三つのうち最も古いもの、また一番新しいものはどれか、その見分けはつかなかった。本来なら缶に入っていた順番――上から報告、私信、記録だったらしい――に意味があるのかもしれないが、蔵の中の未整理な状態を考えると、ほとんど当てにはできない。三つの間にどれほど歳月の隔たりがあるのか、それも当然ながら不明である。

　また三間坂の指摘通り、手書きの「報告」の悪筆と、「私信」の整った文字は完全に異なっていた。つまり同じ人物の手によって、この二つは書かれていないと分かる。プリントアウトされた著作のための覚え書きは判断のしようがないが、他の二つと文体が違う気がした。もっとも「心宅療法《しんたくりょうほう》」なる聞き覚えのない診断に関する覚え書きという性質のため、確かなことは言えないかもしれない。

　斯様に別々の人間が、「家の幽霊」という共通した体験を、まったく異なる体裁《ていさい》で書き残している。そういう記録が三つも存在する。しかも三間坂萬造が、それらを纏《まと》めて保管していた。

　なぜか――。

　僕と三間坂秋蔵が真っ先に覚えた疑問だが、二人とも取り立てて悩まなかった。

……似たような事例が、偶然にも集まったに過ぎない。

　この解釈しか有り得ないと思ったからだ。先の二冊で似た経験をしているため、僕も彼も大して奇異に感じることなく、この推察《すいさつ》を行なった。何しろ相手は一癖《ひとくせ》も二癖《ふたくせ》もある猟奇者、三間坂萬造なのだから余計である。

　さて、あとは実際の記録に目を通してもらおう。

なお断っておくが、念のため人名は仮名に変えた。地名は忌みじくもイニシャルと伏字《ふせじ》でしか記されていなかったので、全部そのままとした。あとは明らかな誤字と脱字を修正したくらいで、ほぼ原文のまま載《の》せてある。

最後に少し迷ったが、やっぱり書いておこう。

以下の記録を読んでいる最中に、何かが「一つずつ減っている」または「増えている」とご自身の日常で気づくことがあったら、いったん読書を中止された方が良いかもしれない。いったい「何か」とは何なのか、それは僕にも分からない。

とにかく「一つずつ減っている」または「増えている」という現象に注意されたい。

あの家に呼ばれる　新社会人の報告

私が大学を卒業《そつぎょう》して就職したばかりにも拘《かかわ》らず、新興住宅地であるJヶ丘の新築の家に独《ひと》りで住む羽目《はめ》になったのは、義兄《ぎけい》の急な転勤の所為《せい》でした。

姉の旦那《だんな》である義兄は、銀行勤めをしています。年齢の割《わり》に出世は早いらしく、田舎《いなか》の両親は「良い人と結婚できた」と事ある毎《ごと》に喜び、この件でもローンを組んだとはいえ「もう家まで建てるやなんて、大したもんや」と驚いておりました。

ただ、銀行勤めは転勤が多いと聞きます。それなのに家など買って大丈夫なのか、と両親もさすがに心配したようです。でも義兄には全幅《ぜんぷく》の信頼を寄せていましたので、「当分の間、何の問題もありません」という彼の言葉を、両親だけでなく姉も信用したわけです。

ところが、実際は違っていました。家が出来上がり、この春から入居する段になって突然、義兄に転勤の辞令《じれい》が下りたのです。まさに両親と姉にとっては、青天《せいてん》の霹靂《へきれき》でした。もっとも一番ショックを受けたのは、当人だったに違いありません。

理由は不明です。というよりも義兄は何の説明もせず、姉にしても夫のあまりの落ち込みように、気兼《きが》ねして尋《たず》ねることができなかったらしいのです。

義兄が独りで赴《おもむ》き、姉と二歳の息子は新居で暮《く》らす。そういう方法も考えたみたいですが、これには双方《そうほう》の両親が反対しました。義兄が転勤先で仕事に精を出して、新居に戻れるように頑張るためには、姉の内助《ないじょ》の功《こう》が必要だと言うのです。

　私には古い考えに思えましたし、如何《いか》に転勤先で仕事の結果を出したからといって、それと会社の人事は別だろうと、冷めた見方をしていました。社会に出ている先輩《せんぱい》たちと飲みに行くと、その手の愚痴《ぐち》をよく聞かされましたので、そんな判断ができたわけです。

　双方の両親が同じ意見だったこともあり、義兄に姉と甥《おい》もついて行くと決まりました。そうなると、新築の家をどうするのか。まだ住んでいない新品とはいえ、手放すとなると結構な損《そん》失《しっ》になるようで、義兄も姉も嫌がりました。かといって空家《あきや》にしておくわけにもいきません。色々と問題が出そうです。何よりも人の住んでいない家は、たちまち傷《いた》んでしまいます。

　皆で困《こま》ったと頭を抱えていたとき、義兄の母親が良いことを思いついたと言わんばかりに、

「お宅の息子さんが住めば、どうですやろ。ぴったりやありませんか」

　ふっと口にしたと、あとから両親に聞きました。

　私が就職した都内の会社まで、その家からだとバスと電車を乗り継いで、一時間四十分ほど掛かります。しかし二時間を超える通勤など、今は少しも珍《めずら》しくありません。特に東京の郊外に家を買った場合、むしろ当たり前と言えました。

　頃合いを見計らって、いずれは学生時代に住んでいた襤褸《ぼろ》アパートを出て、もう少し良い部屋に引っ越す心算《つもり》でした。そうなると家賃《やちん》も上がるうえ、敷金《しききん》も礼金も要ります。通勤時間が長くなるとはいえ、家賃が無料になるのは非常に魅力《みりょく》的です。

　双方の親たちと姉夫婦で、本人に何の相談もなしに、半ば勝手に決められたのは腹が立ちましたが、私にとっても決して悪くない話でした。

ただ、そう決まったあとで、私は変な夢を何度も見ました。

その家の前に立って、「ここに今日から住むのか」と思っていると、左隣の家から姉が顔を出して、「何を間違《まちご》うてんの。うちはこっち」と呼ぶのです。けど私は、「間違ってるのは、姉ちゃんの方やろ」と言って、その家に入ろうとします。そんな卦体《けったい》な夢でした。

こうして私は、この春から「西岡《にしおか》家」に住むことになったのです。「西岡」は義兄の名字で、表札にもそう記されています。実際の住人である私の名前とは異なるわけですが、かといって付け替えることもできませんので、そのままにしました。

アパートで使っていた安い家具などは処分して、捨てるのは惜しいけれど新居に必要ない物は実家に送りました。問題は少なくない本でしたが、これは段ボールに詰めて、次の日曜日に着くように手配しました。

お陰であとは身の回りの物を鞄《かばん》に詰めて、それを自分で運んだだけで、簡単に引っ越しは終わりました。お金が掛かったのは、荷物の送料と電車賃のみでした。

「ご近所には、ちゃんと引っ越しの挨拶《あいさつ》をするんやで」

母親に言われた通り、西岡家に入った日の夕方、隣の「種村《たねむら》家」に挨拶の品としてタオルを持って行きました。昔の習慣なら引っ越し蕎麦《そば》を配るため、母親も「蕎麦がええ」と決めつけていたのですが、先輩に訊《き》くと「昨今は日用品が喜ばれる」とのことなので、最も無難《ぶなん》そうなタオルにしました。

それでも一応、少し高めのタオルを選んだのは、自分が姉夫婦の代わりに挨拶をするのだという気持ちが、やはりあったからでしょうか。もっとも一番の理由は、挨拶が必要そうな家は、その種村家だけだったからかもしれません。一軒しかないのであれば、多少はお金を使っても良いでしょう。

西岡家はJヶ丘の南の端《はし》に位置していました。そのため背後は見下ろすような崖《がけ》で、当然ながら他家は一軒も建っていません。向かって左隣が種村家で、右隣は空地でした。西岡家と空地の向かいに建つ大きな家は、町内会の集会所になります。つまりご近所といっても、種村家しかなかったのです。

空地の右隣からは再び家が並んでおり、一軒目の表札に「麦谷《むぎたに》」とありました。そうなると当面の隣家は、その麦谷家になるわけです。でも、すぐ空地に家が建つに違いないと考えて、挨拶は種村家だけと決めました。

私の人見知りをする性格が、つい出てしまったのかもしれません。

「隣の家に、しばらく住むことになりました」

種村家で応対に出た老夫婦に、タオルを渡しながら簡潔《かんけつ》に事情を説明したところ、親身な同情を示されて驚きました。

「私たちにも、似たような事情があるのよ」

種村夫人が言うには、息子夫婦と同居するはずだったのに、やはり会社の転勤で無理になったらしいのです。

「孫と一緒に暮らせるのを、それは楽しみにしてたのに」

がっかりした様子を見せつつも、息子と孫の自慢《じまん》を始めた彼女を、主人の種村氏はやんわりと遮《さえぎ》って、

「独り暮らしでしたら、何かと不便でしょう。うちでお手伝いできることがあったら、どうぞ遠慮なく仰《おっしゃ》って下さい」

愛想良く挨拶してくれたので、ほっとしました。

「ありがとうございます。どうぞ宜しくお願いします」

私は頭を下げて辞そうとしましたが、序《つい》でに隣の空地について訊こうと、

「うちの右隣ですが、いつ家が建つかご存じですか」

全く軽い気持ちで尋ねました。

ところが、老夫婦それぞれの反応が、何とも妙でした。二人とも、ぎくっとした様子を見せたのは同じだったものの、種村氏が厭《いと》うように眉を顰《ひそ》めて、口をへの字に結んで沈黙《ちんもく》したのに対して、夫人は忌《い》まわしそうに顔を顰《しか》めながらも、今にも口を開いてぺらぺらと喋《しゃべ》り出しそうに見えたのです。

しかし、夫人が何か言う前に、

「あそこに家は、もう建たんでしょう」

種村氏がぶっきら棒な口調で、ぼそっと答えました。

「えっ、そうなんですか」

相槌《あいづち》を打ちながらも、あんな風に土地が余っているのに、どうしてですか、と私が問い掛ける間もないほど早く、

「あそこは空地ですし、うちも我々《われわれ》だけなので、あなたも静かな家に引っ越せて、本当に良かったですな」

その場を締《し》め括《くく》るような台詞《せりふ》を、種村氏は口にしたのです。

夫人は相変わらず何か言いたそうでしたが、急に機嫌を損ねた主人に遠慮したのか、結局は黙ったままでした。

私は少し気になりましたが、特に訊き返《かえ》すことなく、そのまま家に戻りました。どちらかというと孤独《こどく》を好む傾向《けいこう》がありましたので、種村氏の言う通りなら、本当に静かな環境《かんきょう》で良かったと喜ぶ気持ちがあったからです。

西岡家の門の前まで来て、私は隣の空地へ足を向けました。なにせ西岡家を目にしたのも、引っ越し当日の今日でしたから、空地など一瞥《いちべつ》しかしていません。

まだ家が建ってない更地か。

そんな風に思っただけで、もう忘れていました。如何《いか》に荷物が少ないとはいえ、引っ越しですからね。屋内の掃除《そうじ》も含めて、色々とやることもあります。

でも問題の空地は、よく考えると変でした。Ｊヶ丘の南××四丁目に当たるその辺りは、もう何処《どこ》の家も建て終わっており、住人も入居済みのように映ったからです。

西岡家から右隣の空地へ行く途中、私は町内を眺め渡しながら、念のために確かめました。すると向かいの町内会の集会所を除《のぞ》く全戸に、温かな家の明かりが点《とも》っているのが、はっきりと見えました。暗いままの家など一軒もありません。

首を傾《かし》げながら空地の前に立った私は、そこで突然、何とも言えない違和感を覚えました。引っ越しの一瞥では見逃《みのが》していたのが、そのとき初めて目にする余裕ができた。恐《おそ》らくそういうことだと思います。

その空地は、白色の低い柵《さく》で囲われていました。

言うまでもありませんが、柵とはその家の敷地を示すもので、隣家との境界線の役目も果たしています。つまり家屋が建てられて、初めて存在意義を発揮《はっき》するわけです。にも拘らず問題の空地には、なぜか柵だけが設けられているのです。

何らかの理由によって、空地のまま放置しなければならない土地を、ぐるっと柵で囲ってしまう例は、もちろんあるでしょう。そこで子供が遊ばないように、駐車場代わりに使われないように、不法占拠《せんきょ》をされないように、と様々な理由が考えられます。でも、そういう柵は金網《かなあみ》のように高さがあって、かつ出入口の戸には鍵《かぎ》を掛けるはずです。一見するだけで、第三者の侵入《しんにゅう》を防いでいると、はっきり分かるものではないでしょうか。

ところが、その空地の柵は違っていました。脚の長い大人《おとな》なら、ひょいと跨《また》げる程度の高さしかありません。しかも縦板《たていた》の天辺《てっぺん》を三角形にして、横板と一緒に白色を塗《ぬ》られた全体の眺めは、侵入防止というよりも園芸用の柵のようです。

肝心《かんじん》の家が建っていないのに、柵だけがある。

これが如何に変梃《へんてこ》な光景か、これ以上の描写は必要ないほど、誰《だれ》にでもすぐに分かって頂けるのではないかと思います。

南××四丁目の道には、要所要所に街灯《がいとう》が設けられています。辺りが暗くなると点灯するらしく、既に明かりがあちこちで点っていました。しかし、空地の右端にある街灯だけは、ずっと暗いままでした。その一本だけ、なぜか点《つ》いていないのです。

お陰で空地には薄暗い闇《やみ》が降りており、その全体があまりよく見えません。とはいえ、そこに何も存在していないのは、一目で分かります。隅《すみ》から隅まで見渡しましたが、土の地面があるだけです。雑草の一本も生えていません。

　いいえ、よく目を凝《こ》らしてみると、ちょうど真ん中辺りに妙なものが見えます。あれは木の枝でしょうか。五、六本ほど地面に突き刺さっているのです。恰《あたか》も何かの儀式《ぎしき》を執《と》り行なったかのように映るためか、あまり好い気持ちはしません。近所の子供の仕業《しわざ》に違いないと思いつつも、にょきにょきと林立した木の枝に、恐ろしい意味があるように感じられます。

　空地の南面には、Ｊヶ丘の下に広がる民家の明かりが点在しています。ちょうど走っている電車の車窓の光の列が、ガタゴトという微《かす》かな響《ひび》きと共に、右から左へと流れていきました。その向こうには団地の窓の灯火が、いくつも点っています。この辺り一帯が、明らかに衛星《えいせい》都市として開発されている証拠《しょうこ》でしょう。

　空地の西面には、麦谷家のささやかな庭があり、その茂《しげ》った樹木越しに、同家の窓から漏《も》れる明かりが垣間《かいま》見えています。

　そんな中で目の前の空地だけは、まるで取り残されたように、全く何もないのです。真っ白な柵と地面に刺さった木の枝があるばかりで。

　当たり前ですが、Ｊヶ丘にも、下方に眺められる他の土地にも、まだまだ空地は存在していました。けれど何処も、家屋の何軒分にも相当するほどの広さを持っています。両側に家が建っているのに、その間の土地だけ空いているような場所など、一つも見当たりません。

　どうして、ここに家を建てないのか。

　家がないのに、なぜ柵だけあるのか。

そんな疑問が頭の中を、ぐるぐると駆《か》け巡《めぐ》っているうちに、何だか私は怖くなってしまいました。何も建っていない空地の前にいるのが、堪《たま》らなく恐ろしくなってきたのです。

駆けるようにして西岡家へ戻ると、簡単な自炊《じすい》で夕食を済ませて、あとは風呂《ふろ》に入って早目に就寝しました。

翌日は、早くも初出社でした。もう少し余裕のある引っ越しを、本当はしたかったのですが、義兄の転勤に伴う騒動の収拾に時間が掛かり、その皺寄《しわよ》せが私に来たわけです。

慣れない通勤に加えて、入社式のあとの最初の二週間は研修だったので、社会人一年生としては色々と大変でした。それでも大学時代の友達の多くが、泊《と》まり込《こ》みの研修だったと後に知り、まだ自分は恵《めぐ》まれていたのだと分かりました。研修期間中のため定時で退社できたわけですが、あれが宿泊だったとしたら、そんな時間の区切りなど、あまり意味がありません。独りが好きな私には、きっと耐えられなかったでしょう。

もっとも研修期間中は、ほとんど毎晩のように同期たちと飲みに行っていました。大人数で群れるのは嫌いですが、誘《さそ》われているのに断わるほどの度胸も、私にはありませんでした。それに研修中に受けたストレスが、同期たちとの飲み会によって少しは軽減するらしいと気づいてからは、むしろ積極的に参加しました。

同期は男性が四十人、女性が十人いました。研修は男女で別々でしたが、目敏《めざと》い男の同期が女性にも声を掛けたお陰で、飲み会も少しは落ち着いた雰囲気《ふんいき》がありました。あれが男だけだったら、もっと騒がしかったことでしょう。

私が仲良くなったのは、自分と似て大人しい感じの「高原《たかはら》」という男性と、同じく「嶋中《しまなか》」という女性でした。ただし彼女は、男二人に比べると単に大人しいだけでなく、芯はしっかりしていたと思います。

　飲み会も三度目くらいからは、この二人といつも同席していました。その所為でしょうか。私と高原君の二人が嶋中さんを取り合っている、という噂《うわさ》が流れるようになったのです。でも、それを男二人が知ったのは、とっくに研修が終わったあとでした。

　研修期間中は定時で退社できたのに、この飲み会の所為で、どうしても帰宅は遅くなり勝ちでした。家に帰っても、風呂を沸《わ》かして入って、少し読書をしたら、もう寝る時間です。起床時間を考えると、夜更かしはできません。

　そうして迎えた研修の最終日、その打ち上げが会社の主催《しゅさい》でありました。それが終わったあとは同期たちだけの二次会で、その後は高原君と嶋中さんの三人で酔《よ》い醒《ざ》ましも兼ねて、駅前の喫茶店《きっさてん》に行きました。あのとき同期の何人かに冷やかされたのは、既に例の噂が流れていたからでしょうが、男二人は鈍感《どんかん》にも何も知りませんでした。

　喫茶店で休んだお陰で、かなり酔いは醒めていたはずです。自分好みにブレンドされた珈琲《コーヒー》と好物のショートケーキまで食べたのですから。あの夜、普段より仮に飲酒の量が多かったとしても、電車に乗って帰る頃には、もう大丈夫だったと思うのです。

　もっとも電車の中で居眠りをして、危うく乗り過ごしそうになったのは、やはり酔いが残っていたからでしょうか。

　地元のH駅で降りたときには、もう最終バスもない時間でした。タクシーはお金が掛かるので、私は歩きました。駅から家までは、徒歩《とほ》で二十数分です。義兄によると近い将来、地下鉄が通るといいます。そうなるとJヶ丘も便利になりますが、どうやら不動産屋の受け売りらしく、全く当てにできません。

義兄《にい》さんは賢《かしこ》そうに見えて、実は安易《あんい》に他人を信用し過ぎるのではないか。その性格が今回の転勤にも出ている気がする。

そんな風に私は、てくてくと夜道を歩きながら考えました。ひょっとすると不動産屋にも、都合良く言い含められて、あの家を買わされたのかもしれません。

駅の改札口を出たときには、かなり目についた人影《ひとかげ》も、駅前の商店街を抜ける頃には疎《まば》らになり、民家が立ち並ぶ住宅地を通り過ぎると、前方を歩いている女性だけになりました。ただし途中で数台のタクシーが追い越していったので、今の終電で帰宅したJヶ丘の住人がいたとしたら、大方それらに乗っていたのでしょう。

住宅地が途切れて少し歩くと、Jヶ丘に通じる坂の下に出るのですが、そこで途端《とたん》に薄暗くなります。民家が一軒もなくなって、街灯の明かりだけになる所為でしょう。その夜は曇《くも》っており星明かりが少しもありませんでしたから、余計に暗く感じました。

電柱に据《す》えられた「痴漢《ちかん》に注意」の看板が、男の私にも気味悪く映ります。それにしても何もないこんな殺風景《さっぷうけい》な所で、痴漢は若い女性の帰りを待ち伏せているのでしょうか。しかし隠れる場所が、いくら辺りを見回しても何処にもありません。

妙だなと思っていると、少し先に坂道を上がり出した女性が、しきりに後ろを振り返っていることに気づきました。何だろうと私も背後を見やりましたが、誰もいません。いったいあの女性は何を気にしているのかと考え掛けて、ようやく合点《がてん》がいきました。

　この私でした。

　後ろから歩いてくる男が、痴漢に早変わりするのではないかと、恐らく心配しているのです。この辺りに出没《しゅつぼつ》する痴漢は待ち伏せしているのではなく、薄暗い夜道で突然、豹変《ひょうへん》するのかもしれません。それには酒の影響《えいきょう》もありそうです。

　私は違います。大丈夫ですよ。

　そう声を大にして言いたかったものの、それでは逆効果です。自分では酔いが醒めている心算《つもり》でしたが、相手から見れば、ただの酔っ払いと映っても可怪《おか》しくありません。ここはわざと遅く歩くことで、彼女と距離を取るのが一番だと判断しました。

　ところが、やや勾配《こうばい》のきつい坂を上り切って、平坦《へいたん》な道になってからも、女性は後ろを向くのを止めません。むしろ回数が増えています。なぜなら進む方向が、二人とも同じだったからです。そのため彼女には、まるで私があとを尾《つ》けているように思えたのでしょう。

　たまたま帰り道が同じなのですから、どうしようもありません。さすがに遠回りをして帰るほど、私もお人好しではないうえ、そもそも疲れていました。だらだらと歩き続けながら、早く彼女が家に着きますようにと、祈ることしかできませんでした。

　女性が曲がり角に差《さ》し掛かるたびに、私は「右へ行け」あるいは「左へ進め」と、西岡家とは逆方向を念じるのですが、全く叶《かな》いません。それどころか彼女は、なんと南××四丁目へと歩を進めたのです。

　その女性が最後に私を一瞥してから入ったのは、町内会の集会所の右隣の家でした。西岡家の右斜め向かいに当たる家屋です。

ご近所さんだったのか。

ちょっと安堵《あんど》したものの、次に顔を合わせたとき、互いに気まずい思いをするのではないか、と少し不安にもなりました。

道の向こう側に近づき、表札に目を凝らしたところ、「赤城《あかぎ》」と読めました。引っ越しの挨拶は隣だけでなく、向かいも必要かと一応は考えました。しかし右隣が空地で家はなく、真向かいが町内会の集会所だと聞いていたため、左隣だけで済むと喜んでしまったのです。

母親に相談すると、きっと「向こう三軒両隣」という言葉を持ち出して、西岡家の向かいの三軒の家と、左右の二軒の家は、全て挨拶しなさいと言われるに決まっています。だから私は自分で勝手に決めて楽をしたわけですが、こんなことなら赤城家にも挨拶をしておくべきだったと後悔しました。

今からでも遅くないかな。

幸い明日は日曜なので、駅前の商店街でタオルでも買って、先方を訪ねようと考えながら西岡家へ足を向けたところで、「えっ」と私は声を出しました。

右隣の空地に、なんと家が建っているのです。

周囲の建売《たてうり》と似たような家屋が、そこに見えるのです。

いつの間に、とそれは驚きましたが、よく考えますと研修中は、まともに空地を目にしていませんでした。

まず朝ですが、家を出るとき、わざわざ空地など見ないでしょう。そもそも反対の方向へ歩き出すのですから、視界に入ることもありません。そして夜の帰宅時は、西岡家が面する道の南側を歩くため、当家の陰になって碌《ろく》に見えないわけです。すぐ側の街灯が点っておらず、麦谷家の庭の樹木もあって、空地に明かりが射《さ》さないことも、目に入らない原因かと思われます。更に夜は同期と飲んで帰ることが多く、酔っていた所為もあるかもしれません。いずれにせよ研修中は、全く空地の存在を失念していたのです。

種村さんは、もう建たないって言ってたけど。

いったん取り掛かると、なかなか早いものだな。

そんな風に思いながら空地だった所の前まで行ったのですが、暗がりに佇《たたず》む家を眺めているうちに、ようやく「変だぞ」という気持ちになり始めました。

僅《わず》か二週間くらいで、果たして家は建つものなのか。

新興住宅地であるJヶ丘で見掛ける家は、どれも新築分譲住宅と呼ばれる所謂《いわゆる》「建売」に当たります。つまり業者が独自の規格で建てた家を、土地と一緒に客が購入するわけです。そのため個々の家屋に、外見上の差異はあまりなく、どの家も似たように見えます。よって注文住宅とは違い、建てる手間もそれほど掛かりません。

とはいえ二週間という期間では、まず絶対に無理です。しかも私が引っ越してきた日、この空地には何もありませんでした。あの翌日から基礎工事を行なって、と考えるだけでも無謀《むぼう》な工期であることは間違いないでしょう。

でも確かに、西岡家の右隣に、ちゃんと家が建っているのです。

玄関の外灯は暗いままで、屋内の明かりも点っていません。私が帰宅していないため、もちろん西岡家も真っ暗です。よって家全体が、黒々とした墨《すみ》のような闇に沈んでいます。その様がまるで眠っているかのようで、目を覚まさないうちに、ここから離れた方が良い、という怯《おび》えにも似た感情に、急に私は囚《とら》われました。

　何を馬鹿《ばか》なことを。

　自分でも呆《あき》れそうになりましたが、その怯えが恐れへと変わるのに、ほとんど時間は掛かりませんでした。

　この家は、変だ。

　何処か、可怪しい。

　そういう考えが浮かんだ途端《とたん》、私は西岡家へ駆け込んでいました。


　前夜の研修の打ち上げでは飲み過ぎて、かつ翌日が日曜で遅く起きても大丈夫だったにも拘らず、その朝、私は早くに目を覚ましました。隣の家が気になったからです。

　二階の寝室には、西側に窓があります。カーテンを開けて覗けば、あの家を見下ろす格好になるわけです。朝陽に照らされた状態で、しかも上から眺めるのですから、家屋の全体像が一目で分かるでしょう。そうすれば昨夜、あの家を前にして覚えた異様な恐れなど、たちまち吹き飛ぶに違いありません。

　私は蒲団《ふとん》から出ると、そのまま西に面した窓まで行って、さっとカーテンを開けました。次の瞬間、頭の中が真っ白になった気がしました。視覚は普通にあるのに、あたかも盲目《もうもく》になった気分を味わったのです。

家がありません。

私が見下ろしていたのは、ただの空地でした。

アメリカの推理《すいり》作家のエラリー・クイーンに、「神の灯《ともしび》」という中篇《ちゅうへん》の推理小説があります。ある人物がある家を訪れます。その隣には一軒の家が建っているのですが、一夜明けると昨日まであった隣家が、なんと消えているのです。

この作品を読んだのは中学生のときですが、かなりの衝撃《しょうげき》を受けました。クイーンは推理作家なので、もちろん何かトリックがあるわけです。でも当時の私には、この不可解《ふかかい》な現象を論理的に解き明かすのは、全く不可能に思えたのです。

あのときの異様な感覚が、一瞬で蘇《よみがえ》りました。ただし、中学生の私が覚えたのは知的興奮でしたが、大人の私を襲《おそ》ったのは純粋《じゅんすい》な恐怖でした。

窓から離れて、まず着替えを済ませ、そして洗面をしている間、よく日常的な動作ができるなと、自分でも感心しました。これが小説や映画なら、きっと寝間着のまま表へ飛び出し、空地の真ん中で気が触れたように叫び出す、そんな場面が展開しそうです。しかし現実は、きちんと朝の日課を熟《こな》す自分がいます。

あのときの私は、恐らく必死に自制心を働かせていたのでしょう。そうしないと頭が可怪しくなりそうで、怖くて堪らなかったのだと思います。

表へ出る前に、一階の居間に入って、西に面した窓のカーテンを開けました。念のためです。でも隣には、やはり家など建っていません。二階から見下ろしたのと同じ空地が、そこにあるばかりです。

昨夜は自分でも分からないほど、かなり酔っていたのか。

そう納得させようとする己《おのれ》がいるのですが、学生時代に飲酒で記憶をなくしたり、幻覚《げんかく》を見たりした経験は一度もありません。それなのに突然、存在しない家を目の当たりにするなど、やはり有り得ないでしょう。

これで外へ出て、空地の前に立った途端《とたん》、ちゃんと家が見えたとしたら。

玄関で靴《くつ》を履《は》いたところで、物凄《ものすご》く恐ろしい想像が、ふっと脳裏《のうり》を過ぎりました。万一そんな状況になったら、私は精神を正常に保つことが、果たしてできるでしょうか。

しばらく玄関の三和土《たたき》に佇《たたず》み、私は躊躇《ちゅうちょ》しました。とはいえ実際に隣へ行って確かめないことには、どうにもなりません。

恐る恐る玄関扉を開け、次いで門を開いて外へ一歩だけ踏み出したところで、右斜め向かいの赤城家から、誰か出てくるのが見えました。反射的に目を向けると、なんと昨夜の女性ではありませんか。

あっと私が心中で声を出していると、向こうもこちらに気づいたようでした。一瞬、互いに固まったようになってから、ほぼ同時に軽く頭を下げていました。それだけ見れば、ただの朝の挨拶だったわけですが、道を挟《はさ》んで二人の間には、何処となく気まずい空気が、間違いなく流れていたと思います。

赤城さんの用事は家の前の掃除だったようで、片手に竹箒《たけぼうき》を持っていました。でも思いがけず私に会って気まずかったのか、郵便《ゆうびん》受けから新聞を取り出すと、そそくさと家の中に入ってしまいました。

私にとっては、この出会いが幸いしました。彼女という現実の人間を目にしたことで、隣の空地に対する恐れが、急に薄まったように感じられたのです。

しっかりした足取りで歩を進めて、私は右隣の空地の前に立ちました。もちろん如何《いか》なる家屋であれ、そこには少しの影さえもありません。ただ最初に目にしたときと同様、数本の木の枝が地面に突き刺さっているだけでした。

やっぱり昨夜は酔っていたのか。

研修の疲れが加わって、未体験の酩酊《めいてい》状態だったのかも。

朝陽を全身に浴びながら、私は常識的に考えようとしました。最初は無理矢理な解釈《かいしゃく》に感じられたのですが、何もない空地を眺めているうちに、それこそが唯一無二《ゆいいつむに》の「真相」だと思えるようになりました。

立ち去ろうとして、改めて白い柵に目をやりますと、かなり新しそうです。それが途切れることなく四角形を描いて、ぐるっと空地を囲っています。引っ越し当日は見落としていましたが、表側の柵の中央には、ちゃんと門まであります。もっとも柵と同じ高さしかないので、大人なら余裕で、ひょいと跨ぎ越せるでしょう。

門には鍵穴がありました。やや躊躇《ためら》いましたが、思い切って取っ手を握ったところ、鍵が掛かっています。

何も建っていない空地なのに、どうして柵があるのか。

役に立ちそうにない門に、なぜ鍵が掛かっているのか。

この二つの疑問が脳裏に浮かんだところで、私は慌《あわ》てて西岡家へ戻りました。そうしながら心の中で、自分に言い聞かせていたのです。

隣の空地のことは、もう放っておこう。

わざわざ確かめることも、今後は一切しない。

家に入って簡単な朝食を作り、それを居間のテーブルで食べようとして、咄嗟《とっさ》に西側の窓のカーテンを閉めてしまい、自らの行動にショックを受けました。

空地を意識してはいけない。

ずっと気にすることになれば、居間も寝室も西側のカーテンを、ずっと閉め切りにしなければなりません。そういう行為は、あまりにも滑稽《こっけい》でしょう。

とはいえ居間で読書をしていても、なんとなく西の窓が気になります。ちらちらと目をやってしまうのです。両手で開いている本に、一向に集中できません。

窓を見やるのは、そこに家などないと確かめたいからか。

再び家が出現することを、実は密《ひそ》かに期待しているからか。

そのうち自分でも分からなくなってきました。つい先程、空地には関わらないと自ら決めたことなど、とっくに失念している有様でした。

このままでは駄目《だめ》だ。

私は上着を手に取ると、ポケットに財布と家の鍵を入れて、すぐさま外に出ました。行く当てなどありませんが、いったん西岡家から離れた方が良いと思ったのです。

そのまま南××三丁目にあるバス停へと向かい掛けて、習慣とは恐ろしいものだと苦笑しました。出社するわけではありませんし、時間もたっぷりあります。むしろ暇を持て余している状態ですので、取り敢《あ》えずH駅までぶらぶら歩くことにしました。

　駅前の商店街では、通勤するバスの中から目をつけておいた二軒の古本屋に入り、それなりに収穫《しゅうかく》を得ました。あとは駅の反対側を散歩したのですが、そこで三軒目の古本屋を見つけて、しかも商店街の二軒よりも推理小説の棚が多かったため、かなり長く居続けることになりました。お陰で駅前まで戻ったときには、もう昼でした。

　喫茶店で昼食を摂《と》り、食後の珈琲を飲みながら、購入した古本の一冊を楽しむ。そうすることで今朝の異様な衝撃が、あくまでも徐々《じょじょ》にですが、少しずつ薄れていく気がしました。いいえ、今朝がどうこうではなく、やはり昨夜の私が可怪しかったのだ、という気持ちが強くなったと言うべきでしょう。

　それから夕飯の買物をして、私は西岡家へ帰りました。家に入る前に、わざと空地に目を向けたのも、もう平気だと己に言い聞かせるためだったと思います。


　翌日の月曜から、私の会社勤めが本式に始まりました。

　如何《いか》に研修を受けたとはいえ、全てが初めて尽くしです。そのため戸惑《とまど》うことばかりでしたが、その一方で非常に新鮮でもありました。一日が長く感じられながらも、あっという間に過ぎたという相矛盾《あいむじゅん》する感覚があったのも、初日ならではだったのでしょう。

　定時が近づいたところで、私たち新入社員は、部長から声を掛けられました。

「もう退社時間だから、そろそろ帰り支度《じたく》をしなさい」

　そこで言われた通りに、すぐさま退社する者もいましたが、大半は周囲を窺《うかが》っている状態でした。直属の上司である課長にお伺《うかが》いを立ててから、そのうえで帰る慎重派《しんちょうは》もおりました。

私は与えられた仕事が残っていたので、そのまま続けていました。決して急ぎではないと知っていましたが、「その日の仕事は、その日のうちに」と研修中に習った通りに、馬鹿正直にやっていたわけです。

目の前の仕事を終えて、課長に「他にありませんか」と尋ね、「もう今日はいいよ」と返事を貰《もら》ってから、私は退社しました。結局、一時間ほど残業したでしょうか。

電車の中では読書をして、地元のＨ駅に着いたところで少し迷《まよ》いましたが、研修中の飲み会のない日と同じく商店街で夕食を済ませて、家には帰ることにしました。通常の勤務になったら、自炊をする予定だったのですが、お腹が空いて無理でした。今後も残業は当たり前のようにあって、帰宅時間も読めないでしょうから、どうしても外食頼りになりそうです。

商店街の外れのバス停から乗車して、Ｊヶ丘の南××三丁目で下車すると、私は西岡家まで歩きました。

それにしても似た家ばかり、よくも建てたものです。もう少し差異があっても良いだろうと思えるほど、道の左右には没個性の家屋が、ずらっと並んでいます。そんな批判を私がするのは変だろうと考えつつも、
あの家は、どうだったか。

真夜中の空地で目にした存在しない家の外観《がいかん》を、ふと思い出そうとしている自分に気づき、ぎょっとしました。

ちょうど南××四丁目の半ばまで歩いたところで、まだ西岡家は目に入っていません。にも

拘らず道の先の暗がりの何もない空間で、一軒の見知らぬ家が凝《じ》っと蹲《うずくま》って、私が近づくのを待っているような気がします。身を縮《ちぢ》めて暗闇に潜み、こちらが西岡家の前まで来た途端《とたん》、ぶわっと大きくなって視界に入り込んでくる。そんな妄想《もうそう》に囚われそうになり、私は急いで頭を強く振りました。

今日は飲んでないのに。

わざわざ道の反対側に渡って、進行方向に目を向けますと、辛《かろ》うじて西岡家の表と隣の空地の一部が望めます。そこには確かに「我が家」と、何もないただの「空地」が、隣り合っている光景がありました。相変わらず空地の近くに光源はないものの、丘の向こうに建つ団地の明かりを見通すことができるため、そこに何ら遮る障害物がないとはっきり分かります。

西岡家の前まで来ると、改めて何もない隣地を一瞥してから、私は家に入りました。

この夜から日を追う毎に、隣の空地に対する恐れは、確実に薄れていきました。帰宅時にちらっと隣に目をやる仕草、休日に西側の窓から外を見やる癖、それらは残りましたが、別に支《し》障《しょう》が出るわけでもありません。完全に習慣化することで、隣の空地を意識しないようになったと、むしろ言えたのではないでしょうか。

約一ヵ月後の同期の飲み会で、帰りが深夜になったあのときまでは。

その日は金曜で、翌日の土曜が月に一度の休日でした。あとの土曜は半ドンだったのですが、午前中で帰れることは、滅多にありませんでした。昼食さえ摂らなければ、午後の早い時間に退社できるのですが、上司や先輩に誘われて昼を食べてしまうと、結局だらだらと仕事をする羽目になります。そして平日で言うところの定時に、ようやく帰れるわけです。

　我が社だけが特別だったのではありません。何処の会社であれ、多かれ少なかれ同じような勤務実態だったと思います。

　問題の金曜の夜、時間通りに店へ行けたのは、コネで入社したと噂の五人の女子社員と、要領の良い数人の男子社員だけでした。そのため新しい同期が顔を見せるたびに乾杯《かんぱい》が行なわれ、それなりに早く参加していた私は、かなりの酒を飲む羽目になりました。

　全員が揃《そろ》ったのが遅かったこともあり、飲み会は二次会を経て三次会へと続き、それに付き合っているうちに仲の良い高原君とも嶋中さんとも逸《はぐ》れて、いつしか私は独りで終電に乗っていました。酔ったという意味では、研修の打ち上げ以上だったかもしれません。

　地元のＨ駅に着いたとき、もちろん最終バスは出たあとでした。仕方なく私は歩き出したのですが、このとき初めて千鳥足《ちどりあし》を体験して、少なからぬショックを受けました。そんな足取りなど酔っ払いの親仁《おやじ》のすることだ、という認識が私の中であったからです。まさか自分が社会に出てまだ間もない時期に、そういう為体《ていたらく》になるとは思ってもいませんでした。

　商店街と住宅地を抜けてから、Ｊヶ丘に通じる坂の下に着くまで、かなり時間が掛かった気がします。同じ方向に歩いている人は結構いたのに、その頃には私だけになっていました。

　赤城さんが一緒でなくて良かった。

　酔いの回った頭の中で、そんな風に考える自分がいます。もう痴漢に間違われることはないでしょうが、酒癖の悪い酔っ払いと見做《みな》され兼ねません。

　あれから赤城さんとは、朝のバス停で何度か顔を合わせていました。私とは乗るバスの時間が一本ずれているらしく、普段は会わないのですが、こちらが寝坊して遅れると、たいてい彼女が先にいます。

最初はどきっとしました。二十代後半くらいに見える彼女は、ちょっときつい顔立ちをしています。その印象から、私は尻込みをしたわけです。けど向こうから挨拶をしてくれたので、とても助かりました。それ以来、少しは話をするようになったのです。

もっとも会話は天気についてなど、あくまでも表面的な内容ばかりでした。それでも彼女の方は、いつしか打ち解けた口調になっていました。にも拘らず親しい雰囲気にならなかったのは、やっぱり私の人見知りをする性格の所為だと思います。

それなのに、こんな千鳥足で歩く姿を彼女に見せたくないと恥《は》じたのですから、ちょっとは冷静な判断力が残っていたのでしょう。

朝から曇空が広がっていた所為か、星明かり一つ見えません。街灯のない坂の下は、相変わらず暗くて怖いくらいです。

ふうふう息を吐《つ》きながら坂を上がって、覚束《おぼつか》ない足取りで新興住宅地の道を歩き、ようやく南××三丁目のバス停に辿《たど》り着いたときには、ふらふらの状態でした。そこのベンチに思わず座り込んでしまったほどです。

はっと気づいて目を覚まして、いつの間にか自分が寝入っていたと知り、それはもう驚きました。このまま朝までバス停で眠ってしまい、もしも住人に起こされていたらと想像して、恥ずかしさと恐ろしさを同時に覚えました。万一そんなことになったら、きっと町内で噂されるに違いありません。

私はベンチから苦労して腰を上げると、ふらつく足取りで四丁目へ向かいました。明日の午前中には、とても起きられそうにない。それどころか一日中ずっと蒲団の中ではないだろうか。

自然に頭を垂れつつ、重い両足を引き摺《ず》るようにして、どうにかこうにか私は進みました。このときの願いは、とにかく一刻《いっこく》も早く帰って横になりたい、それだけでした。

ところが、家までの道程が、やけに遠く感じられます。バス停を過ぎているのですから、こんなに掛かるわけがありません。それなのに西岡家に、まだ着かないのです。酔って歩みが遅いとはいえ、いくら何でも変ではないでしょうか。

可怪しいな。

そう思って頭を上げると、左手に見知らぬ家が建っていて、ぎょっと驚きました。表札には「高崎《たかさき》」とありますが、初めて目にする名字でした。西岡家からバス停までの家々は、毎朝それとなく眺めているため、いつしか全戸の名前を覚えてしまいました。しかし、その中に高崎家はなかったはずです。

いったい私は、何処にいるんだ？

そこがＪヶ丘であることは間違いないはずなのに、知らぬ間に途轍《とてつ》もなく恐ろしい異界《いかい》にでも飛ばされてしまったような、そんな恐怖に囚われました。

ぶるっと身震いしたあと、私は急いで来た道を戻りました。仮に西岡家でなくても、とにかく見覚えのある他家が目に入るまで、そこから引き返そうとしたのです。が、その見知らぬ高崎家の左隣が、実は麦谷家だとすぐに気づいて、途端《とたん》に拍子《ひょうし》抜けしました。

「なーんだ」

思わず声を出して、その場で自嘲《じちょう》気味に笑ってしまいました。要は酔っ払っていた所為で、間抜けにも西岡家を通り過ぎて、麦谷家の先まで行っていたのです。

本当に笑える。

でも、そうやって頬《ほお》が緩《ゆる》んでいたのは、僅《わず》かな間でした。次の瞬間、すうっと真顔になるや否《いな》や、さあっっと顔から血の気が引いていくのが、手に取るように分かりました。

如何《いか》に酔っていたとはいえ、なぜ西岡家を通り過ぎたのか。

それは家並みが連続しており、途切れなかった所為ではないか。

麦谷家の前で佇《たたず》む私の視界の左隅には、黒々とした大きな影がなぜか映っています。ゆっくりと顔を横に向けると、何もないはずの空地に、それが見えました。

あの家です。

西岡家と麦谷家に挟まれた例の空地に、またしても家が建っているのです。

この前と同じ家が。

いいえ、はっきりと断言はできません。同じ場所にあるから同じ家だと思っただけで、実際は分からないのです。そっくりに見えているのに、本当は違うような、そんな違和感を覚える自分もいます。

この家は何なのか。

私は両の掌《てのひら》で、ごしごしと顔を擦《こす》りました。それでも家が見えます。ぱんぱんと両の頬を、思いっ切り叩《たた》きました。しかし家は存在しています。両目を閉じて、ぎゅっと力を入れてから開きました。けれども家は消えません。そこに明らかにあるのです。

　空地の前まで行くと、白い門が開いています。それどころか玄関扉も、ぽっかりと口を開けているではありませんか。

　引っ越しの最中という馬鹿げた考えが、ふっと浮かびました。今が日中であり、かつ目の前の家が本当に存在するのなら、その見立ても強《あなが》ち外れていなかったかもしれません。トラックが見当たらないのは、既に荷物を運び込んだあとだからです。玄関が開けっ放しなのは、換気のためでしょう。もしくはトラックの第二便を待っているのか。

　しかし、今は真夜中です。そのうえ空地には、そもそも家など建っていないはずです。いえ、確かに建っていませんでした。にも拘らず門と玄関の扉を開けて、まるで私を誘い込むかのように、そこに家があるのです。

　招かれてる。

　そんな風に感じられたのが、物凄く不思議でした。ただ、二度も私の前に姿を現したのは、そこに何か意味があるからではないか。こうして出現する訳が、何かありはしないか。という考えが、ぱっと脳裏に閃《ひらめ》きました。

　私を招くため。

　そう見做すのが、この場合は自然ではないでしょうか。

　酔うと身体《からだ》の反応がどうしても遅くなり、頭で思った通りに行動できなくなるものですが、それとは逆に、ふと浮かんだ考えを碌《ろく》に検《あらた》めもしないで、そのまま行動に示してしまう場合もあります。このときの私は、正に後者でした。

この家に招かれてる。

そう感じた途端《とたん》、ふらっと一歩を踏み出していたのです。門を越えるまで、三、四歩だったでしょうか。

門の中に足を踏み入れた刹那《せつな》、ぐねっとした感触が足の裏にありました。まるで巨大な蒟《こん》蒻《にゃく》の上に乗ったような気分で、何とも言えぬ気色悪さがあります。普通ならそこで引き返したくなるはずですが、このときの私は、ならば一刻も早く家の中へ入ってしまえば良いと、むしろ進む方を選んだのです。

そこで我慢しながら、更に一歩、もう一歩と足を踏み出しました。けれど足裏に覚える気色悪さが、次第に酷《ひど》くなっていきます。最初は「ぐねっ」という程度だったのが、そのうち「ぐねぇえっ」と地面に沈み込むような、そんな感触に変わり始めました。このままでは玄関に到着する前に、泥濘《ぬかるみ》と化した土地に呑《の》み込まれてしまいそうです。

無理か。

諦《あきら》め掛けて立ち止まったところで突然、地面の感触に変化がありました。それまでの気味の悪い柔《やわ》らかさが消えて、急に固くなり出したのです。

これなら歩き易い。

と思って喜んで歩いたのは、二歩だけでした。

ばき、ばきっ。

いきなり何かを踏んづけてしまい、それが折れるような物音が聞こえ、足の裏にそんな感触を覚えました。

慌てて足元を見やりましたが、ほとんど土に埋《う》もれており、いったい何を踏んだのか全く分かりません。ただ、その出来事とは関係なく、

変じゃないか。

という思いに囚われました。もちろん変なのは、空地に家が建っていること自体です。でも、その根本的な問題は仮に捨て置いても、恰《あたか》もこちらの心を読んだかのように地面が変化したことは、どう考えても可怪しい。あのときの私は、そこに反応したのです。

妙だ、不自然だ、怪し過ぎる。

いったん違和感を覚えると、警告《けいこく》する心の声が次々と聞こえ出しました。

どうして私は、この家に入ろうとしたのか。

ほとんど目の前で、ぽっかりと黒い口を開けている玄関を眺めながら、ようやく我に返ったように意識がはっきりしてきました。

とんでもないことを、しようとしている。

そこから私は、ゆっくりと後退《あとずさ》りを始めました。けど一歩、もう一歩と下がるにつれ、再び地面の感触が、ぐねっとし出したのです。その「ぐねっ」が、あっという間に「ぐねぇぇっ」に変わるのが分かり、がくがくと両足が震え出しました。

早く戻らないと、すぐに逃げられなくなる。

そこから私は、くるっとその場で踵《きびす》を返して、門まで駆け出したのです。ほんの七、八歩ほどしかない距離なのに、どれほど離れていると感じられたことか。あそこへ辿り着く前に、ずぶずぶっと地面に呑み込まれて、この世から消えてしまう恐怖を、ひしひしと覚えるほどでし

た。ですから途中から、思い切って跳《と》びました。足裏の感触は頼りなく、とても踏み切れないと思いながらも、門を目指して身体を躍らせたのです。

ずざっと物音を立てて前のめりに転んで、アスファルトに上半身を擦りつつも、お陰で門の外の道へ逃れることができました。両腕に痛みを覚えながらも、そっと振り返って見上げると、まだ家はあります。星明かりのない真っ暗な空を背景に、黒々と建っているのです。

あの家に入る心算《つもり》だった。

そう思うや否や、ぞくぞくっとした悪寒《おかん》が背筋を伝い下りました。

もしも入ってたら、どうなったのか。

更に考えようとして、慌てて頭を振りました。そんな想像を少しでも具体的にすると、それだけで気が触れそうだったからです。

痛む両腕を庇《かば》いながら、そろそろと立ち上がろうとしたときでした。物凄く厭《いや》な感覚に見舞われ、反射的に家を見やって、ぞっとしました。

二階の窓から、こっちを見てる。

そこに人影が映っていたわけではありません。家全体が影のように黒かったので、二階の窓辺に誰かが立っていたとしても、まず見えなかったでしょう。それなのに私は、このとき強く感じたのです。

こっちを凝っと、何かが見下ろしてる。

その場から四《よ》つん這《ば》いの格好で、私は西岡家の前まで逃げました。そこで苦労して立ち上がって、両足を縺《もつ》れさせながら、ようやく家へ逃げ込んだのです。

翌朝は何度も目覚めながら、なかなか蒲団から出られませんでした。かなり疲れていたのも事実ですが、カーテンを開けて隣の空地を確認するのが、やはり厭だったからでしょう。

その一方で、家など建っていないことを明らかにしたい、という気持ちも強くあったと思います。だからといって別に、酔っ払いの妄想で済ませるのではなく、あんな恐ろしいものが今は存在していないと、はっきり確かめたかったわけです。

それでも起きたのは、もう昼前でした。少し躊躇《ためら》いつつも寝室の窓際まで行き、さっと一気にカーテンを開けました。

目に入ったのは、ただの空地でした。家どころか何もありません。例の木の枝の群れが小さく見えるだけです。白くて小さな門も、ちゃんと閉まっています。昨夜の恐怖はそのまま、そっくり脳裏に残っていますが、一先《ひとま》ず安堵できる眺めがありました。

と感じたのも束の間、よくよく目を凝らして、「あれ」と思いました。木の枝の数が減っているみたいなのです。最初に見たとき何本あったのか分かりませんが、明らかに少なくなっているように感じられます。

どうしてなのか。これには何か意味があるのか。

他にも異変はないかと、空地全体を繁々《しげしげ》と見詰めていて、ぞわっと項《うなじ》が粟立《あわだ》つような発見をしました。

足跡《あしあと》です。

門から始まって、中心に向かって歩いている足跡が、点々と印されているではありませんか。

ここから確認できるだけで、七、八歩はあるでしょうか。そのうえ帰りの跡も、どうやら残っているようでした。途中から門の外まで跳んだ記憶が、決して誤《あやま》りでないことも、それらの足跡は証明していました。

私がつけた跡。

昨夜の体験は現実だと認めている心算《つもり》でしたが、こんな目に見える証拠を突きつけられたことで、自分でも驚くほどショックを受けました。

このままでは駄目な気がする。

どうにかしないといけない。

心底そう思い悩んだところで、ふと隣の種村夫人の顔が浮かびました。挨拶に行ったときの印象で、隣の空地について何か知っていそうに思えたからです。

ただし訪ねていって、面と向かって訊くのは、どうにも憚《はばか》られました。それに種村氏が一緒に出てきたら、はぐらかされる気がします。一番良いのは彼女が独りでいるときに、それとなく尋ねることです。

私は朝昼兼用の食事を作って、それを食べながら思案しました。その結果、買物に出るときに捉《つか》まえるのが、最も良い機会だと思い当りました。しかし、いつ彼女が出掛けるのか、さっぱり分かりません。もう午前中に行っているかもしれず、そもそも土曜は買物をしないとも考えられます。

仕方ないので外出の用意だけして、表に面した居間の窓辺まで椅子《いす》を持ってきて座り、そこで本を読み始めました。あまり没頭すると、夫人が出掛けても気づけません。それだけが心配でしたが、幸いと言うべきなのか、そのとき読んだ本はそこそこの面白《おもしろ》さしか感じられず、意識の半分は表に向けることができました。

お陰で三時過ぎに、種村家の玄関扉が開閉するらしき物音を、ちゃんと耳が捉えました。窓のカーテン越しに覗くと、門から出てくる夫人が見えます。

私は家の戸締りをして表へ出ると、彼女を追うように歩き出しました。あとは声を掛けるタイミングですが、どうやらバス停に向かっているらしいので、そこで挨拶をすれば良いと思っていると、くるっと先方が振り返りました。

それはもう慌てました。咄嗟《とっさ》に回れ右をして、逃げ出しそうになったほどです。こうして書くと滑稽に感じられるでしょうが、そのときの私は、まるで悪戯《いたずら》を見つかった子供のような気分でした。

「あら、こんにちは。お出掛け？」

しかしながら種村夫人には、普通に挨拶されました。当たり前です。こちらの企《たくら》みなど、何も知るわけがないのですから。

「ちょっと買物に」

私が答えると、彼女は嬉《うれ》しそうに微笑《ほほえ》みながら、

「それなら、ご一緒しましょう」

と言ったあと、駅前の商店街では「どの店で、何を買うべきか」と「あの店で、あれを買ってはいけない」という話を、得意そうに始めたのです。

あっという間にバス停を通り過ぎたのは、私という連れがあったからでしょう。バスに乗る

と商店街まで数分で着いてしまいます。それでは充分な話ができないと、きっと彼女は思ったに違いありません。

正に渡りに船でしたが、困ったのは夫人の話が、全く途切れなかったことです。ようやく商店街の各店舗《てんぽ》の検めが終わると、今度は息子夫婦に対する自慢と愚痴になり、次いで町内の各家庭の噂へと進むのです。これでは口を挟む余地がありません。

そこで私は、夫人の話が赤城家に及んだところで、その隣の集会所について質問してから、やや強引に向かいの空地のことを口にしました。

すると突然、お喋りだった夫人が黙り込みました。

「そう言えばご主人は、あそこに家は建たないと仰ってましたね」

彼女の反応に、私は気づかない振りをしたうえで、先方が応えざるを得ないように、そう続けたのです。

「私から聞いたって、主人には言わないでね」

こちらを見上げる夫人の意味有り気な眼差《まなざ》しに、しっかりと私が頷《うなず》き返すと、

「私たちが引っ越してきたあとで、あの土地に家が建ち始めたの」

「四丁目の東から西へ向けて、順番に建ててたのでしょうか」

「いえ、そんな感じはなかったのよ。あそこに家が建ち始めたとき、もうお隣の麦谷家は完成していて、引っ越しも済んでたし、その向こうの家々も、とっくに完成していたか、建てられてる最中だった。西岡さん家《ち》は、もう少しで出来上がりそうだったかしら」

そのとき二人は、ちょうどＪヶ丘の坂を下ったところでした。そこまでの話題の豊富さの割

に歩を進めていなかったのは、お喋りに夢中になるあまり、夫人の歩みが遅かったからです。

三時過ぎという中途半端な時間の所為か、その辺りに私たち以外の人影はありません。にも拘らず彼女は声を落とすと、ほとんど内緒話《ないしょばなし》をするかのように、

「あの土地で工事が始まって、しばらく経《た》った頃、日中に救急車のサイレンが聞こえてね。しかも我が家の前を通って、すぐに止まるじゃないの。驚いて外へ出てみたら、あそこの前に停まってたのよ」

「施工《せこう》の作業員が、怪我でもしたんですか」

「詳しいことは分からないけど、そうみたいだった。運ばれてる人を見たけど、作業服を着ていたからね」

普通に考えると、工事中に負った怪我でしょう。持病が急に悪化したとも見做せますが、それ以上の情報を夫人は知りませんでした。

「それから数日後、一週間は経ってなかったと思うけど、また救急車のサイレンがしたの。しかも、同じように近所で止まるじゃない。まさかと信じられなかったけど、慌てて表へ出たら、やっぱりあそこの前に停まってる。何だか私、怖くなって、そのときは側まで行って、とても見る勇気がなかったわ」

そう言ったあと夫人は、繁々と私の顔を見詰めてから、

「あそこの家の工事は、その後も続いたの。家の骨組が出来上がるような、そんな中途の段階があるでしょ」

「組立工事ですね」

「ええ、多分それ。そのときに今度は、夜中に消防車が来てね」

「火事ですか」

「赤城さん家の保子《やすこ》さんが、会社から帰ってきて、どうやら見つけたらしいの」

あの彼女のことでしょうか。

「それで一一九番に電話して、消防車が来たわけ」

「被害は？」

「骨組の部分が全部、綺麗《きれい》に全焼したわ」

「両隣の西岡家と麦谷家に、被害は出なかったのですか」

「保子さんによるとね」

と言い掛けて夫人は、急に慌てたように、

「赤城さん家の保子さんといっても、あの家の実の娘じゃないの。ご主人の亡くなった弟さんの子供なの。つまり彼女にとって赤城さんは、伯父《おじ》さんになるわけ」

特に必要とも思えない断りをしてから、

「それでね、保子さんによると、火は麦谷家の庭の木に、ほとんど燃え移らんばかりだったらしいのよ。だから一一九番するだけでなく、あの家にも知らせに走った。けど結局、両隣の家は無事だった。燃えて崩《くず》れた骨組も、全てあの土地の中に落ちて、少しも両隣に被害を及ぼさなかったの」

「それほど火の勢いが強かったのに、麦谷家の人たちは、全く気づかなかった？」

「不思議でしょ。麦谷家のご主人も奥さんも、そのことを気味悪がってたわ」

「あの土地に家を建てるのは、それで中止に？」

「いいえ、違うの。工事は再開したのよ。けど次は、大雨と大風のあった翌朝に、骨組が完全に倒れてしまってね」

「台風ですか」

「ううん、そうじゃなかった。仮に台風だったとしても、かなりの規模でないと、普通はなかなか倒れないって聞いたわ」

「そうですね」

　相槌を打つ私の顔を、夫人は覗き込むようにして、

「その後も、工事は続いたようなんだけど、いつの間にか中止になったみたいで。気づいたら更地《さらち》になってて、びっくりしたわ」

「大雨と大風で骨組が倒壊したあと、何があったかは不明なんですね」

「だからね、何もなかったのかもしれない。けど、工事を取り止めたってことは、絶対また何かあったからでしょ？」

「ええ、そうとしか思えません」

　私の返答に、彼女は満足気な口調で、

「それで何となく、あそこを敬遠する空気が、町内で流れるようになってね。実は麦谷さんの所も、一度は引っ越しを考えたらしいのよ。でも、家を建てたばかりでしょう。売るにしても、損をするのは目に見えてるじゃない」

「火事騒ぎの結果で判断すると、仮にまた何か起こるにしても、隣家にまで被害は及ばないか

もしれない」

「そうそう。同じことを、麦谷さんの奥さんも言ってたわ」

このとき二人は、ようやく商店街の端に着いたところでした。

「変なことを訊きますが」

この問い掛けで、夫人の足は完全に止まりました。

「あの空地には、何か曰《いわ》く因縁《いんねん》でもあるんですか」

「私もね、同じことを考えたの」

彼女は商店街の方へ、盗み見るような視線を向けて、

「それでこの辺りのお店の人に、それとなく尋ねてみたの。けど皆さん、『あそこは森が広がってただけの、ただの山だった』って、そう言うのよ」

「あそこって、Ｊヶ丘のことですよね」

「そうなの」

「つまりあの空地も、その山の一部に過ぎなかった。そこに特別なものは何もなく、他と同じように樹木で覆《おお》われてるだけだった。ということになりますか」

「ただね、本当のところは分からないでしょ。だって山だった頃のあそこへ、わざわざ足を踏み入れる人なんて、地元には誰もいなかったんだから」

もっともな指摘でしたが、それならばどうして存在しないはずの家が、あの空地に現れるのでしょうか。

「山の元々の持主は、やはり地元の方ですか」

できれば本人に会って、何とか話を聞けないものかと思ったのですが、

「そう、その通りだったんだけど」

この質問を待っていたとばかりに喋り出した夫人の、あまりにも忌まわしい説明に耳を傾けているうちに、私は物凄く厭な気分を覚え始めました。

「商店街に一軒だけ、いつもシャッターが下りてる店があるでしょ。あそこは前に不動産屋さんがあって、あの山の持主だったの。でもね、元々あの山に資産価値なんて、ほとんどなかったらしいのよ。ご主人の一番下の子が、よく友達と山の麓《ふもと》で遊ぶくらいで、他に使い道がないって、本人も笑い話にしてたって。それが思わぬ値段で売れたものだから、不動産屋のご主人は大喜びだったそうよ。けど、そういうときって気をつけないとね。好事魔多《こうじまおお》しって言うでしょ。浪人《ろうにん》中だったご主人の一番上の子が、なんとあの山の近くで首を吊《つ》ってね」

「まさか」

「ううん、山の中じゃないって聞いたわ」

私の不安を即座に打ち消すと、彼女は話を続けた。

「長男は二浪目で、ノイローゼ気味だった。だから仕方ないなんて言えないけど、ご近所としては『そこまで思い詰めてたのね』と、まぁ納得できたらしい。ただ、孫の自殺にがっくりきたお祖母《ばあ》さんが寝込んでしまい、そのままぽっくり逝《い》ってね。これは悲劇《ひげき》でしょ。しかも、そのあと今度はお祖父《じい》さんが、自宅の階段から落ちて亡くなったの。お祖母さんが死んで、すっかり元気がなくなって、終日ぼうっとしてたそうだから、うっかり足を踏み外したんだろうって。でも地元では、あの山を売ったせいじゃないかって、かなりの噂になったのよ」

「祟《たた》りとか、そういう意味ですか」

夫人は曖昧《あいまい》な笑みを浮かべただけで、特に否定もしません。

「あの山って実は、古墳《こふん》だったりしませんか」

ふと思いついて口にしたところ、

「同じように考えた人が、商店街にもいたらしいの。でも、もし本当に古墳だったとしたら、家を建てる前の工事で、いくら何でも分かるだろうって、地元の石部《いしべ》工務店の人が言ったって、そう聞いたわ」

もっともな反論がありました。

「でも、ただの山だった場合、そもそも祟りも因縁も有り得ないんじゃありませんか」

「そうなのよ。けれど不動産屋さん一家に、そういう不幸が重なったのは、あの山を売ったあとだっただけに、やっぱり無関係じゃないだろうって考える人が、かなりいたって話なの」

「何となく理解はできますが」

私が釈然としない顔をしていますと、

「それでご主人は、不動産屋の仕事を整理してね、奥さんと三人のお子さん、次男と長女と三男を連れて、故郷《こきょう》に帰ってしまったんだけど」

彼女はその後の不動産屋一家について話しつつ、そこで不自然に口を閉ざしました。

「では、今も故郷の方に？」

「それがね、向こうで借りた家が火事になって、一番下の子だけしか助からなかったって」

私は何とも言えない気持ちになりました。

不動産屋が手放した山は、本当に何の特徴もない普通の山としか思えません。その後の不動産屋一家の災厄《さいやく》は、合理的に考えると偶然《ぐうぜん》と見做すべきでしょう。長男の自殺には動機があって、それが祖母の病死に繋《つな》がり、更に祖父の事故を誘発したわけです。この三人の死の連続は確かに無気味ですが、少なくとも理由は説明できます。

しかしながら故郷で賃貸した家が火事になり、生き残ったのが山でよく遊んでいた三男だけだったという事実は、どうにも気色悪くていけません。これも偶々《たまたま》に過ぎないと思いたいところですが、どうしても引っ掛かります。

私が思わず考え込んでいると、夫人は遠慮と好奇心《こうきしん》が交ざったような顔で、

「話が逸《そ》れてしまったけど、元々はあの空地のことだったでしょ」

「はい、そうです」

「ひょっとして、何かあったの？」

この人に打ち明けても大丈夫だろうか、と自問した結果、否という自答が即座に出ました。決して悪い人ではありませんが、あっという間に噂を広められそうです。

「いいえ、具体的に何かあったとかじゃなくて、隣に住んでいると、どうにも気になると言いますか、あまり良い気持ちがしないものですから」

当たり障《さわ》りのない言葉で、取り敢えず誤魔化《ごまか》そうとしたところ、

「やっぱり若い人は、そういう方面が鋭《するど》いのかしら。赤城さん家の保子さんも、どうやらあの空地を嫌ってるらしいの」

とんでもないことを言い出しました。恐らく「そういう方面」という表現は、オカルト的な

意味合いで使ったのでしょう。

「どういうことですか」

驚いて尋ねると、夫人は少し困った表情になって、

「本人がね、はっきり言ったわけじゃないの。ただ道で会って、ご近所のことを話しているときに、何度かそう感じた覚えがあっただけで」

つまり夫人の勘違《かんちが》い、思い込みの可能性もあるわけですが、そうでない場合も当然あります。これは本人と一度、話をしてみるべきかもしれません。

そこで礼を言って別れようとしたのですが、そのまま夫人の買物に付き合わされました。向こうにすれば、私の買物の手助けをした、ということになりそうですが。


種村夫人と買物をしていたとき、私は辺りを憚《はばか》りながらも尋ねました。

「もしかすると曰《いわ》くがあるかもしれない山を、宅地開発したのがJヶ丘ですよね。そこに建てられた家に住むことに、躊躇《ためら》いはありませんでしたか」

すると夫人は、きょとんとした顔をして、

「だって何か関係があったのは、不動産屋さんでしょ。私たちは問題ないんじゃない」

「そうも言えますか」

「第一その手の怪談《かいだん》めいた話を聞いたのは、うちの家を買って引っ越して、しばらく住んだあとだったから、今更どうしようもなかったしねぇ」

なかなか肝《きも》の据わった返答があったのですが、言われてみればその通りです。あまり良い気

持ちはしないでしょうが、別に実害がないのであれば、わざわざ出ていく必要もありません。

「それにね」

　夫人は少し意地悪そうな口調で、

「もし何かあるにしても、あの空地に建つ家だけじゃないかって、そんな気がするのよ」

「でも家は建ちそうにもないから、安心だってことですか」

「そうそう」

　彼女は力強く頷いたあと、

「あっ、ご免なさいね。あなたの家の隣になるのに」

「いいえ、それが本当なら、うちにも関係ないことになりますから」

　あの空地に関する彼女との会話は、これが最後でした。

　さて、赤城保子さんですが、こちらは話を聞こうと思いながら、なかなか機会がありません。前のように寝坊することもなく、愚図愚図《ぐずぐず》しているうちに、日数だけが過ぎていきます。

　もちろん意図的にバスの時間を遅らせれば、彼女に話し掛けることはできます。そうしなかったのは、あの家を目にすることが、その後なかったからです。積極的な行動に移せなかった一番の理由が、それでした。

　喉元《のどもと》過ぎれば熱さを忘れる。

　正にこの諺《ことわざ》の通りだったのです。仮にあの空地に、普段は誰にも見えない家が存在していたとして、それで西岡家に住む私に実害がないのであれば、わざわざ問題にする必要もないだろう。そういう気持ちに正直、私はなっていたのです。

その一方で、遅くまで残業してH駅の最終バスを逃してしまい、Jヶ丘まで歩いて帰る夜は、さすがに緊張しました。バス停を過ぎて四丁目に入ってからは、西岡家の並びとは反対側をわざと歩いて、少しでも早く空地が目に入るように気をつけたほどです。そうして何もない、ぽっかりと空いた土地を遠くから目にして、ようやく安堵します。赤城家を右手に見ながら西岡家へ入るときには、明日こそバス停で彼女に声を掛けようと思うのですが、翌朝になると、また今度で良いと考え直してしまいます。その繰《く》り返《かえ》しが、三度か四度あったでしょうか。

ふと気づくと、引っ越してきて二ヵ月余りが過ぎていました。隣の空地を意識することも、もうほとんどありません。その後、赤城保子さんとは二回、実はバス停で顔を合わせていました。でも、空地の話はしませんでした。

このまま家を見ないのであれば、放っておいても良いだろう。

万一また目にしたとしても、無視すれば済むことではないか。

そういう気持ちが依然としてありました。何よりも優先されるのは、やっぱり仕事や生活といった日常ですからね。

その年は梅雨《つゆ》入りが早く、六月の声を聞くや否や、鬱陶《うっとう》しい毎日が続きました。

そんなある日のこと、いつものように残業を終えて、まだ最終バスには余裕で間に合うなと思っていたら、課長に「ちょっと行くか」と誘われました。別に上司と飲むのが嫌いだったわけではないのですが、なぜかこの夜は気が進みませんでした。何か引っ掛かるのです。かといって断るほどの理由がどうしても思いつかず、結局は誘いを受けました。

連れて行かれた居酒屋では、課長から「仕事の覚えが早い」と、意外にも褒《ほ》められました。

予想外のことでしたので、とても嬉しかったです。それなのに心の隅では、相変わらず何かが引っ掛かっています。こんなことをしている場合ではない、さっさと帰るべきではないか、という気持ちが何処かにあるのです。

しかし、その不可思議な感覚も、勧められるままに飲んで酔ってしまうと、たちまち希薄になりました。単なる気の迷いに過ぎないと思えたのです。

それが大いなる間違いであると分かったのは、Ｈ駅に着いて商店街の中を傘《かさ》を差しながら歩いていたときでした。

酒を飲んで酔っている。

最終バスを逃して歩いている。

それほど遅い時間に帰宅している。

曇空のために、星明かりがない夜である。

これらの条件が満たされた日の二回だけ、あの家を目にしていることに、ようやく私は気づいたのです。

つまり飲酒という状態、深夜という時間帯、闇夜という天候の三つが揃ったとき、あの家は現れるのではないでしょうか。

この日は朝から雨でした。曇空以上の条件と言えます。だから私は無意識に、早いうちに帰宅しなければならないと、恐らく感じたに違いありません。けれど、それを察することができなかったのです。

今の自分が、如何《いか》に恐ろしい状況に身を置いているか。商店街を通り抜けている間に、私は大いに悟《さと》りました。とはいえ戻ることもできません。何処へ行けば良いのでしょう。ふっと高原君の顔が浮かびましたが、彼のアパートへ行こうにも、もう電車がありません。仮に移動手段があったとしても、今からでは真夜中になってしまいます。第一こういう条件下での帰宅の度《たび》に、彼の所に泊めて貰うのでしょうか。そんなことは無理です。

　それに今は、ちゃんと確かめるべきではないか。

　私の考えた条件が実際に合っているのか、三度目の家の出現は本当にあるのか、こうなったら確認するしかないと、このとき強く思ったのです。

　酔いの所為で恐怖心が、ちょっと麻痺《まひ》していたのかもしれません。

　それに加えて好奇心が、逆に増大していた気もします。

　いずれにしろ私は足を止めることなく、そのまま住宅地を通り抜けて、Ｊヶ丘に通じる坂を上がり始めました。雨量が多いとき、さながら川のようになる坂でしたが、この夜は普通に歩けました。赤城保子さんと初めて顔を合わせた夜が、不意に蘇ります。彼女と話す機会もなく、三回もあの家を見る羽目になるのかと思うと、少しだけ後悔に近い念に囚われました。

　家の出現を確かめるのは良いとしても、その前にできる限りの情報収集を、やはり行なっておくべきではなかったか。

　この期に及んで、そんな考えが脳裏を過ぎったのです。しかしながら、最早どうしようもありません。手遅れです。

　坂を上がり切って、そこから延びるＪヶ丘の道に目をやりましたが、全く人影はありません。後ろを振り返ってみても、誰もいない坂があるだけです。

この頃から急に、雨が激しく降り出しました。傘に当たる雨音が、少し煩《うるさ》いくらいです。もっとも雨量が増す前に、坂を上がれたのは幸運でした。ただ梅雨だというのに蒸《む》し暑くなく、むしろ肌寒さを覚えるのには閉口しました。

私は上着の前を掻《か》き合わせ、傘の柄《え》を短めに持ち直すと、南××三丁目のバス停を目指して、ゆっくり歩き出しました。左右に並ぶ家々の窓も、ほとんどが真っ暗です。明かりといえば各戸の外灯と、電柱の街灯だけしかありません。それらも雨の所為で、半ばぼやけています。Jヶ丘の全体が、陰鬱とした暗がりに沈んでいるように映ります。樹木だけが茂っていた元の野山に、恰《あたか》も戻ったかのような静寂と濃い闇が、この丘全体に降りているのです。

バス停を過ぎて四丁目に入ったところで、西岡家の並びとは反対側の道へと移ります。そうして歩いていくうちに、全く明かりのない黒々とした空間が、前方に見え始めました。その両隣には、種村家と麦谷家の外灯が仄《ほの》かに滲《にじ》んでいます。

私は朝早くに家を出ますし、もちろん同居人もいないので、平日は外灯を点したことがありません。そのため西岡家と空地の部分だけ、真っ暗だったのです。

あの家が建ってるのかどうか、もっと近づかないと分からないな。

そう思いながら歩を進めていたときでした。

ぼおっと微かな明かりが、その真っ暗な空間に、ぽつんと点りました。西岡家であるはずがない以上、あの家しか考えられません。

出た。

まるで幽霊が出現したように、私は心の中で叫びました。でも、あそこに存在しない家が現れるのですから、あれは「家の幽霊」と言えるのではないでしょうか。

その明かりから目を離すことなく、空地の前まで歩を進めると、真っ暗闇の中に黒っぽい塊《かたまり》に映るあの家が、確かに建っていました。あまりにも暗くて細部は分かりませんが、これまでに見た家と同じようです。もっとも断定まではできません。そっくりだと思うのですが、その類似点《るいじてん》を挙《あ》げようとしても、一つも浮かばないのです。途方に暮れて周囲の家と比べてみましたが、特に変わった所は見受けられません。極めて普通の住宅のようです。

いえ、少なくとも家屋の格好は、と言い直すべきでしょう。その家が纏《まと》っている雰囲気は、やはり尋常《じんじょう》ではありませんでした。

この前と同じように、門と玄関の扉が開いています。異なっていたのは、家の内部から明かりが漏れていた点です。それも奇妙な色合いの、何とも言えぬ無気味な光源が。

例えば夜道を歩いていて、民家の明かりが目に入ったら、普通どう感じるでしょうか。どんなイメージを持つでしょうか。私にとっては「家族の団欒《だんらん》」です。特に冬場であれば「家庭の温もり」のようなものを覚えます。肌寒い雨の日でも同じです。

ところが、目の前の家から漏れる明かりは、そうではありません。ただ光っているだけで、温か味が一切ないのです。単なる合図のようなもの、という表現が一番近いでしょうか。でも、何に対する信号なのか。

私ですか。

そう思ったのは、やはり誘われてると感じたからです。もちろん受ける心算《つもり》はありません。けれども途中まで足を踏み入れて、ちょっと内部を覗くくらいなら問題ないだろうと考える自分もいます。この前も、門から七、八歩ほど入ったのですから。

　門を越えて驚いたのは、地面に敷石《しきいし》が見えたことです。雨にも拘らず泥《どろ》に足を取られることなく、これで楽に歩けます。そのため玄関まで、あっという間でした。

　扉口に立ち、そっと屋内を見やると、廊下の奥と思われる場所で、ゆらゆらと明かりが揺らめいています。でも不思議なことに、その辺りの様子が一向にはっきりしません。ぼうっとした光が存在しているだけで、周囲は暗いままなのです。

　す、す、すっ。

　そのとき廊下の奥から玄関へ、何かがやって来る気配がしました。

　ぎょっとして身を引きながらも、明かりの中に今にも何かの姿が浮かぶと思い、我慢してその場に踏み止まりました。

　す、す、すっ。

　でも気配は近づくのに、全く何も見えません。明かりが遮られることもなく、ただ足音のようなものだけが、次第に迫ってくるのです。

　みしっ。

　その物音が変わったところで、私は回れ右をして逃げ出しました。すると敷石が突然、土の地面へと変化しました。そして見る間に、泥濘《でいねい》化していったのです。

　門を目指して走りながら、両足の裏の感触が蒟蒻から豆腐《とうふ》へと変化するのが、気持ちの悪いほど分かりました。これは駄目だと慄《おのの》いた途端《とたん》、左足首が泥に埋まり掛けて、私は大いに焦《あせ》りました。ずぶずぶと地面に沈んでいく自分の姿が、ぱっと脳裏に閃いて、途轍《とてつ》もない絶望に襲われたのです。

　それでも立ち止まらなかったのが幸いしました。次の一歩で、右足が門の外へと出たからです。そこで思いっ切り踏ん張って、どうにか左足を引き抜くことができました。その反動で表の道に倒れ込んで、またしても両腕を打ちました。傘も鞄も手放してしまい、二つとも道に転がっています。けれども打ち身の強烈《きょうれつ》な痛さに、それらを拾う余裕さえありません。

　それなのに顔を顰《しか》めながらも、なぜか私は、すぐさま振り返っていました。

　すると玄関の扉が、ばたんっと強く閉まるところが、ちょうど目に入りました。せっかく招待して上げたのに、私に失礼な態度を取られて気分を害したと言わんばかりに、物凄い勢いで扉が閉じたのです。

　その直前、扉口の向こうに人影が、ちらっと見えた気がします。いえ、それが果たして人間だったのかどうか、正直よく分かりません。

　あの家の中で何かが、私を待っていたらしい。

　そう考えるや否や、雨でずぶ濡れになって冷えているのに、更に氷の塊を首筋から入れられたかのように、ぞぞっとした震えが背筋を下りました。

　苦労して立ち上がって傘と鞄を拾い上げると、私は西岡家へ駆け込みました。そして玄関の三和土で、しばらく荒い息を吐いてから、引き寄せられるように居間の西側の窓際まで行くと、そっとカーテンの隙間から隣を覗いたのです。

　あの家が見えました。

　空地のはずの隣の土地に、確かにまだ建っています。激しい雨に全身を打たせながら、身動《みじろ》ぎ一つせずに凝っと蹲《うずくま》っている、まるで巨大な生き物のように。

その家の中で、ぼうっと灯が燃えています。それが窓越しに見えるわけではなく、家の中心で点っているのが、なぜか目に映るのです。そのうち朧《おぼろ》な光が、ゆらゆらと揺らめき出しました。その様が炎によるお出でお出でのように思え、不味《まず》いと思いながらも、つい見惚《みほ》れてしまいます。目を逸らさないと危ないと察しているのに、どうしても見入ってしまうのです。

あの家に行かないと。

そんな気持ちを、いつしか覚えています。

厭だ、行きたくない。

その一方で、必死に抵抗している自分もいるのです。

とにかく意志の力を振り絞《しぼ》って、私はカーテンを引きました。その途端《とたん》、後悔と安堵の感情が相半ばして、どっと胸の内から込み上げてきて、もう立っていられなくなり、その場に頽《くずお》れてしまいました。

濡れた服の気持ち悪さを自覚するにつれ、助かったという思いが湧き上がりました。ただ、せっかくの機会だったのにという悔いも、ほんの少しですが残っています。それが自分でも分かるだけに、何とも言えぬ怖さがありました。

四度目にあの家が現れたとき、私はどうなるのか。

正確には「どうする心算《つもり》なのか」でしょうが、そこに自らの意思がどれほど関われるのか、正直かなり不安でした。

ぼうっと屋内で点る例の明かりを目にしたら、誘蛾灯《ゆうがとう》に魅入られた虫のように、ふらふらと近寄っていって、あの家の中に入ってしまうのではないか。

そんな風に思われてなりません。

飲酒と深夜と闇夜。

この取り合わせに注意するしかないと、私は肝に銘じました。


夏までに私は会社の一部の人たちから、陰で「雨男」と呼ばれるようになりました。それを昼食のときに、同期でも仲の良い高原君が教えてくれました。

「そんな自覚ないけど」

不思議がる私に、彼は首を振って苦笑しつつ、

「本来の意味じゃなくて、天気の悪い日に飲みに誘っても、絶対に行かないってことだよ」

「だから、雨男か」

これにはびっくりしました。私としては、あくまでもさり気なく断っており、全く目立っている心算《つもり》はなかったからです。

「別に悪口じゃないけど、ちょっと面白がられてるのは本当だぞ」

高原君の口調から感じられたのは、今のところは冗談《じょうだん》で済んでいるが、これが続くと「付き合いの悪い奴《やつ》」という目で見られ兼ねない、という懸念でした。

「何か訳でもあるのか」

だから彼は、心配して訊いてくれたのでしょう。

「いや、それが」

と言い掛けて、あの家のことを話すのか、と自分でも驚きました。でも高原君や嶋中さんになら、別に打ち明けても良い気もします。

あの家を二度と目にしないために、天気の悪い日は酒を飲まずに早く帰りたい。とんでもない現象を信じるかどうかに関係なく、そういう事態に陥《おちい》っている現状を、この二人なら理解してくれるかもしれません。

とはいえ、さすがに躊躇《ためら》いました。色々と仕事が大変で、こちらが精神的に参り掛けていると心配されるのが、恐らく落ちでしょう。そういう予想ができるだけに、「最終バスを逃して、雨の夜に徒歩で帰るのが嫌いだから」と、取り敢えず無難に答えることにしたのです。

高原君は一応、納得したようでした。

「だったら今後は、ちゃんと説明して断った方がいいぞ」

彼の忠告通りだったので、次からは理由を言う心算だったのですが、そんな言い訳が通用しない飲み会が、すぐ開かれることになりました。

同期の送別会です。

実はそれまでにも、何人か辞めていました。一番早かったのは、研修が終わった直後に辞表を出した者でした。先輩社員の話では、それほど珍しいことでは決してなく、毎年そういう新入社員が出るらしいのです。ですから会社も、初めから辞めるであろう人数を見込んで、新卒を採用していると聞きました。

肝心の送別会ですが、誰のときよりも盛大でした。辞める「大村《おおむら》」という男に人望があって、同期だけでなく各部署の部課長や先輩社員も、多く出席したからです。もちろん彼は仕事もできたので、かなり引き止められたようですが、その決心は固かったわけです。

　関西出身の大村君は明るくて剽軽《ひょうきん》だったので、女子社員にも人気がありました。ただ私から見ると、何処か陰があるように思えたのも事実です。普段は少しも表に出さないのに、ふと何かの拍子に、その陰が僅《わず》かながらも顔を出す。そんな印象がありました。

　会社の帰りに嶋中さんに付き合い、喫茶店で珈琲を飲みながらショートケーキを食べていたとき、この大村君の人物評を口にしたところ、

「だから女子たちに、彼は人気があるのよ」

　当たり前のように返されて、社内の女性社員のほとんどが気づいていたと知って、それはもう驚きました。

「明るくて面白いだけなら、ただのお馬鹿に見えるかもしれないけど、ちょっとした陰がそこに感じられるところが、彼の魅力になってるわけね」

「そんなものか」

　あまりにも私が素直《すなお》に感心した所為か、ぷっと嶋中さんに笑われました。

　そういう人物が主役でしたから、大村君とまともに話せる機会は、送別会の最中は全くありません。ようやく面と向かい合ったのは、同期だけの三次会の途中で、私がトイレに立って席に戻ろうとしたときでした。

「ちょっとええか」

　トイレ待ちの他の客が二人いるだけで、同期が誰も見当たらない店の廊下で、彼は待っていたように私を呼び止めると、そそくさと外へ誘いました。

「どうした？　何だ？」

　わざわざ皆から離れて、恰《あたか》も内緒話をするような感じだったので、かなり不審に思いました。同期というだけで大して親しくなかったので、余計に不思議でした。

「お前には、もっと早《はよ》うに言う心算《つもり》やったんやけど、なかなか機会がのうてな」

　しかも大村君は、そんな断りを口にするのです。

「何か怖いな」

　私が無理に冗談ぽく返すと、彼は真顔で、

「せやな、怖い話かもしれん」

　私が反応に困って、大村君を無言のまま見返していると、

「その手の話って、信じる方か」

「オカルト的な？」

「まぁ言うたら、せやな」

「それは、やっぱり話の内容によると思う」

「当たり前か」

　彼は少し言い淀《よど》むような様子を見せてから、

「いきなり変なこと訊くけど、黒くて大きい箱みたいなもんに、心当たりあるか」

「いや、ないと思う」

　極《きわ》めて普通に否定したあと、はっと私は身動ぎました。

　あの家。

見様によっては、黒い大きな箱に映らないこともありません。

「何ぞ思い当たったようやな」

「うん、けど、あれは」

「説明はせんでええ。仮に違うと否定したいにしても、その必要もない。黒い大きな箱と聞いたことで、何か思い浮かべたもんがあるんやったら、恐らくそれが当たりや」

「どういうことだ？」

　個人的な付き合いのない大村君が、あの空地や家の存在を知っているわけがありません。私がＪヶ丘の一軒家に住んでいることさえ、きっと初耳だったでしょう。

　すると彼が突然、ぎくっとするような台詞を吐きました。

「これは同期の親しい奴にも、実は打ち明けてないんやけど、俺は小さい頃から、偶に変なもんが見えるときがある」

「オカルト的な意味で？」

　私の確認に、彼は頷きながら、

「関西の田舎にいる母方の祖母ちゃんが、昔で言う拝《おが》み屋《や》をしていることと、きっと関係あるんやと思う」

「その才能を受け継いだわけか」

「こんな変なもん、才能でも何でもない」

　そう強く口にした大村君の顔には、明らかに陰がありました。でも次の瞬間、その陰を払うように、彼は表情を引き締めると、

「それでお前の背後に、そういう黒くて大きい箱みたいなもんが、何度か見えたんや」

「もしかしたら、だけど」

あの家のことを話すのなら、この大村君しかいないと、咄嗟《とっさ》に私は思ったのですが、

「悪いけど、俺にいくら説明しても、どうにもできんから」

あっさり本人に、拒絶されてしまいました。

「そういう変なのが見えるだけで、どう対処したらええかとかは、全く分からんのや。そんな力、才能でも何でもないやろ」

「そうかな」

場合によっては相手に、危険を知らせられるわけですから、立派に他人の役に立つ能力ではないでしょうか。

ただ、私がそう口にする前に、大村君は何を言われるのか察したかのように、大きく首を振りながら、

「せやから黙ったままにしようかと、一度は考えたんやけど、この会社で同期になったんも、何かの縁やろ。だったら、ちゃんと伝えておこうか思うてな」

「ありがとう」

私は一先ず礼を述べてから、

「これだけは教えてくれ。その黒い大きな箱には、関わらない方がいいのか」

「多分な」

意外にも曖昧な返答だったので、私は少し面喰《めんくら》いました。それが彼にも分かったのか、困っ

た顔をしながらも、こう続けました。

「お節介《せっかい》にも忠告めいたことしといて、何や煮《に》え切らん奴やなと、きっと呆れとるやろ。この黒くて大きな箱いうんが、決して良うないもんやとは、俺にも分かるんや。ただ、お前にとっても悪いもんかどうか、そこがはっきりせんでな」

「具体的に説明してくれ」

大村君は躊躇《ちゅうちょ》しているようでしたが、決心がついたのか私の顔を凝っと見詰めると、

「そんなら厭な譬《たと》え話をするけど、ええか」

私も覚悟して頷きました。

「家が全焼して、両親を一度に亡くした少年が、仮におったとする。他に親戚《しんせき》はおらんから、完全に天涯《てんがい》孤独《こどく》の身になってしもうたわけや。その彼と初めて会ったとき、ずっと後ろの方に、真っ黒な人影のようなもんが二つ、俺に見えたとしとこか。ほんで二回目に会ったときは、その人影のようなもんが、少し彼に近づいとった。三回目は、更に迫っとる。という話を聞いたとして、お前ならどう思う？」

「二つの人影は、少年の焼死した両親の、やっぱり幽霊かな」

「で？」

「段々と近づいてくるのは、良い方に考えると、自分たちの子供に会いたいからで、悪い方に考えると、子供をあの世に連れていくため、のように思える」

「お前やっぱり、ちょっと変わっとるな」

「どうして？」

「この話を聞いた奴は、親が子供を引っ張りにきたと、ほとんど答えるからや」

「同じように感じたけど、もう一方の可能性も零《ゼロ》ではない、というだけだよ」

「そりゃそうや。しかしな、二つを並べて口にするいうことは、その手のもんを端《はな》から悪く捉えることを、お前はせんいう証拠かもしれん」

　何を言われているのか、ぴんと来なかったので、私は説明を求めようとしたのですが、

「いや、話が逸れた。気にせんでくれ」

　大村君は問題の譬え話に、さっさと戻してしまいました。

「そんな少年と関わったとして、お前ならどうする？」

「見たままを伝えて、お祓《はら》いを勧めるかな。子供に会いたいだけだったとしても、成仏して貰うに越したことはないだろ。況《ま》してこの場合、あの世に連れていく可能性の方が高そうなんだから余計だよ」

「第三者にとっては、そういう反応が最も自然やろな」

「本人は違うのか」

　思わず問い返しましたが、彼は何とも複雑な顔をして、

「一度に親を亡くして、天涯孤独の身になった少年からしたら、迎えにきた父母と一緒に、そのまま逝ってしまうんが、何よりの幸せやいうことも、まぁあるってことや」

「その気持ちは分かるけど、まだ子供なんだから、将来が」

「と考えるんは周りの大人で、両親を亡くしたばかりの、当事者の少年は違うやろ」

　何も返せないでいる私に、大村君は再び困ったような顔で、

「せやからお前の黒くて大きな箱も、簡単には判断できんいうことや」

少年の譬え話のあとだけに、どきっとしました。

「近づかん方がええと、俺は感じた。けどお前にとって、あれが何を意味するんか、そこまでは分からんからな」

決して良くはないだろう、と言い返そうとして、私は躊躇《ためら》いました。

あの家に惹《ひ》かれる自分がいる。

三度目の邂逅《かいこう》で、そう思い知らされたような気がしていたからです。

私は今「邂逅」という言葉を、全く自然に使いました。あの家に悪感情だけを持っているわけではない、これは証左《しょうさ》と言えないでしょうか。

「もし少しでも迷う気持ちがあるんやったら」

大村君は凝っと、私を見詰めながら、

「黒くて大きな箱に、お前は関わらん方がええやろ」

「そうすることが両親を亡くした少年のように、仮に幸せだったとしても？」

「あの少年の場合は、本人にしか分からん深刻さがあった。お前は彼の将来って言うたけど、それは第三者である大人目線の考えや」

「だからって」

「死んでる両親に連れられてしまうんが良いとは、そりゃ俺も思わん。ただ、少なくとも彼と比べたら、お前の場合は、自ずと答えが出るんやないか」

そこで私は遅蒔《おそま》きながら、はっと気づきました。

「少年の話は譬えじゃなくて、大村君が体験した本当にあった出来事か」

「どやろ」

「そして彼は実際に、両親と共に逝ってしまった。そうじゃないのか」

「さぁな」

しかし彼は惚《とぼ》け続けました。

「こんな所で、お前ら何をしてる？」

そこへ大村君を捜《さが》しに、同期の数人が現れたので、彼との話は終わりました。

「まさかお二人さん、できてたのか」

馬鹿話を始める同期たちに、大村君は同調して笑っています。私も仕方なく、その場を取り繕《つくろ》うために、無理に笑みを浮かべました。

でも店内に戻る途中で、

「その箱が最初に見えたのは、いつ？」

大村君に小声で尋ねて、彼の答えを聞いた途《と》端《たん》、すうっと笑みは引っ込みました。

「入社式で、お前を初めて見たときや」

大村君の送別会の三次会が終わって、四次会を断って帰路についた私の頭の中を、ぐるぐると同じ言葉が回り続けていました。

初めて見たとき。

私が西岡家へ引っ越したのは、初出社の前日でした。そして入社式は、その日に執り行なわれました。それは二週間も続く研修の、初日でもあったわけです。やがて研修が終わり、最終日に打ち上げがありました。

　私は相当に酔って、H駅まで帰ってきました。しかし、最終バスは出てしまってありません。だから仕方なく歩きました。空は曇っていて星明かりが一つもなく、Jヶ丘に通じる坂下の辺りが暗くて、このとき赤城保子さんと出会ったわけです。

　あの家を目にしたのも、その日が初めてでした。

　にも拘らず大村君は、入社式で私を見掛けた際に、もう「黒くて大きい箱みたいなもん」を見ているのです。

　順番が逆ではないか。

　私があの家と出会ったあとで、大村君が問題の箱を幻視したからといって、それが彼の力の正しさを証明することには、もちろんなりません。けど、その順序が逆転することで、彼の能力に対する信憑性《しんぴょうせい》が、むしろ高まったように感じられたのです。それこそ彼が私の背後に見たという箱が、あの家だという証拠など全く何もないのに。

　一番の理由は、大村君の純粋な好意を、彼と話してみて覚えたからでしょう。彼が言っていたように、あまり親しくなかった私に何も告げずに、会社を辞めることもできたはずです。でも彼は、わざわざ店の外まで私を連れ出して、自分の幻視について教えてくれました。

　それだけではありません。三次会で別れる前に、そっと大村君から折《お》り畳《たた》まれた紙片《しへん》を渡されました。独りになるのを待って開いてみると、彼の祖母と思しき人物の連絡先《れんらくさき》が、そこに記されていました。

その手のものが苦手でも、また別の対処法があるから大丈夫や。
という断り書きまでであります。祖母を紹介するから一度ちゃんと見て貰えと、いきなり大村君に言われたとしたら、間違いなく警戒したでしょう。しかし彼と話したあとでしたので、私は有り難く紙片を上着のポケットに仕舞《しま》いました。

　Ｈ駅から歩きながら、私は酔った頭で考えました。

　今夜あの家は、間違いなく現れるのではないか。これまでの経験に鑑《かんが》みても、その可能性が高いことが分かる。では私は、どうするべきなのか。

　一、端から無視をする。そのためにはバス停の辺りから道の左側を歩いて、あの家が西岡家の陰になるように心掛ける。また種村家の手前では下を向き、そのままの姿勢で西岡家に入って、あの家が視界に入らないようにする。

　二、存在の確認だけをする。そのためにはバス停の辺りから道の右側を歩いて、なるべく早くあの家が目に入るように心掛ける。ただし、その出現を認めたところで、すぐに道の反対側に渡り、あとは一の項目《こうもく》と同じ行動を取る。

　三、存在の確認をしたうえで、あの家を観察する。前回のように門を入って玄関まで進むのも、場合によっては有りかもしれない。一番の目的は、とにかく家の観察にある。

　四、存在の確認をしたうえで、あの家の中へ入る。これまでの経験の先へ行くためには、それしかない。

　今から取るべき道は、この四つのうちのどれかでしょう。西岡家に帰り着くまでの間に、それを決めなければなりません。

そう思うのですが、なかなか選べないのです。もしも大村君と話していなかったら、迷いながらも三番に決めたかもしれません。やはり興味があったからでしょう。でも警戒もしていましたので、家の中を覗きたいと願いつつも、三番を選ぶには躊躇《ためら》いがあったわけです。

しかし大村君の話を聞いたあとでは、酔いが回った頭で考えても、一番か二番にするべきだという気がします。仮に三番を選ぶにしても、絶対に門から中へ入るべきではない。あくまでも柵の外から観察するに留めておく。それがギリギリの譲歩だと、己に言い聞かせている自分がいました。

深酒をしている割には、かなり冷静な判断をしていたことになります。これも大村君のお陰と言えるでしょう。

それでも四つの選択のうち、どれも選べない状態のまま、私はバス停まで来てしまいました。ここで立ち止まっていたら、いつまでも決められないで悩んだ挙句、またベンチに座って寝てしまい、何事もない夜明けを迎えていたのかもしれません。

でも私は足を止めずに、そのまま歩き続けました。道の左端に沿って、早くも視線を下に向けながら、一心に西岡家を目指したのです。

あの家を無視すると、このとき決めたわけではありません。ただ自然に、身体が反応していました。直前まで悩んでいたのが、本当に嘘《うそ》のようでした。やはり大村君との会話が、自分で感じている以上に、この夜の私に影響を与えていたのでしょう。

私は下を向いて歩きながらも、家々の門構えと垣根《かきね》や塀《へい》などを、ちゃんと視界の隅に捉えていました。三丁目の各家屋の外観は、平日の朝に充分なほど目にしているので、ほぼ分かっています。ただ夜中に街灯と外灯の明かりで見るわけですから、少し不安はありました。でも、うっかり西岡家を通り過ぎてしまうことは、まず絶対ないはずです。

　実際そうして歩きながら、すぐ左手に建つのが誰の家なのか、ちゃんと表札の名字を言えたのですから。だから種村家まで来たところで、私は心の準備をすると、次の西岡家の前で隣の空地に目をやることなく、くるっと左に九十度回って、そのまま門を潜ったのです。

　すると私は、あの家の敷地内に立っていました。

　驚いて左手を見やると、そこには種村家ではなく、確かに西岡家があります。ちょうど一軒分だけ間違えたことになりますが、どう考えても有り得ません。視線は下向きだったとはいえ、ちゃんと各戸を確かめながら歩いたのです。それに西岡家とあの家では、そもそも門が全く違っています。両者を見誤るはずがありません。

　混乱する頭を抱えて、門の内側で蹲《うずくま》りそうになりました。そのとき開いた玄関扉の向こうで輝《かがや》く明かりが、ぱっと両の瞳《ひとみ》に飛び込んできたのです。

　それは前のように、家屋の中心で朧《おぼろ》に光っているものではなく、何とも温かそうな明かりに映りました。普通に一般家庭を訪ねて、玄関の扉を開けたら、その向こうに見える温もりを感じる明るさが、正に家の中にあったのです。

　私は当然のように、玄関へ向かって歩き出しました。こつこつと敷石を踏む足音を耳にしながら、特に躊躇うことなく、すんなりと家に入っていました。

　ただし玄関扉を越えて、三和土に立ったところで、これは不法侵入ではないか、と心配になりました。「一度いらっしゃい」と招かれたわけでも、「これから伺います」と訪問を伝えたわけでも、どちらでもありません。私が勝手に入ったのです。

呼ばれた。

すると突然、そういう思いが浮かびました。

この家に、私は呼ばれた。

だったら何の心配もいりません。むしろ呼ばれているのに、行かないのは失礼でしょう。もしかすると三回も無視したうえ、ようやく四度目で招待に応じたのかもしれないのです。そう考えると恥ずかしくなりました。

外から窺ったとき、玄関の内側から煌々《こうこう》と点る明かりが見えたのですが、実際に三和土に立ってみると、随分《ずいぶん》と薄暗く感じられます。また、それは廊下の奥から射していたはずです。それなのに三和土を上がった玄関間に当たる空間から、廊下は左手に折れているのです。これでは奥でいくら輝いていても、その光が外まで届くわけがありません。

妙だなと感じましたが、左手に折れた廊下の奥から、間違いなく温かそうな光が射しています。しかも私を誘っているように映るのです。だとしたら何の問題もないでしょう。

遅くなりました。

その明かりの方に向かって、私は声を出した心算《つもり》でしたが、本当はどうだったのか自信がありません。

お邪魔します。

そう言ってから靴を脱いだはずですが、確かなことは分かりません。

三和土から上がった途端《とたん》、ひんやりとした冷たさを靴下の裏に覚えて、ぶるぶるっとした震えが頭の天辺まで駆け上がりました。その瞬間、早く戻れという叫び声が、頭の中で響いた気がします。でも、前方の明かりを目にしていると、戻る必要などないと思えてきます。

呼ばれたのだから。

もっと堂々とするべきでしょう。しかしながら私は、この家に歓迎されているのかどうか、正直まだ不安でした。だから廊下を進むのも、ひっそりと忍《しの》び足《あし》だったのです。

その廊下ですが、三和土にいたときは明るく見えたはずなのに、いつの間にか薄暗くなっています。ふと振り返ると、もう玄関間は闇に沈んでいて見えません。そんなはずはないと思うのですが、真っ暗なのです。

ただし前方に目を向けると、少し先の左手の開いた扉から、眩《まばゆ》い輝きが漏れています。

あそこへ。

自分は呼ばれているのだと分かりました。それでも不安感が少し残るため、やはり足取りは慎重でした。

扉口まで来て、そっと室内を覗きます。

誰もいません。

ソファとテーブルがあるため、どうやら居間のようです。でも、かなり殺風景でした。他に家具は見当たらず、壁に何の装飾も施されていなかったからでしょう。

ところがテーブルの上に、なぜか食卓用の虫除《むしよ》けネットだけが一つ、ぽつんと置かれているのです。白地に花柄の模様を配しているため、肝心の中身はよく見えません。けれど他に目ぼしいものは何もないため、どうしても気になってしまいます。

私は居間らしき室内に入ると、恐る恐るソファに座りました。それから目の前の虫除けネットに手を伸《の》ばして、そっと持ち上げました。

湯気《ゆげ》が立っている珈琲。

小皿に載《の》せられたショートケーキ。

ほんの今し方、私のために用意したかのように、その二つがテーブルの上に置かれていたのです。虫除けネットを掛ける心配りまでして、持て成しの準備がされているのです。

これは喜ぶべきだろう。

頭では理解しているのですが、そういう気持ちが一向に起こりません。いえ、理解というよりも、ここは招待主の歓待に対して、それ相応《そうおう》の態度を見せるべきだ、という常識が働いたとでも言うべきでしょうか。

でも、無理でした。

珈琲もケーキも、見た目は完璧だったと思います。にも拘らず心の奥底の方で、これは偽物ではないかという疑いが、ちらちらと瞬くのです。

口にしたくない。

それが本心でした。ですから取り去った虫除けネットを、再び被せようとしました。そうしてから家人を捜すために、屋内を見て回ろうと考えたのです。

虫除けネットに手を伸ばし掛けて、はっと私は躊躇《ためら》いました。食べないと意思表示をすることで、何か起こるのではないか。それも悪いことが。という心配が、不意に脳裏を過ぎったからです。

帰れない。

より正確には、帰してくれないでしょうか。この家に私は呼ばれたわけですから、別に好きなときに暇《いとま》することができるはずです。そう思うものの、相手の歓待を蔑《ないがし》ろにする行為をしてしまったら、それ相応の報《むく》いを受けるような気が、ふっとしました。

帰りたい。

この頃には心底、そう願っている自分がいました。ただの家なのですから、普通に歩いて出ていけば済む話です。けど、目の前の珈琲とケーキを口にしないままでは、到底それも無理そうに思えてなりません。かといって一口でも食してしまうと、取り返しのつかない羽目になる。という警戒心も、次第に強まるばかりです。

走って逃げるか。

居間から廊下へ飛び出し、廊下から玄関間まで駆けて、三和土に飛び下りて靴を摑《つか》み、玄関から外へ逃げ、あとは門まで走るのです。大した距離ではありません。十数秒もあれば表の道に立てそうです。

ただし、何の障害もなければですが。

このまま珈琲とケーキを無視した状態で、私がソファから立ち上がったら、果たしてどうなるのか。ばたんっと廊下に通じる扉が閉じて、ふっと室内の明かりが消え、真っ暗闇の中に取り残される。そういう恐怖に突然、私は襲われました。決して杞憂《きゆう》ではなく、一種の予知のような感覚があったのです。

ただでは帰してくれない。

仕方なく私は、珈琲カップに口をつけ、ケーキはクリームを舐《な》めるだけの、振りをしようかと考えました。でも珈琲の湯気が鼻と口から侵入するかもしれないと想像すると、僅《わず》かだけでも白いクリームが唇に付着する可能性を思い描くと、もう駄目でした。

そもそも珈琲は湯気が立っているのに、一向に温かそうに感じられません。熱さに用心して口に含んだ途端《とたん》、気色悪いほどの温《ぬる》さに辟易《へきえき》する気がします。黒いビロードのような色合いも、見せ掛けに思えるのです。そしてケーキは、ふわっとした白いクリームが口の中で蕩《とろ》けるみたいに映るのに、少しも美味《おい》しそうに見えません。ぺろっと舌で味わった瞬間、痛みを伴う刺激が鼻へと突き抜けて、物凄く噎《む》せ返る気がします。とても綺麗な白色の下には、かなり悍《おぞ》ましい色の取り合わせが隠されているのではないでしょうか。

それらを眺めていると、酷い嫌悪感が込み上げてきました。ちょっと吐き気を催《もよお》したくらいです。

これは無理だ。

端から人間が口にして良いものではない、という気さえしてきました。しかし、それらを飲んで食べない限りは、ここから帰ることができないのも、また間違いないでしょう。

どうすれば助かるのか。

完全に詰んだような気分に陥っていたとき、ふと足元の鞄が目に入りました。全く無意識に家へと持って入り、そこに置いたらしいのです。別に何の特徴もない、黒い革の鞄です。仕事で必要というわけではないため、財布や折り畳み傘、また通勤で読む文庫本くらいしか入っていません。そのため膨れておらず、ほとんど薄いままでした。

そんな鞄を見詰めているうちに、ある考えが脳裏に浮かびました。それが上手《うま》くいく保証は、もちろん何もありません。しかし今は、その苦肉の策に懸けるしかなさそうです。

私は鞄を持って立ち上がると、平らな裏面を上にしてテーブルに置き、そこに珈琲カップの受け皿とケーキ皿を載せました。そして鞄を盆《ぼん》のように両手で持ち上げると、ゆっくりと歩き出したのです。

すぐに口はつけないけど、全く飲み食いをしないわけではない。

居間に珈琲とケーキを放置せずに、一緒に持っていくことで、そういう曖昧な状態を作り出せないか。その行為によって、何とかこの場を逃れられないか。

盆代わりに使えそうな鞄を目にして、そんな風に閃いたのです。

珈琲を溢《こぼ》さないように気をつけながら、居間の扉口を目指します。慎重に歩を進めるのは、鞄を盆のように持っている所為ですが、少しでも焦りを見せた途端、ばたんっと扉が閉まるような恐れを覚えるため、というのが実は一番の理由です。

ソファからテーブルを回り込んで、扉口へと向かうにつれ、室内が薄暗くなり始めました。それに呼応するように、廊下の明るさが強くなっています。

これは良い兆候《ちょうこう》ではないだろうか。

門を潜って玄関から居間に入るまでも、同じような現象がありました。それを逆に辿ることができたとしたら、このまま無事に表の道まで戻れるかもしれません。

居間の扉口から出たところで、それまで明るかった廊下が、すうっと薄暗くなりました。と同時に玄関間の方向が、ぱっと綺麗に輝いたのです。正に私の考えが証明されたような、そんな展開になったことで、一気に希望を持ちました。

ここで珈琲とケーキを放り出して、玄関まで一気に突っ走りたい衝動に、いきなり駆られました。今が逃げ出すチャンスだと、本能が叫んでいます。

でも、そうした次の瞬間、ばんっと玄関扉が強く閉じられて、もう二度と開かない羽目になるぞと忠告する声も、一方では聞こえます。

まだ早い。焦るな。

こっちの考えを、この家に悟られるな。

必死に自分に言い聞かせながら、私は蝸牛《かたつむり》のような歩みで廊下を戻りました。

かたっ、かたかたっ。

それなのに珈琲カップの受け皿のスプーンと、ケーキ皿のフォークが、微かな物音を立てるのです。私の焦りが伝わったかのように、小さく震えています。

すると前方の輝きが、すうっと薄らぎ出して、反対に廊下の明かりが、うっすらと光り始めるではありませんか。

私は静かに立ち止まると、ゆっくり深呼吸をしました。そして盆代わりの鞄を捧げ持つようにして、再び廊下を歩き出したのです。

この効果は、すぐに表れました。またしても玄関間が明るく、廊下が薄暗くなったのです。

ようやく玄関間に着くと、今度はそこの明かりが落ちて、外灯が煌々と点りました。この家で外灯が点《つ》いたのは、そのときが初めてだったかもしれません。

バランスを取りながら、そっと三和土に左足を下ろして、爪先で靴を捜しつつ履きます。次に右足で同じことをして、目の前の開け放たれた玄関扉に、正面から向き合いました。あとは、ここを潜って外へ出るだけです。

　平常心だ。

　己を鼓舞《こぶ》して、慎重に歩を進めました。どちらかというと狭い三和土の空間が、どれほど広大に感じられたことでしょう。ここで私の意図を悟られては、元も子もありません。そのため摺り足のような歩みでした。

　何とか外へ出て、敷石の上に立ったところで、あとは門を目指して駆け出しそうになって、またしても自制しました。

　まだ安心できない。

　足裏で敷石の感触を確かめながら、尚も疑う自分がいます。ここで走り出した途端、たちまち敷石は土の地面に変わり、あっという間に泥濘と化すのではないか。そして私は両足を捕えられて、ずぶずぶと泥の沼に沈んでいくのです。

　無断欠勤が続き、同期の高原君と嶋中さんが心配して様子を見にきますが、西岡家に私はいません。ふと隣を見やると、ただの空地があります。そこには何の痕跡《こんせき》も残っておらず、二人は一瞥しただけで、もう興味をなくします。

　こうして私は、謎《なぞ》の失踪《しっそう》を遂げてしまうのです。

　そんな想像が一瞬のうちに、ぱっと脳裏を駆け巡りました。でも、それは決して妄想などではなく、本当に有り得る現象ではないでしょうか。

　駆け出したいのを我慢して、ゆっくりと敷石を踏み締めながら、私は門を目指しました。

そのとき急に、むわっとした臭いが鼻について、思わず咽《むせ》そうになりました。危うく鞄を落とすところでした。

何の臭いだ、これは？

辺りを見回し掛けて、原因は目の前にあると、すぐに分かりました。

黒いビロードのように映った珈琲が、溝《みぞ》を流れる泥水のように変化しているのです。そしてケーキの綺麗な白色のクリームには、無数の黒い小さな穴が開いています。

ちゃぽん。

珈琲カップの泥水で、何か得体《えたい》の知れぬものが跳ねています。

ずるずるっ。

ケーキのクリームの無数の穴から、何か気色悪いものが出入りしています。

私は必死に耐えました。今すぐ鞄を裏返して珈琲とケーキを投げ捨てることを。門まで脱兎《だっと》の如《ごと》く駆け出すことを。大声を出して嫌悪感を露《あらわ》にすることを。とにかく我慢に我慢を重ねて、慎重な歩調を乱すことなく、彼方にあるようにしか見えない門を目指したのです。

その間に、どんどん臭いは酷くなります。珈琲とケーキの中にいる何かの動きも、活発になっていきます。今や両方とも皿の上にまで出ようとしているらしいのです。推測なのは、私が直視していない所為でした。このときは、もう門しか見ていません。それでも視界に、厭でも入ってきます。

ぐちゅぐちゅの、ずぶずぶの、ぬるぬるの、ぐちょぐちょの、にょろにょろが。

もうあと門まで三、四歩という地点で、これ以上は無理だと分かりました。我慢の限界に達したのです。

わあぁっっっ。

私は大声を上げながら、盆をひっくり返すように鞄を左手に大きく振って、その上の珈琲とケーキを投げ捨てると同時に、門に向かって駆けました。

ぐにょっ。

次の瞬間、地面が物凄く柔らかくなったのです。しかし、それは予測済みでした。完全に足元が泥濘化する前に、私は跳んでいました。門の上を越えるように、駆けながら跳び上がっていたのです。

ぐいぃぃぃん。

ところが、そこで予想外の現象が起きました。なんと跨ぎ越せるほど低かった門が、信じられない速さで伸び上がったのです。

がしっ。

右足の膝が門に引っ掛かりました。その反動で門の内側に、私は背中から落ちそうになりました。そうなったら完全に、泥の海に囚われることになります。

思いっ切り両手を伸ばして、門の上部を摑《つか》みました。そして一回転するように、何とか門の外へと転がり出たのです。

身体のあちこちに痛みがありましたが、それに構わず反射的に振り返ると、既に家は消えていました。痛みを堪えて立ち上がり、元の低さに戻った門越しに覗いてみても、珈琲もケーキも欠片《かけら》さえ見当たりません。

ただの空地に、またしても戻っているのです。
前回までは家の敷地から逃げ出しても、まだ家屋は残っていました。そこに朧に光る灯が見えたり、何かの視線を感じたりもしました。でも今は、全く影も形もありません。元の空地があるだけです。

まるで私に騙された結果、絡《から》め取りに失敗したことに物凄く腹を立て、あっという間に姿を隠したかのように、あの家が消えています。

助かった。

そう悟った次の瞬間、途轍《とてつ》もない恐怖に囚われ、その場に私は倒れそうになりました。

翌日の月に一度の休日である土曜は、一日中ずっと蒲団の中にいました。微熱もあったのですが、とにかく疲れていて起きるのが億劫《おっくう》でした。

三度の食事は買い置きの物で済ませ、あとはトイレに立つくらいです。夜になって風呂には入りましたが、その後またすぐに寝てしまいました。

お陰で日曜の朝には回復して、普通に起きることができました。すぐに西側のカーテンを開けて隣の空地を見たのですが、もちろん何もありません。地面を隅々まで眺め回してみたものの、痕跡は一つも発見できませんでした。

いいえ、例の木の枝だけは別です。またしても本数が減っているようなのです。私が家に関わるたびに一本ずつ消えていくのでしょうか。だとしたら全部がなくなったときに、いったい何が起きるのでしょう?

そもそもあの家は何なのか。

なぜ自分を呼び寄せようとするのか。

西岡家で朝食を摂っていても、駅前の商店街に出掛けても、二軒の古本屋を覗いても、駅向こうの三軒目の古本屋まで足を延ばしても、商店街に戻って喫茶店で昼食していても、必要な買物をしていても、ずっと頭の中で二つの疑問が、ぐるぐると回り続けています。

どうして何もない空地に出現するのか、私が家と対峙する条件に意味はあるのかなど、他にも分からないことは沢山ありました。とはいえ突き詰めていって本当に重要な問題だけを取り出すと、この二つになるのではないでしょうか。

家の正体は何か。

私の役目は何か。

あまりにも深く考え過ぎて、しかも推理小説の謎に挑むかのように合理的な真相を求めた所為か、二つの疑問に潜む大いなる恐怖を、しばらくの間、私は完全に失念していました。それが突然、ふっと蘇ったのは、西岡家に帰って隣の空地を目にしたときでした。

あの家は何だ？

私はどうなる？

ほぼ同じ疑問なのに、最早そこから受ける印象は全く違います。今朝の起床から外出して家に戻るまでは知的興味の対象だったのに、それが今は悍《おぞ》ましくて訳の分からない忌むべき厄介《やっかい》事《ごと》になっているのです。いえ、元々そうだった状態に、言わば戻ってしまったわけです。

月曜の朝、いつも通りに私は起床しましたが、バスを一本わざと遅らせました。赤城保子さんに会うためです。

あの家に覚える恐怖に対処するためには、少しでも多くの情報を集めるしかない。

昨夜、色々と考えているうちに、そういう結論に達しました。ただし彼女が何かを知っているのか、それは全く分かりません。仮に役立つ情報を持っていたとしても、こちらに明かしてくれるかどうか、それも未知数でしょう。でも今の私が、この問題に関して話を聞けそうな人は、彼女くらいしかいませんでした。

バス停に行くと、既に赤城保子さんが立っていました。

「お早うございます」

「今日は遅いのね」

という朝の挨拶をしたあと、先達《せんだつ》ての町内会の集会について、彼女が話題にしました。こちらが適当《てきとう》に相槌を打っていますと、集会所が少し手狭になり出した問題へと話が流れたので、私は好機到来とばかりに、

「向かいの空地が集会所の隣だったら、すぐにも建て増しが出来たかもしれませんね」

そう振りました。ここから「そう言えばあの空地って、どうして更地のままなんでしょう」と続ける心算《つもり》だったのですが、

「あそこは、駄目よ」

意外にも強い口調の返しがあって、私はどきっとしました。

「何度も家を建てようとしたけど、様々な事故があったからですか」

保子さんが訝《いぶか》しそうな顔をしたので、

「種村の奥さんにお聞きしました」

そう応えると、素直に納得したようでした。

「しかし、だからといって空地のまま放置しておくのは、勿体《もったい》なくありませんか」

「見栄えも良くないと、近所の人も言っているらしいけど」

そんなやり取りが、二人の間で交わされました。

最初は彼女も、私の疑問に応えてくれていましたが、そのうち別の話題に移りたいと思っている、空地の話を露骨に避けたがっている、そういう感情が伝わってきました。

でも私は嫌らしいほど執拗《しつよう》に、なぜ空地が放置されているのか、という問題から離れませんでした。あくまでも拘《こだわ》って、決して終わらせないようにしたのです。

すると苛立ったらしい保子さんが、

「あそこには既に」

と言い掛けて、はっと口を閉じる一幕がありました。

「既に」

ぎょっとしながらも私は、その言葉を無意識に繰り返してから、

「家が建ってるから」

自分でも驚いたのですが、そう続けたのです。

「えっ」

その私よりも驚愕《きょうがく》を露にしたのが、彼女でした。信じられない現象を目の当たりにしたかのように、くわっと両の瞳を見開いて、私を凝視しています。

「もしかすると」

ところが、そう口にした私を遮るように、保子さんは小さく首を振りました。そしてタイミング良く来たバスに乗り込むと、いつもなら隣同士で吊革に摑《つか》まるのに、さっと私から離れてしまったのです。

Ｈ駅前にバスが着いて下車したあとも、彼女は私の方を見向きもしないで、あっという間に改札口へと消えました。その後ろ姿を見送りながら、私の心臓は煩いほど高鳴っていました。

保子さんも、あの家を見たことがある。

バス停での反応と、その後の沈黙の意味を考えると、そう見做せるのではないでしょうか。私が「空地には家が建っている」と言ったことで、自分以外にも「家」を目にしている者がいると知って彼女は驚愕した。でも「家」には関わりたくないので、ちょうど来たバスを利用して私から離れた。という風に映ります。

是非《ぜひ》とも彼女から話を聞きたい。

しかし今の態度から思うに、それは容易ではなさそうです。次にバス停で会えたとしても、まともに喋ってくれるかどうか分かりません。

駅前で愚図愚図と考えていた所為で、この日は危うく遅刻しそうになりました。そのうえ仕事をしていても何処か上の空で、課長や先輩に注意され、とうとう怒られる始末でした。

退社して帰宅するとき、途中で乗り換えるＨ駅までの電車の中で、またＨ駅の構内で、更に駅前のバス停で、赤城保子さんの姿を捜しました。けど、何処にも見当たりません。そもそも今までに帰りが一緒になったのは、痴漢に間違えられたらしいあの夜だけなのですから、そう都合良くいくわけがないのです。

Ｊヶ丘のバス停で降りて、私は歩き出しながら、ふと思いました。

このまま赤城家を訪ねようか。

保子さんは私よりも、もっと早く帰宅している気がします。今の時間なら、家にいる可能性が高いでしょう。

でも、彼女の伯父さん夫婦とは、全く面識がありません。どちらかに応対された場合、何と挨拶するべきでしょうか。それに彼女が仮に在宅していても、どのように切り出せば良いのか。とても私の手に負えそうにありません。

赤城家を未練がましく眺めながら、大人しく西岡家へ帰りました。

翌日の火曜の朝、またしてもバスを遅らせて、赤城保子さんに挨拶しました。無視されるかと心配でしたが、彼女は明るく応えてくれました。しかし、ほっとしたのも束の間、こちらが少しでも「家」のことに触れようとすると、あからさまに別の話題を振ってくるのです。水曜の朝も木曜の朝も金曜の朝も、見事なまでに同じでした。

私は何としても保子さんに喋らせようとして、種村夫人から聞いた空地に家を建てようとしたときに起きた事故の話も全部したのですが、まるで聞こえていないかのような返し方をされ、すっかりめげてしまいました。

土曜の朝に保子さんの姿が見えなかったのは、会社が休みだったのか、それとも私に愛想を尽かしてバスの時間を変えたのか、どちらでしょうか。

もちろん分からないため、土日は不安なまま過ごしました。日曜は何度も赤城家を訪ねようとしながら、どうしても行くことができません。

明けて月曜の朝、祈るような気持ちでバス停へ行くと、赤城保子さんがいました。しかも彼女は朝の挨拶をしてから、私に分厚い封書を渡したのです。

「これが私の話せる全部だから」

そう小声で囁いたあと、

「これ以上のことは、もう何もできない。する気もない。いい？」

こちらに同意を強く求めてきたので、物凄く困りました。かといってこの場合、取り敢えず承諾《しょうだく》するしかないでしょう。

「はい、分かりました」

私は神妙に頷いて、その厚みのある封書を受け取りました。

次の頁《ページ》に貼《は》ってあるのが、赤城保子さんから貰った手紙です。

前略

この手紙を書くべきか悩んだ。

決心した理由は簡単。あなたが諦めそうにないから。

あの空地に実は家が建っている。それをあなたは知っていた。あれには驚いた。私だけだと思っていたから。でもあなたは隣に住んでいる。私よりも家に近い。だから存在を認めても不思議ではない。

だったら麦谷家はどうか。あの家に気づいているのか。私はそうは感じない。ただし空地に対して悪い印象は持っている。それは間違いない。

　これから私の体験を書く。けれどこれが最初で最後。あとは何もしない。あなたと話す気もない。普通の会話なら問題ない。あの家のことはこれでお終《しま》い。そこだけ承知しておいて。お願いします。

　ある事情から私は、伯父夫婦の赤城家に住んでいる。あなたが西岡家に入る少し前に、某所《ぼう》から引っ越してきた。

　その日の夕方、私は近所の挨拶回りをした。伯母の付き添いを断って独りで。用意した手土産は蕎麦の乾麺《かんめん》のみ。まず赤城家の並びの家に行く。右隣の武田《たけだ》家と集会所の左隣の前川《まえかわ》家。次いで向かいの種村家と、その左隣の今森《いまもり》家。今の西岡家は完成間近なので除外。あとは現在の西岡家の右隣と、さらに右の麦谷家。

　そうなの。あの空地に家が建っていた。

　私が近づいていくと、柵の中に老婦人の姿が見えた。いいえ、歳を取った女性に思えた。あのときはそう映った。そんな覚えがある。けど本当のところは分からない。ちゃんと記憶に残っていないから。

　表札も目にしたはずなのに。名字を思い出せない。

　気味悪いほど朱色《しゅいろ》の夕陽に照らされた家屋。それに人影。脳裏に残っているのは、この二つだけ。その人とは会話もしている。なのに容姿は覚えていない。女性か男性か。年寄りか若いか。信じられないけど何も分からない。

「こんにちは」

記憶の底を探ろうとすると、決まって老婦人の姿になる。化すと言うべきか。彼女が私に声を掛けている。

「お待ちしてたのよ」

挨拶回りが最後になったからだと思った。

「すみません。遅くなりまして」

だから私は謝った。

「いいえ、いいのよ。さぁ、お入りになって」

すると老婦人が家に招いたので、さすがに驚いた。

「今日は、ご挨拶だけの心算《つもり》で」

「何を遠慮なさってるの。あなたを待っていたんだから、さぁどうぞ」

しかし老婦人は尚も私を家に上げようとする。

その頃には辺りが薄暗くなっていた。先程まで朱色に染《そ》まっていた家が、今は黒々と見える。

ただし屋内では煌々と明かりが輝いている。

いつの間に陽が翳《かげ》ったのか。いつの間に屋内の電灯が点ったのか。

「ほらほら」

老婦人に促されて、私は門を潜った。半ば強引な誘いだったが、好奇心も正直あった。その家が近所の家屋に比べて、なぜか特別に映ったから。でも肝心の説明はできない。そう見えた。そう感じた。としか言えない。

玄関を入って廊下を歩いて広い居間に通された。そこには何人も先客がいた。老若男女《ろうにゃくなんにょ》が揃っている。賑やかだった。誰もが明るく談笑している。華やいだ雰囲気があった。アメリカ映画に出てくるホームパーティのように。

町内の人だろうか。けど伯父夫婦はいない。挨拶を済ませた武田家、前川家、種村家、今森家、麦谷家の人も来ていない。

老婦人が一人ずつ紹介してくれる。それを片っ端から忘れる。

気がつくとビールのグラスを持っている。乾杯しようと言われる。しかし私は下戸《げこ》である。断わるとビールがジュースに変わった。乾杯を促される。でも私は甘い飲み物が苦手。ジュースがアイスティーになった。乾杯の声が周りで起きる。口をつけようとして躊躇《ためら》う。

どうにも違和感を覚える。

グラスの中にはアイスティーが入っている。見た目も香りも紅茶である。なのに異なっている気がした。理由はない。というか分からない。恐らく本能だろう。

飲むな。

そう告げている。それを一瞬で察した。だから口だけつけて飲まなかった。グラスは傾けたが液体を唇に触れさせなかった。

すると居間が突然、怖いくらい静かになった。

私に向けられていた全員の視線が、そのまま凝固して止まっている。

「一人だけ乾杯しないのは、いけませんね」

老婦人が横で微笑んでいた。しかし両の瞳は怒っている。丸い黒目が縦に細く見える。明らかに気分を害していた。

　このとき初めて怖くなった。

　この家は何なのか。

　この人たちは誰なのか。

　よく考えると不自然なことだらけ。普通ではない。明らかに異常である。ここは人がいるべき場所ではない。

　私は子供の頃から変なものが見えた。お化けのような類が。でも、ここまで大掛かりなものは初めてだった。だから気づけなかった。なかなか分からなかった。

　しかし、ようやく悟った。これは駄目だって。とんでもないものだって。人間が関わっちゃいけないって。

「今日は引っ越しのご挨拶に、お伺いしただけですので」

　よく言葉が出たと思う。必死だったのだろう。あそこで踏ん張れなかったら、もうお終いだった。それは間違いない。

　老婦人に蕎麦を手渡して、私は急いで居間を出た。誰かに追われる前に逃げる。それしか考えなかった。だから廊下を速足で歩いた。玄関まで戻って表へ出る。

　老婦人がいた。

　物凄く怖かった。人生初の絶望を覚えた。あそこで諦めていても、やっぱりお終いだった。それも間違いない。

「今日は残念ながらお暇しますが、また改めてお邪魔しても宜しいでしょうか」

やっぱり切羽詰まると違う。咄嗟《とっさ》に口が回ったのだから。

「あら、そうなの」

だけど老婦人は納得していない。私の前に立っている。

押し退《の》けて逃げる。と考えただけで震えた。そんな恐ろしい行為はできない。相手の反応を想像することさえ厭《いと》わしい。きっと私は無事では済まないだろう。

それは逃げられなくても同じ。だから必死に頭を絞った。老婦人に効果のある言葉を。今すぐ効き目のある返しを。

「大変厚かましいお願いですが、次にお伺いしたとき、ご馳走《ちそう》して頂けますか」

すると老婦人の顔に、満面の笑みが浮かんだ。

「ええ、もちろんです」

すっと彼女が横に身を退《ひ》いた。

「ありがとうございます。では今日は、これで失礼します」

私は一礼した。そして歩き出した。駆けたいのを我慢して。

老婦人がついて来る。すぐ後ろに気配を感じる。今にも声を掛けられる。ぐっと肩を摑《つか》まれる。そんな気がしてならない。とても怖かった。走りたい。けれど我慢する。両足が震える。必死に歩く。

門までが遠かった。本当に遠く感じた。頭が変になりそうだった。

「きっとよ。いらしてね」

首筋で声が聞こえた。

私は叫びながら走った。すぐ門に達した。慌てて開ける。外へ出る。道を横切って伯父の家まで駆ける。でも途中で止まる。そして振り返った。

あの家がない。代わりに無数の人がいた。みっちりと詰まっている。柵から溢《あふ》れんばかりに。老若男女の姿が見える。全員が私を見詰めていた。押《お》し競饅頭《くらまんじゅう》をしながら。顔だけこっちを向いている。凝っと微動だにしない。身体は蠢《うごめ》いているのに。顔は固定したままで。ひたすら私を眺めている。

無数なのに一つに思える。そんな存在が空地にいた。

あれほど訳の分からない体験は初めてだった。あんなに怖い目に遭ったのも。それまで目にした変なものの中で最も忌まわしい何か。としか表現のしようがない。

伯父の家に戻ると夕食だった。食欲はなかったが食べた。そうしないと要らぬ詮索《せんさく》をされる。空地のことを訊いたが、伯父たちは何も知らなかった。

「両隣の家よりも、建てるのが遅れているみたいね」

伯母がそう言っただけである。両隣とは今の西岡家と麦谷家のこと。

翌朝、恐る恐る空地を見た。家などない。もちろん人の姿もない。ただの空地だった。何もない更地。

その翌日、空地に資材が運び込まれた。そして家が建てられ始めたけど。その後に起きた出来事は、あなたも知っている通り。

麦谷さんの奥さんは空地に忌避《きひ》感を抱いている。でも「家」を見たわけじゃない。きっと。だから話を聞くのは無理。変に思われるだけ。止めておきなさい。

それから私は何度か「家」を見た。

決まって空が真っ赤に染まった夕暮れ時に。

庭には誰かが立っている。恐らくあの老婦人だろう。推測なのは私が確かめていないから。人影を目にしたら、すぐに顔を背けるから。

二度目に見たとき人影が手を振った。お出でお出でをした。私は思わず行きかけた。あのとき伯母に声をかけられなかったら、どうなっていたか。

伯父夫婦とは反りが合わない。けどあの件に関しては感謝している。

私とあなたの「家」体験が同じなのか、それは分からない。私が目にするのは夕刻だけど、あなたは深夜なのでは？

実は一度だけ、あなたが空地の前に立っているのを夜中に見たことがある。そのとき私は「あの家を見ているんだ」と感じた。忠告しなければと思った。

ご免なさい。できなかった。どんな形であれ「家」に関わりたくなかった。言い訳になるけどバス停で会ったら様子を窺った。「家」に囚われていないかと心配して。そのうえで大丈夫そうだと判断した。

以上で私の話はお終い。最初に書いたように「家」に関する話も。絶対に蒸し返さないで。二度とする気はないから。

やっぱり書いておくべきか。

ひたすら「家」の存在を無視したら見る頻度が減った。気味の悪いほど朱色に染まった夕暮れ時でも現れない。ただし人影は朧に立っている。そして隙あらば私を呼び寄せようとする。

そんな風に思えた。だから無視した。徹底して目を向けなかった。すると人影も次第に薄れ出した。お陰でそのうち全く見なくなった。

ところが、あなたと知り合って変わった。あなたが「家」に囚われているのではないか。そう疑い出してバス停で接するようになってから。

また人影が見え始めた。最近では背後に、うっすらと「家」が浮かんでいる。

だから「家」の話はもうお終い。

こんな手紙も本当は書くべきではないのだろう。

当分の間、私は日が完全に暮れてから帰宅すると決めた。休日も出かけて夜まで帰らない。家にいるとき夕方は絶対に外へ出ない。

あなたも協力して欲しい。

悪いことは言わないから「家」とは縁を切りなさい。

草々

赤城保子さんの手紙を読んで、かなりの衝撃を受けました。

私が二度目にあの家の敷地に入ったとき、ばきばきっと何かを踏んだ覚えがありますが、あれは彼女が持っていった蕎麦の乾麺ではないでしょうか。それが地面の下に埋もれていたということは。

いえ、そんな問題よりも、私があの家の中に入ることができたのは、ようやく四回目でした。

しかし彼女は最初に招き入れられているのです。しかも門の内側には老婦人がいて、ちゃんと挨拶をしています。おまけに居間では、沢山の人に出迎えられている。この差は、いったい何でしょうか。

ただ保子さんも書いているように、互いの「家」は別の存在の可能性が高そうです。家の出現条件が、まず大きく違います。そして彼女の家には住人だけでなく、近所の人たちも詰め掛けているのに、私の家は無人です。人っ子ひとり見えません。

けれども何よりの差異は、保子さんの方が積極的に呼ばれている点ではないでしょうか。私も招かれているにはいますが、そこに相当な温度差が感じられます。彼女は何もしなくても、いいえ就中《なかんずく》あの家を無視したとしても、向こうから招いて貰えるわけです。

でも私はどうでしょう？　こちらから行動を起こさない限り、あの家には入れそうにありません。ただ待っているだけでは、どうやら無理そうなのです。

彼女の手紙には感謝したいと思います。

前の文章を読み返して気持ち悪くなりました。確かに自分が記しており、その覚えもはっきりとあるのに、まるで別人の筆のようです。

いったい私は何を書いているのか。

これでは彼女を羨《うらや》ましがっているみたいではありませんか。

私はあの家に入りたいのか。

あの家に呼ばれたいのか。

いいえ、そんなことは絶対にありません。

彼女の手紙を読み返しました。
自分があの家を訪れているような気分になります。
こんな目には決して遭いたくありません。

また手紙を読みました。
本当にぞっとします。
こんな風に呼ばれるなんて。

手紙を読みます。
本当に厭な体験です。

手紙を読む。

読む。

ある朝、寝坊して赤城保子さんと会いました。
彼女はまじまじと私の顔を見詰めてから、不意に視線を逸らしました。

手紙の御礼を伝えたかったのに、一言も話しかけられないまま駅に着いてしまいました。

翌日、私はわざとバスを遅らせたのですが、彼女の姿が停留所に見えません。こんなことは初めてです。

私は天気の悪い日を心待ちにしました。曇天《どんてん》でも歓迎ですが、少しでも雲に切れ間ができると、月明かりや星明かりが射してしまいます。よって雨天が理想でした。仮に日中は晴れていても、夜になって降り出してくれさえすれば良いのです。

残業は当たり前のようにありましたので、帰宅が遅くなるのは、ほぼ決まっています。あとは雨さえ降れば問題ありません。

ところが、そういう夜が赤城保子さんの手紙を読んでから、ずっとありませんでした。ようやく訪れたのは、お盆が過ぎてからです。

その日は朝から、しとしと雨が降っていました。新聞の天気予報でも一日中ずっと雨になっています。私は「今夜こそ」という思いで会社に行きました。そのため少しも仕事に手がつきませんでしたが、何とか誤魔化しました。

いつものように残業して、珍しく課長から「今日はもういいよ」と言われても、「何かお手伝いします」と居残りました。お陰で課長から飲みに誘われ、まだ月曜日だというのに先輩たち数人も加わって、皆で夜の街へ繰り出しました。今夜は独りでも酔って帰る心算《つもり》だったので、この流れは願ったり叶ったりでした。

H駅まで帰ってくると、もう最終バスは出てしまってありません。予定通りです。ただ少し心配だったのは、ちょっと酔いが足りない気がしたことです。とはいえ商店街の飲み屋も酒屋も、とっくに閉店しています。

困ったなと思いながらも歩き出して、しばらく進んだところで、へらへらと私は笑っていました。そこまでの歩みが全くの千鳥足になっていると、はっと察したからです。自分でも分からぬうちに、充分に酔いは回っているようなのです。

そのためJヶ丘の坂道を上がるのに、なかなか苦労しました。真っ直ぐ歩いている心算でも、いつしか蛇行《だこう》しています。急な上りはジグザグに進んだ方が楽とはいえ、私の場合は足元が覚束ない有様で、果たして効果があるのかないのか不明です。しかも、すぐに息が切れてしまいます。思わず立ち止まった途端《とたん》、どっと顔から汗が噴き出しました。

こんな息切れは、いくら飲んでいるとはいえ変だ。

そう首を捻《ひね》ったのも僅《わず》かの間でした。どうやら私は無意識に、いつもより速足で歩いていたみたいなのです。足を止めることで、それに気づいたのです。では、どうして私は急いでいたのでしょうか。

あの家を早く目にしたいから。

と自答するや否や、再び私は歩き出していました。それまで通りの速足で、残りの坂を一気に上がっておりました。

三丁目のバス停を通り過ぎて、道の右側へ渡って進みながら、もう視線はあの空地へと真っ直ぐ定まっています。

すると一軒分だけ、その辺りで真っ暗な場所がありました。あの空地かと最初は思ったのですが、よく考えると西岡家も外灯は点していません。あれが西岡家だとすれば、その右隣に浮かぶ明かりは、あの家のものではないでしょうか。

私の足は更に速まりました。

やっぱりそうです。暗く沈んだ西岡家の横で、あの家の灯火がはっきりと見えます。それは私が近づくにつれ、次第に明るさを増していきます。門の前に立ったときには、家中の部屋の電気が煌々と輝いている状態でした。

開かれた門を潜ると、それが背後で閉じる気配がしました。振り向くことなく敷石を踏みながら玄関まで進み、やはり開かれた玄関扉を入ると、同じように後ろで静かに閉まります。三和土で靴を脱ぎ、玄関間に一足だけ用意されたスリッパを履き、廊下を奥へと進みます。

この前と同じ居間に入ったはずなのに、殺風景だった眺めが一変しています。ソファとテーブルだけでなく、他の家具調度類も揃っているのです。もっとも室内には少しも生活感が漂《ただよ》っておらず、まるでモデル・ルームのようです。

いいえ、それにしては可怪しなものが壁に見えました。こんもりと盛り上がった大きな楕円形の森を真上から撮った写真です。それが四枚、四方の壁に貼られているのです。同じ場所を同じアングルで撮ったようなのですが、唯一の違いは撮影した時期らしく、その四枚は春夏秋冬に分かれていました。

室内を移動しながら一枚ずつ写真を眺めているうちに、ある考えが閃きました。何の証拠もありませんが、恐らく合っている気がします。

Ｊヶ丘を上空から撮った写真。

正確には宅地開発される以前の、まだ樹木に覆われた山だった時代のＪヶ丘の四季折々の姿を、わざわざ空撮した写真だと、私は悟りました。

しかし、いったい誰が、何の目的で、そんな写真を残したのか。

宅地開発が決まったあとで、山の持主が元の姿を写真に留めておこうとしたのか。

でも春夏秋冬の撮影ができるほどの、時間の余裕があったのだろうか。

そもそも空撮をしているのが可怪しくないか。少なくない費用も掛かる。そこまで愛着があったということか。なのに手放したのか。

四方の壁を巡りながら、私は首を捻り続けました。それほど四枚の写真が不可解だったからですが、実はもう一つ理由がありました。

テーブルの上に、またしても食卓用の虫除けネットが見えたのです。

その中身の検めを、私は意識して延ばしていました。厭なら無視すれば済むわけですが、確かめたいという好奇心は厄介なことにあります。

前回と同じソファに座り、徐《おもむろ》に虫除けネットを外すと、再び珈琲とショートケーキが現れました。ただし今回は、どうも本物に思えます。前のような違和感が、微塵も感じられません。かなり執拗に観察したのですが、ほぼ間違いなく本物なのです。

とはいえ口にするのは、やはり躊躇《ためら》いを覚えます。

本物であろうとなかろうと、この家の中での飲食は危険である。という意識が依然として何処かにあるのです。

でも、これは家の厚意ではないでしょうか。

それを無駄《むだ》にして良いのかどうか、気がつくと私は真剣に悩んでいました。

しばらく考えた結果、「あとで頂こう」と自分に言い聞かせることにしました。半分は逃げだったかもしれませんが、あとの半分は違います。珈琲とケーキを呼ばれる前に、ちゃんと家の中を拝見するのが、この場合は礼儀のように思えたからです。

私は居間を出ると、まず一階を見て回りました。

キッチン、それに接したダイニング、和室、洗面所、風呂場、トイレといった空間です。しかし、どの部屋にも調度類が何もありません。ただ、がらんとしているだけなのです。にも拘らず個々の空間で奇妙な点が一つか二つ、厭でも目についたのですから、次第に私は気持ちが悪くなってきました。

キッチンの流しの排水口には、なぜかガスコンロが設置されています。薬缶《やかん》や鍋《なべ》を載せるゴトクだけが嵌《は》まっているのではなく、コンロ自体が取りつけられているのです。それに水道の蛇口が見当たりません。居間のテーブルに出された珈琲は、どうやって淹《い》れたのでしょうか。ダイニングの床の一部が、なぜか畳になっています。それに呼応しているのか、和室の畳の一畳分が板間なのです。洗面所の鏡があるべき場所に、その鏡に映っている風景を描いたような絵が掛けられています。風呂場の湯船の中に、まるで人が抜け出したばかりに見える布団が敷かれています。トイレの便座の蓋《ふた》自体が、能面のような巨大な面になっています。

キッチンやダイニングや和室の有様は、酷い欠陥住宅と言えるでしょう。でも、そんな間違いを普通するでしょうか。洗面所と風呂場とトイレの状態は、全く理解できません。それらの意味を考えるのも厭です。

和室にはもう一つ、目に留まった代物《しろもの》がありました。床の間に置かれていた盆栽のような物です。楕円形の深さのある鉢全体に、こんもりと土が盛り上がっていて、その上にミニチュアの樹木が密生しているのです。見た目は正に森そのものでした。そういう盆栽が実際にあるのかどうか、私は知りません。ただ、それを眺めているうちに気づいたのです。この盆栽はＪヶ丘として宅地開発される前の、元の山の姿に違いないと。

それなのに目を凝らすと、鉢の縁に物凄く小さな家の模型が、たった一軒だけ見えるのです。まだ単なる山だった時代を、この盆栽は表現しているらしいのに、そこには既に家が建っています。しかも問題の家は森全体の位置から察して、この空地の家としか思えません。

山だったときに、この家は存在していた。

山が売られた途端《とたん》、この家は姿を消した。

そういうことでしょうか。だとしても、あまりにも訳が分かりません。そこに何の意味があるのでしょう。最早これは人間の理性を超えた現象ではありませんか。

得体の知れぬものに覚える恐怖が、ひたひたと忍び寄ってくるのを感じながらも、そのまま私が階段を上がったのは、少しでも理解したいという好奇心があったからです。いいえ、それは知的好奇心というよりも、この家の正体の一端でも突き止めて、どうにか安心を得たいという切実な願いでした。

二階へ通じる階段は、廊下を玄関へと少し戻る途中にあります。念のため手摺りに摑《つか》まりながら、一段ずつ上がりました。それなのに足元が、なぜか安定しません。とても歩き難《にく》いのです。変だなと思って繁々と観察しますと、一段の高さが違うようなのです。よく見ると高さだけではなく、どうやら幅も異なっています。これほど踏み段による差異があるのは、ただのミスではなく意図的に変えたとしか思えません。

　理由など恐らくないのでしょう。敢えて言葉にするとすれば、この家の「悪意」とでも言えるでしょうか。

　二階は一階に比べると薄暗く、廊下も細部まであまり見えません。ただ四部屋あるらしきことは、辛うじて分かります。

　最初に扉を開けて覗いたのは、十畳くらいの広い板間でした。でも、やはり一階と同じで何もなく、がらんとしています。ただし一つだけ変なところがありました。

　部屋の真ん中に樹木が生えていたのです。板間を破って伸びている樹は、私の背丈ほどあります。種類は分かりませんが、青々と枝葉が茂っており、どう見ても本物です。そのうえ、がさがさっと枝葉が蠢いています。何か生き物がいるようなのですが、その正体は不明です。ざざっと表へ出てきそうになったところで、私は急いで扉を閉めました。

　二つ目の部屋は六畳の和室でしたが、一畳分だけぽっかりと穴が開いて、そこに水が溜《た》まって池のようになっています。でも深緑色に濁った水を見ていると、沼と呼ぶべきだろうと思いました。その沼の水面に波が立って、どろっとした水の中から、ざばっと何かが浮かび上がりそうに見えた直後、またしても私は扉を閉めていました。

　三つ目の部屋は六畳の板間で、四隅《よすみ》に土の小山があります。よく目を凝らすと砂が固まって出来たようなのです。蟻塚《ありづか》に近いでしょうか。更に凝視していると、無数の穴が開けられていることに気づきました。その穴から何か黒いものが、ちょろちょろと覗いています。それがはっきり分かる前に、もちろん私は扉を閉めました。

四つ目の部屋は四畳半の和室でしたが、二畳半分が雑草に覆われています。そのうえ鬱蒼《うっそう》と茂った草の群れが、ざわわっ、ざわわっと揺れているのです。そんな眺めを認めただけで、すぐさま私は扉を閉ざしました。

どうにか一階は家の体裁《ていさい》を整えたけど、二階まで手が回らなかった。

という考えが脳裏に、ふっと浮かびました。一階も居間を除くと綻《ほころ》びがありますが、二階に比べると随分と増しに思えるのですから、可怪しなものです。

足元に注意しながら階段を下りて、居間に戻ろうとしたところで突然、耳障りな金属音が辺りに鳴り響き、私はどきっとしました。

ほとんど脳髄《のうずい》に刺し込んでくるように、きりきりと鳴っています。ずっと聞いていると、そのうち頭が変になりそうです。私は発生源を捜して、できれば止めようと考えました。しかし、どの方向から聞こえてくるのか一向に分かりません。

脳に直接ぎりぎりと響くほどなのに、一方では籠《こも》っているようにも聞こえます。発生源が近いのか遠いのか、その見当さえつかないのです。それでも居間に入ると、一気に遠退いたように感じられました。再び廊下に出て右往左往しているうちに、どうも階段の真下の壁の辺りが、最も強く響いているように感じられました。

試《ため》しに右耳を壁に当てますと、よりはっきりと聞こえます。それは壁の中で鳴っているらしいのです。

両手を壁に這わせながら、私は右耳をあちらこちらへ移動させました。でも残念ながら、その動きで耳障りな響きに変化は出ません。やはり壁の中で鳴っているようです。

かちっと物音がしたと思ったら、壁に妙な手応えを覚えました。びっくりして後退ると、壁に長方形の切れ込みが現れているではありませんか。そっと手で押すと、左開きの状態で内側へと動きます。なんと隠し扉のようです。壁に両手を這わせているうちに、偶然にも扉を開ける仕掛けを作動させてしまったのでしょう。

ぎぃぃきゅぅぅという歯が浮くような軋《きし》みと共に、扉は壁の中の暗闇に吸い込まれるように消えていきます。内部は真っ暗です。恐る恐る覗き込むと、廊下の薄明かりによって、左手に階段の下り口が見えています。

今や耳障りな金属音は、はっきりと階段の下から響いているのが分かります。この家の地下室らしき場所で、それは鳴っていたのです。

頭が痛くて変になるほど煩い。何としても止めたい。

そう強く思うのですが、真っ暗な階段を下りていくのは、さすがに躊躇《ためら》われます。懐中電灯を捜そうにも、この家に果たしてあるでしょうか。そうこうしている間にも階段の下から、魔物の金切り声のように鳴り響く金属音が、ぎりぎりと脳に刺し込んできます。こんな状態がずっと続けば、まともな思考などできなくなりそうです。

嫌々ながら壁の中に半身を入れて、ぐるっと辺りを窺ってみたところ、階段の下り口の真上に吊り下がる裸《はだか》電球を見つけました。手を伸ばして短い紐《ひも》を引くと、ぱちっと明かりが点ったのですが、かなり薄暗い。そのため階段の半ばくらいまでしか光が届きません。その下は完全なる闇の世界でした。あんな所へ下りるのは厭です。

見下ろせば見下ろすほど真っ暗な闇というよりも、黒々とした忌まわしい何かが蟠《わだかま》っているように思えてきます。それが地下室を満たしており、階段の途中まで上がってきている。そんな風に映るのです。

あそこへ下りるのは絶対に厭だ。

そう強く感じる反面、あの悪魔のような叫びを聞き続けるのも、もう我慢の限界だと訴える自分がいます。

私は仕方なく覚悟を決めると、最初の一歩を踏み出しました。幸いにも二階に通じる階段のように、踏み段の高さと幅に差異はないようで、それだけが救いでした。ただし別の心配を、すぐに覚える羽目になりました。

みしぃぃ、ばきっ、ぎぃぃっと足を段に下ろす度に、物凄い軋みが階段室に響きます。次の段では板が割れて、足首が穴に嵌まるのではないか。片足に怪我を負いはしないか。段が完全に崩れて、地下に落ちてしまうのではないか。そんな恐怖に次々と囚われます。

蝸牛のような足取りで、どうにか裸電球の明かりが届く辺りまで下りましたが、そこで両足が竦《すく》みました。その下は真っ暗で、全く何も見えません。あと二段ほど下りて、真下の暗闇に片足を突っ込んだところで、がしっと何かに足首を摑《つか》まれて、ぐいっと引っ張られそうな気がしてなりません。もしくは強烈な痛みを感じ、ずるずるっと足首が爛《ただ》れて、ぐずぐずと溶け出しそうな気がするのです。そんな馬鹿なことが起きるわけがないと自分に言い聞かせるのですが、そもそも存在しない家に入っているわけですから、少しも説得力がありません。

にも拘らず私を先に進めさせたのは、執拗に鳴り響く魔物の金切り声でした。あれを静かにさせるためなら、という一心で再び階段を下り出したのです。

それまで以上に時間を掛けて、ゆっくりと一段ずつ下りていきます。真下の闇が足首から膝まで、そして下腹部へと上がってきて、下半身が完全に沈み、腹から胸が浸って、首を経て頭部がすっぽり埋もれたところで突然、物凄い恐怖に囚われました。自分が完全に真っ暗闇に呑まれた所為もありますが、更に伸ばした爪先が、いくら探っても次の段を見つけられなかったからです。

階段室に充満する闇に囚われて、下りることも上ることもできない。

そんな罠に嵌まったのだと、強く信じました。私はその場で立ち止まったまま、一生ここから抜け出せないのだと、恐らく人生で初めて覚える絶望感に怯えました。と同時に、これほど怪しげで危なげな場所に、のこのこと足を踏み入れてしまったことを、遅蒔きながら本当に心から悔いたのです。

呆気《あっけ》なく真相を悟ったのは、思わず少しだけ動いたあとでした。次の段は依然としてありませんが、足元の平面は途切れることなく、そこから周囲に広がっているようなのです。

つまり私は単に、地下に下り立っただけでした。

自分の馬鹿さ加減を少し笑いました。でも心底ほっとしたのも事実です。それに暗がりの中で、しばらく凝っとしていたお陰で、目が慣れたようです。階段の周りの様子が、朧に見え出しました。

真っ先に目についたスイッチを押すと、ちかちかっと何度か瞬いたあとで、天井《てんじょう》の明かりが点りました。薄暗く陰気な輝きでしたが、それまでずっと暗闇にいたわけですから、かなり救われた気持ちになりました。

そこは予想通り地下室でした。そして煩く鳴り続けていたのは、奥の机の上に置かれた電話だと分かりました。とても電話のベルには聞こえなかったのですが、真っ黒な姿を目にした途《と》端《たん》、それ以外の何物でもないと思う自分がいて、何だか変な気分になりました。しかも音の正体が分かるや否や、ベルに覚えた強烈な嫌悪感も薄れ出したのです。別に放置しておいても問題ないとまで感じたのですから、全く不思議です。

それなのに奥の机へと近づいて、迷いながらも受話器を取ろうとしたのは、やはり好奇心からでしょうか。

ただし階段と机の間には、大きな長方形のテーブルがありました。四つの脚を見ると木材なのですが、天板は銀色の金属板に覆われており、その表面にナスカの地上絵のような、何とも奇妙な文様が描かれています。金属板を穿《うが》って溝を彫《ほ》ることで、そういう絵を浮かび上がらせているのです。文様は天板の内部で完結しておらず、金属板の四方の縁まで溝が伸びています。もし溝に水を注いだ場合、それは文様の隅々にまで流れたあと、テーブルの四辺から床へと落ちるでしょう。

なぜか不意にそんな風に考え、床に目を向けてみたところ、恰《あたか》も私の想像を後押しするかのように、テーブルを囲む格好で長細い排水口が見えました。だからといってテーブルの用途が理解できたわけではありません。むしろ不可解さが増しただけです。

その意味不明のテーブルを回り込んで、奥の机の前に立ちましたが、目の前の電話は相変わらず鳴り続けています。

　がちゃと受話器を取って耳に当てながらも、こちらから「もしもし」とは声を発しませんでした。無言のまま向こうの出方を窺ったのです。それくらいの判断力は、まだ残っていたということでしょう。

　しかし、いくら耳を澄ましても、相手の声が聞こえません。向こうも黙ったままなのです。ただし受話器を上げて耳に当てたとき、公衆電話らしい特有の音が聞き取れました。つまり相手は外から掛けているのです。その証拠に周囲の雑音が微かに響いています。それに聞き耳を立てているうちに、もしかすると電話の主はH駅前にいるのではないか、という気がしてきました。根拠はありません。あくまでも勘のようなものです。

　がちゃ。いきなり向こうで電話が切られました。いったい何者が、どういった目的で掛けてきたのでしょう。

　電話のベルに気を取られていたせいで、それまで眺める余裕が少しもなかった地下室全体が、そこで一気に目に入ってきました。四方の壁も天井も床も階段も、全て木材で出来ています。例外はテーブルの天板と、その下の排水口だけでした。真上の家が新築だとしたら、こちらは築何十年も経っている雰囲気です。この地下室が先に出来上がっていて、数十年後にその上に家を建てたのでしょうか。

　いやいや、上の家自体が存在しないのだから、と私の頭は混乱しました。混乱と言えば、まともに地下室全体を目にした第一印象は、とにかく「訳が分からない」でした。居間以外の一階と二階の部屋も同様でしたが、それ以上の不可解さがそこにあったのです。

　まず電話が置かれた机の上には、様々な筆記用具が見えました。特に目立ったのは各種の定規や分度器やコンパスといった製図道具でした。実際それらによって描かれたらしい図面が、机の上に何枚も散らばっています。しかし、一つとして理解できる図がないのです。その多くは建造物や乗物や生活用品のように、一応は見えなくもありません。でも現実には存在しない形をしています。仮に実用化するにしても、絶対に無理でしょう。これらの代物を作る意味が、そもそもあるとも思えません。

　机の右手の壁には、二つの棚があります。向かって左側の棚は、上から下まで大小の透明な瓶《びん》が並んでいました。透明といっても表面は埃《ほこり》で覆われ、ほとんどが半透明になっています。そんな瓶の中に、どろっとした赤黒い粘着質の何か、折り畳まれた無数の小さな紙片、一つずつに目が描かれた十数個の歪《いびつ》な形をした平たい石、小動物の各部位の骨、各種の螺子《ねじ》とナット、いくつもの苔《こけ》の塊、焼けた数十本の釘《くぎ》、黄緑色の水のような液体、毟《むし》り取られた何本もの昆《こん》虫《ちゅう》の脚、九十度に曲がった針の群れ、引き千切られた人物写真の断片、枯れた草花、色褪《いろあ》せたビー玉の数々といったものが、びっしりと詰め込まれているのです。ここも机の図面と同じく、一つとして意味の分かる瓶がありません。そういう代物をわざわざ瓶に詰める用途が、いくら考えても全く想像できないのです。

　壁の右側は本棚だったので、やや安堵しました。ようやく理解できるものが、この家の中で目についたからでしょうか。けれどそう考えるのは早計でした。よく見ると書店で売られていると思しき本が、一冊も見当たりません。ならば全て洋書かと考えましたが、どの本にも背表紙に題名がないのです。数字の類《たぐい》も一切ありません。本の種類は上製の単行本と並製の四六判が最も多く、その合間に文庫が挟まっている感じです。背表紙の色味はバラバラでしたが、全体に色褪せた雰囲気が多分にありました。地下にある本棚なのに、まるで日焼けしている印象なのです。

好奇心から一冊の単行本を取り出して、パラパラと捲《めく》って見て、目が点になりました。そこには漢字しか印刷されていません。しかも、全く意味不明の羅列《られつ》なのです。

険阪阬階陴踏陁陎阽陝陮陰隆隈阻
杅横榜棫橋木機檰极根槢樴欗科栻樹
垞埕堞塸土壊墻圤圢垃城垌堆墔壖均
字寵容定寰家案寄室密宛害突寝寇宋
偽傜像償件伺何偶佹偊俟俅傳

こんな風に同じ部首の漢字が集まって、延々と続いています。ただし、そこには改行があり、漢字の間には句読点も見えます。また鉤括弧《かぎかっこ》や丸括弧も使われていることから、しばらく眺めていると、恰《あたか》も読めそうな気になってきます。

私は慌てて本を閉じると、本棚に戻しました。あれが読めて意味が分かるようになった途端《とたん》、自分の頭が可怪しくなるに違いないと本気で震えたからです。それなのに二冊目に手を伸ばしたのは、どうしてでしょう。そして三冊目、四冊目と止められなかったのは、自分でも読める本を無意識に求めていたからでしょうか。

五冊目の本を開いたとき、えっと驚きました。漢字の羅列ではなく、絵というか図のようなものが描かれていたからです。人間と四足の動物の解剖図と思しき、かなり稚拙《ちせつ》なものです。

しかしながら、その解剖図擬《もど》きを眺める限り、とても人間とは思えません。内臓などの描写が、明らかに異なっていたからです。四足の動物の正体も、さっぱり見当がつきません。

本を棚に戻したあと、何か不浄なものに触れたかのように、私は堪らなく両手を洗いたくなりました。でも水らしきものは、左側の棚に並んだ奇っ怪な瓶の中にしかありません。あんな液体を掌に注いだら、たちまち爛《ただ》れそうです。仕方なくポケットからハンカチを取り出して、それで両手を拭いました。

二つの棚の向かいの壁には、あの机で描いたのでしょうか、かなり面妖《めんよう》な図面が何枚も貼られています。

まず目についた一枚は、バスタブの断面図に見える代物の中に、人間が両足を伸ばした状態で座り、上半身を前に突き出しつつ頭だけが上を向いている不自然な姿勢で、口を開けて舌を出しており、その人物の上部を緩やかな放物線が走り、バスタブ全体に蓋をしているように見える、そんな図でした。

次に注意を引いたのは、蓋のような放物線とバスタブは同じで、その中に数十人の人間が犇《ひし》めいている図です。よく見ると全員が、他人の身体の何処かを噛《か》む仕草をしているのです。ただ一人だけ例外がいました。放物線に一番近い人物は、顔を上げて口から舌を出しているのです。一枚目に描かれた人物と、ほぼ同じ格好でした。

この二つが基本の構図らしく、あとは人間の姿勢や組み合わせを色々と変えて描いたものが、壁中に貼られています。

机が置かれた壁の反対側、階段の裏に当たる場所を覗くと、なんと壁の真ん中に扉が、その左右に一つずつ窓がありました。扉は別の部屋に通じているのかもしれませんが、ここは地下ですから、いくら何でも窓は変でしょう。仮に隣室と窓が繋がっているにしても、それに意味があるとは思えません。

　階段は各段板を縦に繋ぐ蹴込《けこ》み板のない、所謂「透かし階段」でした。そのため踏み段の隙間から明かりは射し込んでいますが、さすがに薄暗く感じられます。できれば足を踏み入れたくない雰囲気です。とはいえ扉と窓が、どうしても気になります。窓は曇り硝子《ガラス》のようで、少しも向こうが見えないため余計です。

　私は躊躇《ためら》いながらも右側の窓の前まで行くと、掛かっていた螺子回し錠を外しました。それから桟に手を掛けたのですが、立て付けが悪くて少しも動きません。がたがたっと揺らし続けて、ようやく開いたと思ったら、目の前にあったのは、なんと土の壁でした。自分が真っ暗な土中にいる事実を、厭でも思い出させられる眺めが、そこにあったのです。

　一見しただけでは見逃しそうでしたが、目を凝らすと土壁に樹木の枝が埋め込まれています。それも数本を交差させたり、撓《しな》らせて曲げた枝を他と組み合わせたり、明らかに文様を作っているようなのです。その形が何を表しているのか、さっぱり分かりません。宗教的な感じは覚えましたが、伝統的または新興的なものではなくて、もっと原始的とでも言いますか、そういう印象を受けました。

　いずれにしろ気持ちの良い眺めではありません。それらの文様を眺めていると、身体の奥底にある何かどす黒いものが喉元まで迫り上がってきて、今にも口から吐き出しそうになる。そんな気がしてきます。

私は右の窓を閉じると、しっかり螺子回し錠を元通りに掛けました。そして左側の窓は開けずに、その間にある扉の前に立ちました。

この向こうには、いったい何があるのか。

少しでも考えると、もう開ける気が失せます。それよりも一刻も早く、こんな地下室からは逃げ出すべきでしょう。いえ、それを言うならこの家から、さっさと退散することです。愚図愚図していると出るに出られなくなるかもしれません。

この家から出られない。

そんな想像をしただけで、私は堪らなく怖くなりました。ここまでも十二分に恐怖でしたが、いざとなれば逃げれば良いと、きっと無意識に思っていたのでしょう。しかし、それができないとなったら、私はどうなるのか。ここで残りの生涯を送るのでしょうか。

ぶるっと身体が震えました。全身に鳥肌が立っています。

それなのに私は、なんと扉のノブに右手を伸ばしたのです。このときの精神状態は、自分でも全く不明です。敢えて解釈するとすれば、あまりにも訳の分からない地下室の状態に慄いてしまい、少しでも回答を求めたくて、まだ目にしていない扉の向こうに、それを期待した。ということになるでしょうか。

がちがちっ。けれど扉には鍵が掛かっていました。そうなると余計に開けてみたくなるのが人間です。

私は机まで戻ると、まず右側の引き出しを開けました。すると中はいくつもの箱によって区切られ、意外にも整理されています。もっとも個々の箱の中身は、相変わらず正体不明か用途の分からない代物ばかりでした。しかし幸いにも得体の知れぬものを繁々と眺める前に、一つの大きな鍵が目につきました。他に鍵は見当たりません。

それを掴《つか》んで取ってから、左の引き出しを開けると、そこには大工道具のようなものが入っていました。ちょっと場違いな感じを受けたものの、この家の中ではその印象自体に意味が全くないと気づき、思わず苦笑しそうになりました。それに実際の大工道具とは、よく見るとやはり何処か違うのです。これではまともに使えないという歪さが、どれにもあります。しばらく眺めているだけで、胸が悪くなってきました。

私は二つの引き出しを閉めると、鍵を握ったまま反対側の壁まで戻って、再び扉の前に立ちました。そして鍵穴に挿して回そうとしました。けれど、少ししか左右に動きません。それでも根気よく、がちがちっと捻り続けていると、がきゃっという物音と共に、いきなり鍵が回りました。

ノブに手を掛けて、ゆっくりと手前に扉を開けます。ほんの少しだけ隙間ができたところで、向こう側を覗こうとしましたが、真っ暗で何も見えません。耳も澄ましましたが、何も聞こえません。

更に少しずつ開けていくと、土壁が剝《む》き出しの隧道《ずいどう》が現れました。ただし扉と同じ高さがあるのは最初だけで、そこから奥へ行くに従って、次第に天井が低くなっているようです。

最後は這って進まなければならないのか、遂《つい》には閉じてしまっているのか、室内の薄暗い明かりだけでは、隧道の先がどうなっているのか、さっぱり分かりません。わざわざ穴を掘って扉まで設けているのに、閉じているわけがないか。とは思うのですが、ここまで意味不明の光景を見せられると、もう何でもありのような気分になってきます。

確かめるためには、目の前の穴に入るしかありません。しかし周囲は剝き出しの土壁です。いつ何時それが崩れるか。そう考えると足が竦《すく》みます。仮に這って前進することになり、しかも土壁が崩落《ほうらく》した場合、隧道の先が別の部屋にでも通じていなければ、生き埋めになる危険があります。そして新たな部屋に出られたとしても、そこに地上との出入口が見当たらなければ、もう終りです。

そこまでの危険を冒してでも入るべきか、それとも止めるべきか。

あんぐりと口を開けた隧道を前にして、私は悩みました。ここまで来たのだから、と思う一方で、ここで引き返すべきかも、と感じる自分がいるのです。この先へ行ってしまうと、それこそ取り返しがつかなくなる。そんな恐れに強く苛まれたのは間違いありません。

この先へ。

しかし、そこで重要なことに気づきました。この先とは、西岡家のある方向だったのです。目の前の真っ暗な穴は、西岡家の真下へと延びていたわけです。

どうして。

そのとき上の方で、何か物音が聞こえました。反射的に階段の下まで行き、凝っと耳を澄ましているうちに、すうっと顔から血の気が引きました。

この家の人が帰ってきた。

もちろん何の根拠もありませんが、そうに違いないと思えました。その途端《とたん》、あっと私は声を上げそうになったのです。

先程の電話は、やっぱりH駅前から掛けてきたのではないか。

掛けた人物は電話を切ったあと、家路についたのではないか。

だから今、上の家屋から人の気配がするのではないだろうか。

そんな想像が一気に、ぱあっと脳裏を駆け巡りました。妄想に近いかもしれませんが、恐らく当たっているという妙な自信がありました。だからこそ私は、その場で震え上がったのです。

こんな家の住人には、絶対に会いたくありません。

必死に聞き耳を立てていると、その誰かは一階の部屋を一通り見たあと、二階へ上がったように思われました。

逃げるなら、今しかない。

地下への出入口は、ちょうど階段の真下になります。この家の住人が二階にいる間に、上手く廊下まで戻ることができれば、きっと大丈夫です。

私は急いで階段を上がり掛けましたが、ぎしっと大きく踏み板が軋んだため、慌てて足を止めました。相手は二階にいるため聞こえない。とは思うのですが、ここは用心すべきでしょう。ゆっくりと慎重に一段ずつ、私は上がることにしたのです。ただし向こうが二階から下りてくるまえに、こちらは廊下に出なければなりません。ともすれば足が速まります。すると決まって、みしっ、ぎいいい、と段板が軋みます。そこで再び慎重になるのですが、逆に気持ちは急《せ》きます。もう気が気ではありません。

ようやく階段を上がり切ったところで、壁の隠し扉が自然に閉まっていたらしいことに、やっと私は気づきました。ここが開きっ放しだった場合、家に帰ってきた住人は、すぐに地下室を調べたことでしょう。閉まっていて助かったわけです。

でも、と私はすぐに首を傾げました。電話があるのは地下室です。だったら侵入者が一階や二階ではなく、地下にいると察しがつくのではないでしょうか。

これは不味い。

私は慌てて隠し扉を開けようとしました。

一階と二階を検めているのは、あくまでも念のためなのです。自分が家に帰るまでの間に、もしかすると侵入者は地下室から上がったかもしれない。そして自分が地下に下りているうちに、この家から逃げ出すのではないか。そんな風に考えたからこそ、取り敢えず家の中を先に調べてから、あいつは本命の地下室に下りる心算《つもり》なのです。

だとしたら一階と二階の確認に、それほど時間は掛けないでしょう。今すぐ逃げ出す必要があります。

ところが、扉の開け方が分かりません。廊下側からは、壁に見せ掛けた扉を押せば良かったわけです。ならば内側にいる場合、扉を引くのかと思ったのですが、取っ手が見当たりません。これでは手前に引こうにも、全く無理でしょう。

薄暗い裸電球の下、私は必死に両手を扉部分に這わせました。少しでも突起物がないかと、そこら中を探り回ったのです。

そのとき真上で、物音がしました。

だん、だん、だんっと階段を下りてくる足音です。

この家の住人が二階の検めを、早々と終えたのでしょう。そうなると残るのは、もう地下室だけになります。

今すぐ飛び出せば、まだ逃げられるかもしれない。

廊下を走って、靴など履かずに玄関から駆け出して、一気に門まで突っ走るのです。仮に追い掛けられたとしても、門さえ越えれば大丈夫な気がします。あれが本当にH駅前から帰路についたのだとすれば、いくらでも門から外に出られるわけですが、このときの私には、なぜかそんな確信がありました。

しかし、肝心の扉を開けることができません。

だん、だん、たっ。

そうこうしているうちに、あれは階段を下りてしまいました。

すた、すた、すたっ。

そして廊下を歩き出したのです。次は間違いなく、この隠し扉を開けるはずです。

私は素早く裸電球を消すと、上がったばかりの階段を下り始めました。幸いにも往復したことで、どの辺りが軋むのか、何となく分かっています。そこを避《さ》けながら慎重に、でもなるべく速く足を下ろし続けて、ようやく残り三段というところで、隠し扉の開く気配が頭上から伝わってきて、それはもう大いに焦りました。

咄嗟《とっさ》に右手を伸ばして、柱のスイッチを押して明かりを消したのと、隠し扉が開く物音が響いたのが、ほぼ同時でした。でも愚図愚図していると、今にも階段の上の裸電球が点ってしまいます。そうなると階段の下方は闇に沈んでいるとはいえ、私の姿を見られてしまう恐れが充分にあります。

きゅうっと踏み段が鳴るのもお構いなしに、私は残りの段を下りると、すぐさま階段の裏に回りました。その途端《とたん》、ぱっと階段の上の裸電球が点きました。

すぐに下りてくると思い、私は息を殺して構えました。でも、しーんとして何の物音もしません。あれが階段の上にいて、地下室を窺っているようなのです。

こちらの姿を見られた。

段板の軋みを聞かれた。

二つの可能性が浮かびましたが、だからといって何もできません。ただ階段の裏で、凝っとしているだけです。

息が詰まるような静寂の間が十数秒あって、ぎっ、ぎいっ、みしっっと、あれが階段を下り出しました。

私は咄嗟《とっさ》に後退ったものの、しっかりと視線は階段の裏に向けています。すると段板と段板の隙間に、あれの足首が現れました。

裸足《はだし》です。

靴も靴下も履かず、ズボンやスカートの裾も見えません。

そんな裸足の足首が、まず右、そして左、更に右と、階段を下りてきます。室内の明かりに照らされ影になった両の足首が、一歩ずつ下ってくるのです。

やがて膝の裏、太腿《ふともも》、臀部《でんぶ》の影が目に入り出して、あれが全裸らしいと分かりました。けれど性別は不明です。年齢の見当もつきません。いえ、そもそも人間なのでしょうか。それさえ疑わしかったと言うべきでしょう。

そこで私は、ようやく逃げなければと慄きました。別に悠長《ゆうちょう》に構えていたわけではなく、あまりにも追い詰められた状況で、なかなか正常な判断ができなかったのです。

ただ、逃げるといっても背後の扉しかありません。果たして何処に通じているのか、はたまた行き止まりなのか、全く未知の扉の向こうしかないのです。

ゆっくりと後退りしながら、両の瞳は階段を下りるあれの影に向けつつ、私は左手を後ろに伸ばしてノブを探りました。けど、あれが階段を下り切っても、左手がノブに触れません。今にもあれの影が、くるっと回れ右をして、階段の隙間からこちらを覗き、私を見つけるのではないか。という気がして頭が可怪しくなりそうです。

あれが真っ直ぐ机の方へ歩き出したときには、知らぬ間に両肩に入っていたらしい力が、ふっと抜けました。

私は急いで振り返ると、まず鍵穴から鍵を抜き取り、次いで扉のノブに手を掛けて、そっと開けました。そして階段の隙間越しに、あれの様子を窺いつつ、静かに隧道へと身を滑り込ませ、ゆっくり扉を閉めました。それから微かに漏れる明かりを頼りに鍵穴を捜し、そこに鍵を挿し込んで施錠したのです。この一連の行動は自分で言うのも何ですが、まるで流れるような動きだったと思います。ですから、あれに気づかれていない自信がありました。

とはいえ地下室内で身を隠せる場所と言えば、この扉の中しかないのは自明です。家を点検したあとで地下に下りてきて、次に検めるのはどう考えてもここでしょう。

真っ暗な中で扉に背を向けると、私は両手を少し伸ばした格好で、そろそろと隧道を進みました。すぐに頭が天井につき、屈《かが》む羽目になります。それから蹲《しゃが》んだ姿勢になり、更には四つん這いにならないと、もう進めなくなったのです。

　がちゃ、がちっ。

　そのとき背後で扉が鳴り、びくっと身動ぎしたため、天井に頭を打ってしまいました。土が柔らかくて怪我はしなかったと思いますが、パラパラと頭上が崩れ出す気配を覚えたため、このまま生き埋めになるのではないかと、ぞっとしました。

　一切の身動きを止めて、四つん這いの格好のまま凝っとしていると、天井から細かい土の塊が落ちていたのが、幸いにも止みました。でも目と口に入って閉口しました。それに背後から聞こえる物音は、がちゃ、がちっと相変わらず続いています。

　あれが合鍵で扉を開けようとしている。

　最初はそう考えたのですが、机の引き出しにあった鍵は、今も右手に握っている一本だけでした。それに合鍵があるのなら、とっくに扉は開いているでしょう。

　抉《こ》じ開けようとしてるのか。

　引き出しには大工道具らしき物がありました。きっとそうに違いありません。だったら一刻も早く、この隧道を抜ける必要があります。

　私は四つん這いのまま、更に先へと進み始めました。とっくに両目は瞑《つぶ》っています。開けていても真っ暗で何も見えません。それに土埃が目に入って痛いのです。そうやって闇雲に進もうとしましたが、少し這っただけで頭が、ぐっと不意に閊《つか》えました。両手で天井を探ると、更に穴が小さくなっているようでした。最早そこから先は、匍匐《ほふく》前進しか手はなさそうです。

　がちっ。

大きな物音が背後で響きました。薄目を開けつつ苦労しながら少し振り返ると、隧道に射し込む仄かな明かりが、ほんの僅《わず》かだけ目に入った気がしました。はっきりしなかったのは、私が穴の奥まで入っていたからでしょう。

ざっ、ざくっ。

にも拘らず土を踏み締める足音は、しっかり耳に届きました。

あれが隧道に入ってきた。

私は両腕を必死に動かすと、急いで前進しました。狭い穴の中を死に物狂いで、とにかく進みました。そうしながらも時折、薄目を開けて前方を確認します。しかし絶望しか覚えなかったのは、少しも明かりが見えなかったからです。この先がどうなっているのか、全く希望を持てなかった所為です。

がしっ。

いきなり左の足首を掴《つか》まれました。

慌てて振り解《ほど》こうとしましたが、しっかりと掴まれたままです。咄嗟《とっさ》に右足で蹴って、何とか撃退しましたが、あれが背後まで迫っています。

この穴が崩落する危険に、もう構っている余裕はありません。物凄い勢いで匍匐前進して、あれから逃れようと死力を尽くしました。しっかりと口を閉じていても、土が入ってきます。口の中がじゃりじゃりして、気持ち悪くて仕方ありません。これで生き埋めになったら、それはそれで仕方がないと、心の何処かで諦念しました。そんな思いに駆られるほど私は、あれに追い詰められていたのです。

がしっ。

今度は右の足首を摑まれました。

がしっ。

次いで左の足首も、すぐに摑まれたのです。

ずっずっずっずっ。

しかも私の足首を摑んだ両手が、そのまま脹脛《ふくらはぎ》から太腿へと這い上がるではありませんか。まるで左右の手首という二つの個別の生き物が存在して、各々が勝手に蠢いているような、そんな気色の悪い感触が私の両足に走りました。

うわっ。

思わず絶叫しそうになって、口の中に大量の土が入りかけて、激しく咽《むせ》ました。当然その間、身体の動きは止まってしまいます。次の瞬間、両手首の感触が尻を越えて腰に届いたところで、あれの重みが一気に、私の両足に伸し掛かってきたのです。それは完全に下半身に、ひっしと抱きつかれているような状態でした。

厭だ。

無我夢中で前進を再開しました。このとき覚えた圧倒的な嫌悪感が、私に火事場の馬鹿力を与えたのだと思います。ひたすら物凄い勢いで這い進んで、あれの抱擁《ほうよう》から何とか逃れることができたのが、私が死に物狂いだったという証拠です。

すると前方に突然、眩い光が見えました。

もうすぐ何処かに出られる。

と喜んだのも束の間、ぬっと影のような手が前から伸びてきて、私の両手首を摑んだと思ったら、ずるずるっと引っ張り始めたのです。

あれに先回りされた。

有り得ない現象ですが、ここまでが不条理の連続でしたので、妙に納得できました。だからといって恐怖を感じなかったわけでは、もちろんありません。ギラギラと光る一つ目を目の当たりにして、私は絶叫しました。


最初に感じたのは、途轍《とてつ》もない不快《ふかい》さです。

全身が濡れていたうえに泥塗《どろまみ》れで、両目には異物感があって痛く、口の中はじゃりじゃりしており、物凄い疲労感に押し潰されそうな状態でした。

次第に意識がはっきりしてくると、自分が例の空地の泥濘と化した地面に座り込み、すぐ側に懐中電灯を持った人と、その横にもう一人いると分かりました。

それから二人は麦谷家のご主人と夫人で、隣の空地から奇声が聞こえるようなので、恐る恐る覗きにきたところ、なんと私が泥の海の中で這いながら動き回っていた、ということを聞かされました。

「若いから飲むのは分かるけど、酒に呑まれるようではいかんよ」

ご主人の言葉を耳にして、この騒動が泥酔の所為だと思われていると分かり、私は頭が朦朧《もうろう》としているにも拘らず、ほっと安堵しました。

あとは何度も礼を言って、私が西岡家に入るまで見守ってくれたご夫婦に、やはり何度も頭を下げながら、ようやく帰宅しました。

まず風呂場で服を脱ぎましたが、そのまま寝入りそうになるほど疲れています。何とか我慢して、両目の洗浄をしました。洗面器に張った水に顔を入れて、何回も瞬きを繰り返したのです。それから含嗽《うがい》をして、全身を洗いました。

翌日は昼前まで、完全に熟睡《じゅくすい》しました。会社を無断欠勤したわけです。慌てて電話しようと起きたものの、ふらっと蹌踉《よろ》けました。体温を測ると、物凄い熱があります。会社に欠勤の電話をしたところ、運良く嶋中さんが出ました。そこで高熱のことを伝えただけでなく、私は自然に助けを求めていました。

その日の午後、彼女は早退して西岡家まで来てくれました。そして私に食事をさせて、洗濯もやってくれたのです。夜には高原君も見舞いに来たので、「大人しく寝ていろ」という二人の忠告に逆らって、あの家に関する体験の全てを、枕元に座った二人に打ち明けました。でも熱が完全に下がっていなかったため、詳細までは無理でした。あくまでも掻い摘《つま》んで、どんな目に遭ったかを話しただけです。

そうして二人に語っているうちに、私はある矛盾に気づきました。あの家の大きさです。空地の敷地面積から考えても、一階の床面積が有り得ないほど広かったのです。二階と地下を入れた延べ床面積も、町内の他の住宅からは考えられない広さでした。

この私の体験談について、二人は否定も肯定もしませんでした。ひたすら黙って聞いていただけです。ただ、大村君の祖母のことを口にしたところ、どちらも「相談した方がいい」と言い出しました。

結局、三日も会社を休む羽目になりましたが、四日目からは高原君の部屋に居《い》候《そうろう》して、その週末には嶋中さんが見つけてくれたアパートに引っ越しました。

そして落ち着いてから、大村君のお祖母さんに会いにいったのです。

幕間（一）

一

「訊《き》かれる前に、はっきりさせておくけど」

そう僕が口火を切ると、

「何でしょう？」

三間坂《みまさか》秋蔵《しゅうぞう》は問い返しながらも、すでに答えを予想している顔をした。

このとき二人がいたのは、拙宅《せったく》から比較的近い某《ぼう》ファミリーレストランの席である。ちなみに同じ席で集英社の担当編集者と、『怪談《かいだん》のテープ起こし』の単行本と文庫本の刊行に関する例の打ち合わせも実はしていた。

その事実を知った場合、他社の編集者なら忌避《きひ》したかもしれないが、三間坂に限ってそれは絶対になく、実際あとから教えても興味深そうにしただけである。

ちなみに場所はファミレスながらも、二人が注文したのはビールと酒の肴《さかな》になりそうな料理だった。

「このテキストに何等かの解釈《かいしゃく》を下すのは、端《はな》から無理だということだよ」

「やっぱり、そうですか」

納得をしながらも、かなり残念そうな口調である。だが、そこから彼は粘《ねば》った。

「でも先生なら、どうにか――」

「いやいや、無理だって。これが書かれたのが、昭和三十年代から五十年代の間かな――ということくらいは推測できるけど」

「なぜですか」

「推理《すいり》小説という表現と、新興住宅地の開発という世相と、この組み合わせが成立するのが、その辺りだからだよ。推理小説は敗戦後に生まれた言葉だけど、住宅地の開発が本格化するのは昭和も三十年を過ぎたあとだ。ただ会社の研修や飲み会の雰囲気《ふんいき》から、もう少し時代は下るような気もする。つまり昭和四十年代から五十年代の間で、どちらかと言うと後半に近い時代ではないかな。そんな印象を受けた」

「なるほど。その分析力をさらに活かして――」

「これ以上は、もう無理だよ」

「そうでしょうか。前の二冊のときも、先生は見事な解釈をされました」

「あれらに関わったときも、結局は説明できなかった疑問が、山ほど残っただろ」

「とはいえ核《かく》とも言える真相に、ちゃんと辿《たど》り着かれています」

「問題のテキストに読み解くべき手掛かりが、捜《さが》せば何とかあったからだ」

すでに鞄《かばん》から出して、椅子《いす》の横に置いておいた大学ノートを、僕はテーブルの上で彼に示しながら、

「けど、これには手掛かりになりそうな記述が、ほとんど見当たらない」

「意味有り気な描写は、随所《ずいしょ》にあるのですが……」

「西岡《にしおか》家に住むことが決まってから、ノートの記録者は――便宜《べんぎ》的にJヶ丘に因《ちな》んでJ君としておこう――右隣の空地の家に入ろうとする、そんな夢を見る。それが予兆《よちょう》だったわけだが、どうして夢で知らせがあったのか、そもそも説明などできない」

「それくらいの不可解《ふかかい》さなら、前の二冊でも残っています」

「うん。このノートを読んでいる間、最初のうちは僕も、恐《おそ》らく無意識に謎解《なぞと》きを試《こころ》みようとしていたと思う。だけど読み進めば進むほど、いかなる解釈も絶対に不可能だと感じはじめた。特にノートの後半部分で、そう確信するようになった」

「あの家の地下室ですね」

「あれほど訳の分からん空間は――」

と言い掛けて、該当《がいとう》箇所に目を通していた際の妙な引っ掛かりが、ふいに蘇《よみがえ》った。

「どうされました？」

「あそこを読んでいたとき、ちょっと既視感めいた何かを覚えたことを、改めて思い出したんだけど、どうも心当たりがなくて……」

すると三間坂が、はっと身動《みじろ》ぎしたので、僕はぎくっとした。

「まさか、君もか」

「はい。しかも私は、その正体が分かった気がしています」

「ほんとに？」

「普通は逆でしょうが――つまり先生が分かって、私が首を捻《ひね》るわけです――この場合、作家は自作を読み返すことが少なく、私のような愛読者は何度も再読するから、という理由が考えられそうです」

「えっ、待ってくれ」

彼の言葉から予想できる「ある真相」を頭に思い浮かべたとたん、僕はそこはかとない不安に囚われた。

「拙作《せっさく》の中に、あの地下室と似た描写があった……なんて言い出すわけじゃないよな」

「いえ、その通りです」

「どの作品だ？」

これが別の編集者なら、まだ僕にも余裕があったかもしれない。しかし相手は、あの三間坂秋蔵である。

「先生の第一短篇集《たんぺんしゅう》『赫眼《あかまなこ》』に収録されている、会話文だけで構成された『よなかのでんわ』です。あの中に奇妙《きみょう》な小屋が出てきますが、その内部の描写のいくつかが、あの家の地下室と変に似ているんです」

彼は具体例を挙《あ》げたが、さすがに僕も朧《おぼろ》にしか覚えていない。でも謎の既視感の正体は、それに違いないという気がした。

「それにしても、薄気味《うすきみ》悪いほど微妙《びみょう》だな」

「類似点《るいじてん》が、ですか」

「そっくりと言うほど似てはいないが、偶然の一致で片づけるには引っ掛かり過ぎる。かといって問題の小屋と家が、とても同じ存在とは思えない」

「でも、まったくの無関係とするには、なぜか躊躇《ためら》いが……」

「要は堂々巡りだよ」

すると三間坂が、少し考え込むような様子を見せつつ、

「先生の怪奇《かいき》短篇の多くは、例えば編集者時代に蒐集《しゅうしゅう》された実話怪談に題材を取るなど、ほぼ実際の体験談を基《もと》に書かれていますよね。幸運にもご一緒できている中央公論新社の、この幽霊《ゆうれい》屋敷シリーズも、それに当たると言えます」

「有り難いことに君の実家の魔物蔵《まものぐら》から、こうしてネタを提供してもらえるお陰でね」

「これまでに偶然、似た話が集まったことはありませんか」

「それは、あったと思う。けど同じような体験なら、そのうちの一つを取り上げてしまうと、もう残りは使えなくなる」

「ですよね。けど、まったく気づけなかった場合は、どうでしょう?」

彼の意味深長《しんちょう》な物言いに、僕は胸の中にもやもやとした何かが、むくむくと湧き起こるのを感じながら、

「表面的には異なってるけど、根っ子の部分で実は繋《つな》がってた……とか」

「そうです。その例となるのが『よなかのでんわ』の小屋と、この大学ノートに記録された謎の地下室だとは考えられませんか」

「問題の二つが、何処《どこ》かで繋がってる……」

「無茶苦茶でしょうか」

「言わんとしていることは分かるけど――」

　僕は嚙《か》んで含めるような口調で、

「しかしな、そういう解釈をはじめてしまうと、もう切りがなくなる。少しでも奇妙なものが写っていると、『これは心霊写真だ』と騒ぐ輩《やから》と、少しも変わらない」

「はい」

「それに繫がってると言うのなら、君のお祖父《じい》さんと大学ノートの方が、よりそう見做《みな》せるんじゃないのか」

「何のことですか」

「地下室の本棚にあった書籍の中に、奇妙な漢字の羅列《られつ》があったと、ノートには書かれていた。あれって三つの記録を封印していた木箱に貼《は》られた、例の御札《おふだ》と似ていないか」

「あっ、そうでした。どちらも同じ部首を持つ漢字ばかりが、延々と書かれていて……」

「お祖父さんが御札に漢字を記したのは、あの地下室の訳の分からない書籍の漢字を読み解いたからかもしれない」

「そこに呪術《じゆじゆつ》的な意味があったわけですか」

「だから御札に利用したとも考えられる。とはいえ拙作にしろ、お祖父さんが貼ったであろう御札にしろ、大学ノートに出てくる地下室との関連は、あまりにも希薄過ぎるよ」

「そうですね。仰《おつしや》る通りだと思いますが……」

　三間坂は肯定しながらも、完全には納得していないらしい。

「ただし――と、あとが続くようだけど？」

「前作の『わざと忌《い》み家《や》を建てて棲《す》む』を刊行されたとき、先生は小学館の〈小説丸〉というウェブのインタビューを受けられましたよね」

「うん、覚えてる」

と即座に返しながらも、非常に重要な何かを失念している……そんな気がして、いきなり心が騒《ざわ》めいた。

「あのインタビューの中で、まだ完全に内容が白紙の状態にも拘《かかわ》らず、先生は三冊目のタイトルを口にされませんでしたか」

この質問に僕は、びくっとした。

「……すっかり忘れてた」

「何というタイトルをつけられましたか」

一拍の間を置いてから、僕は徐《おもむろ》に答えた。

「三冊目は、『そこに無い家に呼ばれる』とした」

まさに今、我々《われわれ》が関わっている大学ノートに見合ったタイトルではないか。

「もちろん先生は、あくまでも創作上の話として、タイトルだけ先に決めたと言われています。ああいうインタビューの場なので、当然ですが……」

「さすがに時と場所と場合に応じて、だよ。この幽霊屋敷シリーズは特に、そこに注意を払う必要があるからね」

「そのときタイトルには、ある法則のようなものが存在する、とも仰っています」

「あの時点で、二冊のタイトルがあった」

僕は打ち合わせで使うノートをテーブルの上に開くと、

どこの家にも怖いものはいる

わざと忌み家を建てて棲む

二つのタイトルを書き出した。

「一冊目も二冊目も、平仮名の三文字ではじまり、『家』という漢字が入っていて、最後が動詞で終わっている。三冊目を考えたとき、これらを踏襲《とうしゅう》しようと思った。さらに加えるとすれば、一つの文章として綺麗《きれい》に完結しており、かつ薄気味悪さが感じられる点かな。目で見ても口に出して読んでも、ちょっと怖いな……と感じられることだろうか」

「ちょっとですか」

三間坂は微笑《ほほえ》みながらも、すぐ真顔になって、

「つまり『そこに無い家に呼ばれる』という三冊目は、前の二冊を受けて考えられたタイトルだったわけです。にも拘らず我々は、それに合致した実に相応《ふさわ》しい内容の記録に、こうして関わりはじめています」

「……偶然か」

そう僕が応《こた》えると、

「二冊のタイトルの横に、三冊目も書いて下さい」

と彼に言われたので、その通りにした。

　どこの家にも怖いものはいる
　わざと忌み家を建てて棲む
　そこに無い家に呼ばれる

「先程の決まり事の他に、この三つのタイトルを見て、何か気づくことはありませんか」

「一字ずつ減ってる、とか」

「これは意図的に？」

「どうだったかなぁ。そこまで拘《こだわ》ったかどうか……」

「先生は、ある事実に気づいておられますか」

　普通の物言いだったが、なぜか僕は少しぞくっとした。

「何だろう？」

「一冊目に収録された記録は、五つでした。二冊目は四つ。そして今回は三つです」

「一つずつ、減ってる」

「タイトルと一緒です」

「いやいや、ただの偶然だろ」

　すぐさま僕は否定した。

「読者からすれば、作者が最初から見計らって、タイトルも構成も決めたに違いない——って、そういう風に見られるよ」

「でも、それが事実でないことを、我々は知っています」

「…………」

僕が何も返せないでいると、三間坂は追い討ちを掛けるように、

「実は先生に、まだお知らせしていないことが、あります」

「何か怖いな」

「はい。私は個人的に、ちょっと厭《いや》な気持ちになっています」

わざわざ彼は断《ことわ》ってから、

「私の伯母《おば》が三年前の年末に、大学時代の友人の葬儀《そうぎ》に行ったことは、さすがにもう覚えておられませんよね」

「いや、そんなことはない。前回の怪異《かいい》の元凶《げんきょう》とも言うべき、例の川谷妻華《かわたにつまはる》が三間坂家を再訪したいと言ったとき、君の伯母さんが『一ヵ月後の日曜にしましょうか』と提案したら、『私は大丈夫ですが、そちらが無理ではありませんか』と答えて、その通りになった」

「問題の週の木曜に、伯母の大学時代の友人が亡くなりました。通夜は金曜でしたが、葬儀は先方の都合で日曜日になって……」

「つまり川谷妻華には、それが分かっていた……としか思えない。そんな無気味な出来事だったので、よく覚えてる」

すると彼が、とんでもないことを言い出した。

「一作目から二作目に掛けて、タイトルとテキスト数が一つ減ったのに合わせて、関係者も一人だけ減った……という風に見えませんか」

「おいおい、いくら何でもこじつけだろう。そもそも伯母さんの友人なんて、どちらの話にも、まったく何の関係もないじゃないか」

「私も知らなかったのですが、あとから聞いて驚きました。その友人とは、あの『母親の日記』の提供者だったらしいのです」

ぎくっとした僕は、とっさに尋《たず》ねた。

「まさか体験者、本人なのか」

「いいえ。しかし彼女は体験者の、親しい友人だったとか」

「その事実を本人は、伯母さんに言わなかった？」

「みたいですね。自分の知り合いの親戚《しんせき》の……という風に、日記の出所《でどころ》を暈《ぼか》したようです」

「なぜかな」

「その手のものが、よく伯母のところに集まるのを知っていて、根掘り葉掘り訊かれるのが、きっと煩《わずら》わしかったのでしょう」

「有り得るな。けど、体験者の友人くらいなら……」

「ただし彼女は、あの主婦の体験に、かなり深く関わったと聞いています。ちょうど主婦が日記を書かなくなった頃から、頻繁《ひんぱん》にあの家に出入りしてたっていうんです」

「だから日記を、彼女は入手できた」

こっくりと三間坂は頷《うなず》いて、

「でも、そのうち日記を持っているのが、とても怖くなってきた……と、その人は周りに打ち明けたそうです。日記に関わることで、どうも何か怪異に遭ったらしいのですが、肝心《かんじん》の話は誰《だれ》にも喋《しゃべ》らなかったみたいで……」

「そういう事情から、あの問題の日記を伯母さんに渡したわけか」

「体《てい》の良い厄介《やっかい》払いですね」

「それを素直《すなお》に受け取る伯母さんも、やっぱり凄いよな」

　僕の言に、彼は苦笑している。

「もっともお陰で僕は、『どこの家にも怖いものはいる』を上梓《じょうし》できたのだから、日記を手放した人に感謝しないとな」

　そう冗談《じょうだん》交じりに言ったあとで、ふと僕は厭な予感に囚《とら》われた。

「一作目に関わる人物が、一人だけ減った。それが偶然でなかったとしたら、二作目に関わった誰かも、また一人だけ減る羽目になるのか」

「もしくはすでに、もう減っているか」

「誰だ？」

「青山《あおやま》を覚えていらっしゃいますか」

　少し考えても、まったく思い当たらない。

「えーっと、誰だっけ？」

「弊社《へいしゃ》の受付で――」

「あぁ、あの美人さんだ」

　河漢社《かかんしゃ》の受付にいた新入社員らしい初々《ういうい》しさの残る女性の顔が、ぱっと脳裏《のうり》に蘇った。と同時に胸の奥に、ずんっと黒くて重い何かが芽生《めば》えた。

「まさか、彼女が……」

「あのあと、少し経《た》ってから無断欠勤が続き、そのまま会社を辞めました」

「それって関係あるのか」

「彼女は受付で川谷妻華に、直に応対しています」

「そんなこと言ったら、うちの近所のKさんも――」

「川谷妻華に会ったようですが、それは伯母も同じです」

「そうだ。でもKさんも伯母さんも、無事じゃないか」

「二人は川谷妻華の、邪魔をしていませんからね」

その物言いに、僕はぞくっとした。

「私は前以《まえもっ》て受付の青山に、『たとえ誰が訪ねてきても、先生が来社されていることは教えないように』と頼んでおきました。そして彼女自身も、川谷妻華を目の当たりにして――実際は記憶に残っていなかったわけですが――危ない人だと認識した。だから私に内線を掛けて、注意を促してくれました」

「それが仇《あだ》になった……」

「私も最初は、いくら何でもと思いました。ただ気になったので、人事部や青山の同期で親しい者に確かめたのです。すると無断欠勤が続いたので、人事部が本人に連絡《れんらく》を取ろうとした。しかし、携帯が繋がりません。そこで実家に電話したところ、本人がいたそうです。ところが、母親が『会社は辞めます』と言うだけで、その理由をまったく言わない。本人も電話に出ない。人事部長が実家へ行こうとしたようですが、はっきりと断られた。その後、本人のサインと判子が押された辞表が届いたので、弊社としても受け入れざるを得なかった。ということが分かりましたが、青山に何があったのか——その肝心な部分は、完全に謎です」

「同期たちなら、もう少し知ってるんじゃないか」

「一番親しかった大山《おおやま》という女子社員によると、青山は何かに怯《おび》えていた……と。それが何なのか、大山には分からなかったそうですが、彼女が受けた印象は、透明人間のようなストーカーなんですよ」

「姿は見えないけど、自分に付き纏《まと》っているのは間違いない……とでもいうような」

「その感覚って、川谷妻華らしくないですか」

しっかりと僕が首肯したのが、まるで一つの区切りのようになって、しばらく二人の間に沈《ちん》黙《もく》が降りた。

「このままいくと——」

先に口を開いたのは、僕だった。

「三人目が出るってわけか」

「一人目は亡くなってますが、あくまでも病死のようです。それに二人目は違います」

「とはいえ我々の周りから、一人ずつ減っていくわけか」

「そこで気になるのが、その二人よりも遥《はる》かに怪異に関わってる先生と私は、どうして大丈夫なのか、という疑問です」

もっともな指摘を三間坂がしたので、それに僕も応じた。

「この手の怪異に纏《まつ》わる出来事では、しばしば見られる現象かもしれない。つまり当事者は無事なのに、その周囲が理不尽にも被害を受けるわけだ」

「先生の〈作家三部作〉も、そうでしたよね。特に『蛇棺葬《じゃかんそう》』と『百蛇堂《ひゃくじゃどう》』が……」

「あれには理由があったけど、今回はどうかな」

　僕の言い方に、彼は何か思うところがあったのか、

「もしかすると思い当たられる節が……」

「いや、まったくない。ただ、ふと感じたんだけど、実は無事に済んでるんじゃなくて、単に最後まで残されてるだけなのかもしれないな……って」

「厭な表現ですね」

「もし『そこに無い家に呼ばれる』を上梓したとして、四冊目はどうなる？　この次に魔物蔵で見つかるのは、『のぞきめ』のような対になった二つの記録じゃないかな。その次には、長文の一つの記録だけが発見される」

「それぞれのタイトルは？」

「三冊目と同様、まったく内容を無視したうえで、先に述べた条件に照らし合わせて考えたとして――」

　と言ってから僕は、あれこれと頭の中で捻くり回した結果、取材ノートに四冊目と五冊目のタイトルを並べて記した。

　どこの家にも怖いものはいる
　わざと忌み家を建てて棲む

そこに無い家に呼ばれる
こんな家で寝ると病む
あれが僕の家に来る

こんな状況にも拘らず三間坂は破顔しながら、

「好《い》いですねぇ」

しみじみとした口調で応えたが、僕は素直に喜べなかった。

「すべては偶然、考え過ぎ、だとは思う。けど仮に刊行するにしても、三冊目で止めておくべきかもしれない」

「このまま行くと、いずれ先生か私のどちらかが、減りそうだから……ですか」

二

「よく分かってるじゃないか」

と言いながらも僕は、冗談では済ませられない気分だった。

「それにしても減る……って表現は、どうにも悍《おぞ》ましい感じだな。もっと恐ろしいはずの『死ぬ』よりも、何と言うか……」

「嫌悪感が強い？」

三間坂の表現に、取り敢《あ》えず僕は頷く。

「でも、ちょっと先生らしくないかもしれません」

「何が？」

「偶然や考え過ぎと思われるのに、三冊目で止めようかと言われたことです」

「今回の記録の、あまりにも訳の分からなさが、どうにも厄介だからだよ。一切の解釈を拒《こば》むような代物《しろもの》が出てしまったんだから、ここらで止めようと考えるのは、かなり正常な判断ではないだろうか。それに……」

と言い掛けたところで、僕は躊躇《ためら》った。

「何でしょう？　言い難《にく》いことですか」

「今こうして話しているうちに、ふっと思い出したことがある。ただ、さすがに笑われるかなと思って……」

「そんなの今更ですよ。頭三会《とうさんかい》の会話に、タブーはありません」

なおも僕は躊躇《ちゅうちょ》したが、目の前にいるのが三間坂秋蔵なのだから――いや、相手が彼だからこそ、打ち明けても大丈夫だと改めて考えた。

「ほぼ毎日、僕は散歩をしている。飽きないように、いくつかルートがあるんだけど、どれにも住宅街の中の空地が含まれることに、このノートを読んでいて気づいた」

「それらのルートは、いつ頃から？」

「少なくとも一冊目を出す前には、もう散歩していた。しかも複数の空地を目にしながら、これは怪奇短篇のネタになるなと、漠然《ばくぜん》と空想していたのも事実だ」

「面白《おもしろ》そうですね」

「それぞれの空地は、かつて家が建っていたものの、何らかの事情で取り壊されて、今は更地になっている。ただし持主が放置してるのか、土地が売れないのか、やはり事情があって、いつまで経っても新しい家が建たない。そんな風に見えた」

「そういう空地が複数、散歩のルート上にあるわけですか」

「別に今では珍《めずら》しくないだろ。日本の人口が減るに従い、今後も増えていくよ」

　彼は納得した顔をしつつ、

「そのとき頭にあった怪奇短篇とは、どんな構想だったんです？」

　いかにも拙作の愛読者らしい質問をした。

「それが……、まさに『そこに無い家に呼ばれる』だった」

「……そっくり同じですか」

「会社帰りに同僚《どうりょう》と飲んだ主人公が、地元の駅で降りて帰路についている途中で、空地の前を通り掛かるんだけど、そこには見知らぬ家が建っている。いつの間に……と不審に思っていると、その家から誰かが出てきて、さぁどうぞ……と招かれる。そんな話を散歩中に、よく妄想していたことを、ふっと思い出した」

「どうして書かれなかったんですか。今こうしてお聞きしているだけで、私はもう読みたくて堪《たま》らなくなっているのに」

「散歩をするたびに、というと大袈裟《おおげさ》かもしれないけど、このネタがずっと頭にあったのは間違いない。それなのに怪奇短篇として仕上げなかった理由が、今ようやく分かった気がする」

「何ですか」

「拙作のある短篇と、似ているんだ」

三間坂が考える仕草を見せたのは、ほんの刹那《せつな》だった。

「それって、『夢の家』ですね」

「うん、あれと被らないか」

「つまり、このノートに記された『家』と先生の作品との類似が、またしても見つかった、ということになります」

三間坂は有り難くない指摘をしてから、僕に尋ねた。

「他にもあることに、お気づきですか」

「類似点が？」

「はい。『どこの家にも怖いものはいる』の『異次元屋敷　少年の語り』の『僕』は、石部鉋《ほう》太《た》という名前でしたよね。『わざと忌み家を建てて棲む』に関わる大工の名が、石部金吉《かねきち》でした。そして『新社会人の報告』には、石部工務店が出てきます」

「……確かに」

「もちろん同じ人たちでも、同じ一族でもないでしょうが、だからこそ気持ち悪いわけです。また『わざと忌み家を建てて棲む』の烏合邸《うごうてい》も、『新社会人の報告』の家も、どちらも四丁目にあります」

「……そうだな」

「あと私もうっかりしてましたが、よく考えると『わざと忌み家を建てて棲む』の烏合邸の一部である『黒い部屋』って――いいえ、これ以上は言わなくても、お分かりのはずです」

一々もっともなので、そのまま黙っていると、

「先生が仰りたかったのは、そういう問題でしょ？」

彼が意外そうな表情を浮かべたので、僕は弱々しく苦笑しながら、

「それについては本当に今、ぱっと思い当たったんだ」

「本来のお話は、まだこれからなんですね。失礼しました。どうぞ」

「いや、だから、ほとんど笑われそうな――」

「大丈夫です。どうぞ」

僕は弱々しい笑いを顔に貼りつかせたまま、

「そんな空地の一つに、猫《ねこ》たちがいてね。いつも通るたびに、その猫たちと遊んでいた。かなり広い土地だったし、両隣の家との境には植え込みがあったから、まぁ気兼ねなく立ち寄れたわけだ。ところが最初は五匹いた猫が、やがて四匹になり、そして三匹になった」

「えっ、まさか……」

「今から考えるに、一冊目と二冊目の執筆期間から刊行までの間に、それぞれ一匹ずつ減ったように思えてならない」

「うーん」

さすがの三間坂も唸《うな》った切りで、何も言えないらしい。

「もっとも減った理由が、まったく考えられないわけではない。まだ五匹いた当時、僕が猫たちと遊んでいると、幼い女の子が寄ってきた。そして猫を撫《な》でようとした。そのとき背後で突然、『何々ちゃん、触っちゃ駄目《だめ》！』と金切り声が響いた。驚いて振り返ると、母親と思しき

人物が立っていて、『何処そこの何々ちゃんは、猫を触って病気になったのよ』と喚《わめ》いている。ちゃんと手を洗わなかったからだろ——と言いたかったけど、あんまり掛かり合いになりたくない人に見えたので、僕は黙っていた。すると母親はこちらを完全に無視して、いかに野良猫が汚いかを、懇々《こんこん》と女の子に説き出した。その側《そば》で僕は、ずっと猫たちを撫でていたけどね。だから猫の姿が見えなくなったとき、あの母親が保健所に連絡したんじゃないかと、大いに心配した」

「嫌な人ですね。でも保健所が絡んでるのなら、一匹だけいなくなるのは、ちょっと変じゃないでしょうか」

「そこに僕も、すぐ気づいた。逃げられた猫がいたにしても、五匹のうち四匹まで捕まらなかったと見るのは、さすがに無理がある」

「しかも二匹目が、またいなくなった……」

「そんな猫の話なんか——とは言わないのか」

「見損《みそこ》なってもらっては困《こま》ります。そういう偶然も積み重なれば怖い……と、私は先生から教わったのですから」

「そうか、すまない」

「他の空地では、何もなかったのですか」

　彼に促され、僕は続けた。

「実はある。それに猫たちが減る現象より、こっちのほうが明らかに怪異っぽい」

「聞かせて下さい」

「もう一つの空地は、あまり広くない。道路から敷地が高くなっているため、完全に擁壁《ようへき》が残った状態で、その間には階段も通っている。両隣との家の境に垣根《かきね》などもないので、気軽に足を踏み入れられない感じだな」

「子供じゃないんですから、絶対に止めて下さいよ」

「ただ妙なことに、その空地には樹が生えている」

「庭の樹ではなくて？」

「空地の中心に、それも複数ある」

「更地にしたあとで、植えたのでしょうか」

「植林地にするつもりなら、もっと規則正しく何本も植えるだろう。けど空地の樹は、いかにも自然に伸《の》びたようにしか見えない。ただ、それにしては育ち過ぎてる気がした。最も考えられるのは、そこが更地になってから何十年も経っている——という解釈かな」

「そんな風には見えない？」

「僕の主観だから、何の根拠もないけどね。ただ問題なのは、そこではない。最初に目にしたとき、樹は三本あるように見えた。それが四本になり、さらには五本になって……」

「時期は？」

「猫たちの現象と、ほぼ重なるかもしれない」

「あとから植えた……」

「はずはないと思う。まったく意味がないからな」

「面妖《めんよう》ですね」

と言いながらも三間坂は、何か考えているような顔をしている。

「どうした？」

「それってノートに記されてた、空地に突き刺さった木の枝が、少しずつ減っていく話と似ていませんか」

　僕が思い当たらなかった指摘をした。

「増減の違いはありますけど」

「言われてみれば……」

「しかしなぁ……」

　とっさに僕も両者の類似を認めそうになったものの、

「現実に樹が増える話なんて、どう考えても有り得ないだろ。あっさり信じるのか」

　自分で口にしておきながら、そんな風に返した。

「先生との付き合いも、それなりに長いですからね」

　すると三間坂は、まったく答えにならない応え方をした。それ自体は別に気にならなかったが、彼の口調に何か感じるものがあったので、僕は思わず尋ねた。

「まさか君も、心当たりがあるとか」

「この手の話に関しては、相変わらず鋭《するど》いですね」

「最初の断りが余計だよ」

「失礼しました。実はあります。しかし、話しても笑われるレベルの――」

「という風に、やっぱり本人は心配するんだよ」

「あっ、そうですね」

「今の僕の体験談のあとだから、まだ話し易《やす》いだろ」

「どうでしょうか」

　そう言いながらも三間坂は語り出した。

「ほぼ毎朝、私は通勤のため同じ電車に乗っています。会社はフレックスですので、朝の通勤ラッシュからは逃れられますが、それでも私が乗るときには、いつも八人掛けの座席に七人が座っている状態になります。たいてい真ん中辺りが空いているので、そこに私が座ります。恐らく他の七人も、だいたい座る場所が決まっているのではないかと思います」

「電車やバスで通勤してる者なら、誰にでもある経験だろうな」

「ところが、『どこの家にも怖いものはいる』が刊行されたあとの、ある朝のことです。座席が埋《う》まってたんです。いつも一人分が空いてるのに、満席になっていました。新顔がいるのか、と座っている八人を見渡したのですが、いつも目にしている人たちだけのような気がして……。もちろん常連とも言える七人の顔を、ちゃんと覚えていたわけではありませんが……」

「けど、何となく見分けられるか」

「その自信があったのですが、一人として新参者がいないように思えて……」

「にも拘らず七人ではなく、なぜか八人が座っていた」

「そんな日が続きました」

「まるで座敷童《ざしきわらし》だな」

「しばらくすると、また座れるようになったので、やっぱり新顔がいたのかと考えたのですが、七人を繁々《しげしげ》と見ても、誰か一人が減ったように感じられなくて……」

「最初から、その顔触れだった……としか思えないわけだ」

こっくりと彼は頷いた。

「君の場合は一つの体験で、増減の両方があったのか」

「もう一つは、『わざと忌み家を建てて棲む』の刊行後でした。会社で仕事をしていて——夜の十時過ぎだったでしょうか——コピー用紙が切れたので、一階の総務部まで下りました。そして上の編集部まで、エレベータで戻ろうとしたところ、途中の階で止まったんです。こんな時間に、編集部以外で残ってる人がいるんだと、ちょっと驚きました。誰が乗ってくるんだろうと構えていたところ、開いた扉の先が、どうにも変で……」

「見たこともない階だった？」

僕の台詞《せりふ》に、三間坂は理解者がいたとばかりの顔で、

「そうなんです」

「そのときの階数表示は？」

「ちゃんと見ておくべきだったと、あとで後悔しました。エレベータに乗っていたときの感覚では、三階くらいのはずなんですが……」

「実際の三階とは、明らかに違っていた」

「そもそも弊社ではない、というのが一目瞭然《いちもくりょうぜん》でした。エレベータ前の雰囲気と言いますか、弊社よりも殺風景で、何よりも薄暗いんです」

「……降りたの？」

僕の問い掛けに、彼の記憶が刺激されたのか、ぶるっと身動ぎしてから、

「パネルの『開』のボタンを右手の中指で押しながら、顔だけ出してみました。すると左右に廊下が、真っ直ぐ延びているんです。何処までも一直線に、ずっと先まで……」

「廊下だけが？」

「扉も何もありません。ただし廊下全体が薄暗かったため、絶対とは言い切れませんが、目に入る限りでは、そうでした」

「どちらとも先の先は、暗闇に消えてる感じか」

「それが妙なんです。廊下のずっと先は、逆に白っぽく光ってるみたいで、それ故《ゆえ》にはっきりと見えないと言いますか……」

「それで、どうした？」

「交互に左右を見やっていると、そのうち右手のほうから、かつん、かつんっ……という物音が聞こえてきました」

「……足音？」

「恐らくそうです。その、かつん、かつんっ……という音が廊下に響き出したとたん、すぐに逃げないと、と私は思いました。それも廊下の左手へ、今すぐ駆け出すべきだと感じたのです」

「えっ……」

「気がつくと、もう廊下に出てました。しかもエレベータから、少し左寄りにいて、右手に背を向けて、今にも走り出そうとしています」

「いや、駄目だろ」

「あのまま私が、もしも廊下を駆け出していたら……。いったい何処へ行ってたんでしょうね。あの足音の主は、そんな私を追いかけてきて……。それからどうなったのか……」

「よく走り出さなかったな」

「そうしようとしたところで、左手に持っていたコピー用紙が、ぱらぱらっと廊下に落ちて、我に返ることができました。すると反対側の廊下に、こちらに向かってくる人影《ひとかげ》が見えました。それが私の姿を認めたようで、いきなり駆け寄ってきました。はっとエレベータに目をやると、ちょうど扉が閉まり掛けています。私は急いで戻ると、間一髪で扉の僅《わず》かな隙間に、さっと右手を突っ込んだのです」

「間に合ったか」

「再び扉が開いて、エレベータに飛び乗り、パネルの『閉』のボタンを連打しました。でも、なかなか扉は閉まりません。その間にも、かっ、かっ、かっ……と駆けてくる足音が、大きく廊下に響いています。ようやく扉が閉まり出したとき、それはエレベータの前に、ほとんど達しようとしていました」

「……見た？」

「いえ。とっさに後退《あとずさ》りして、ぴったりと背中を後ろの壁にくっつけました。ですから扉が閉まる寸前、ちらっと何かが垣間《かいま》見えただけで……」

「それって――」

「すみませんが、思い出さないようにしています」

本当に申し訳なさそうな表情になったので、僕は慌《あわ》てた。

「いやいや、もちろんだよ。気にすることはない」

彼が落ち着くのを待ってから、

「しかし減るんじゃなくて、僕の体験の樹木のように、あるいは君のエレベータの階の如《ごと》く、増えるのは変だろ。いや、樹や階の数が増えること自体、もちろん可怪《おか》しいわけだけど、そもそも減るという現象を問題にしてるんだから……」

「ところが、そうでもないんです」

三間坂は改まった顔と口調になると、

「ここで先生に思い出していただきたいのは、前の二冊の表紙のイラストです」

「イラストレーターの谷川《たにかわ》千佳《ちか》さんの？」

「はい。特に一冊目と二冊目の、少女の顔と目の数です」

「えっ？」

「お分かりになりますか」

怪訝《けげん》に思いながらも、二つのイラストを脳裏に思い浮かべながら、僕は答えた。

「一冊目は、顔が一つに目が五つ。二冊目は、顔が二つに目が六つ」

「つまり顔も目も、一つずつ増えているんです。タイトルの字数や中身の記録の数が減っているのに、まるで呼応するように」

この指摘に、僕はぎょっとした。まるで隠されていた忌まわしい法則を明示されたような、そんな気分を味わった。

「あれは先生や編集者が、意図的にそうしたわけですか」

「いや……」

と口にしたまま黙り込んでしまっても、彼は何も言わない。こちらの次の言葉を辛抱《しんぼう》強く待っている。

「君には話してなかったかもしれないけど――」

「はい」

「どちらのイラストも、二つの作品のために描き下ろされたものじゃない」

「……すでに描かれていたんですか」

　今度は三間坂が、ぎょっとしたらしい。

「編集者から谷川さんのイラストを提示されて――他にも候補があったのかどうか、それは覚えてないけど――僕もすぐさま気に入って、あれに決めたんだ。そして刊行の打ち上げの席で、編集者と飲んでいたとき、『どこの家にも怖いものはいる』に収録したテキスト数と、イラストの女の子の目の数とが、同じ五つだと互いに気づいた」

「それまでは、少しも意識されなかった？」

「うん。もちろん二冊目の企画も、まだ何もない状態だった」

「やがて私が頭三会に、川谷妻華が実家に持ち込んだ手紙を基に、魔物蔵から発掘した〈烏合邸〉に関する四つの記録を持ち出すことになります」

「その結果、僕は『わざと忌み家を建てて棲む』を書いた。それを読んだ編集者から、『幽霊屋敷シリーズの二冊目として出したい』と言われた。そして装丁《そうてい》を考える段になって、編集者が谷川さんに連絡したところ、一冊目と似たイラストがあると分かった」

「つまり先生が、『どこの家にも怖いものはいる』の原稿を執筆される前から――」

「そもそも君が、実家の魔物蔵で切っ掛けとなる記録を見つける前から、二つのイラストは存在していたわけだ」

「そうだったんですか」

「あの二冊の表紙に、それらのイラストを使用したのは、本当に偶然としか言い様がない」

そこで彼は急に、まじまじと僕の顔を眺めながら、

「一冊目を書かれたとき、二冊目の予定はなかったんですよね」

「それは間違いない」

「けれどイラストは、まるで予定していたように存在した」

「この場合は、幸運にも……と言うべきなのか」

「しかし二冊目を書かれたとき、先生のことですから、三冊目の可能性をお考えになったのではありませんか」

やっぱり三間坂秋蔵である。鋭い突っ込みをしてきた。

「実はその通りで、恐らく君が予想しているように、すでに三冊目に相応しいイラストがあるかないか、その点も確認済みなんだ」

「あったんですか」

「三つの顔が溶けあっているように見える、そんな絵を彼女は描いていた。ただし目の数までは、さすがに覚えていない。僕も編集者も、三冊目なので顔が三つ――というところしか見て

いなかったからね」

「それで目の数が、もし七つあれば……」

「でき過ぎだな」

「そういう呑気《のんき》な反応をしてる場合でしょうか」

わざと間を置くように、僕はビールを飲んでから、

「ここまでに色々と出たけど、すべては『偶然だろう』で済む。または『こじつけ』の一言で。ただ、それにしては数が多いようにも思える」

「幽霊屋敷シリーズの三冊目に入るかもしれない、今回のノートの件だけでなくて、一冊目と二冊目も巻き込んだうえで、さらに先生の他の作品にまで及んでいるのではないか……という疑いまであるわけです。最早『偶然』や『こじつけ』で片づけるレベルではない、という気がしています」

僕はずっと引っ掛かっていたことを、そこで口にした。

「あと奇妙に感じられるのは、これまでの頭三会で、先程のエレベータの話が出てこなかった点だ」

「そう言われれば……」

「僕の猫や樹の増減の体験は、まぁ勘違《かんちが》い程度だから、頭三会をやっている間、きっと思い出しもしなかったんだろう」

「猫はともかく、樹木もそうでしょうか」

「君はそう感じるか」

「はい。怪談としては話さないまでも、雑談でどちらも出てきそうです」

「となると余計に、君の通勤電車とエレベータの体験は、とっくに頭三会で出ているべきじゃないか」

「……確かに」

　三間坂が珍しく不安そうな顔をしている。

「かといって二人とも失念していた理由など、まったく見当もつかない」

「その時が来るまで、我々に喋らせなかった……」

「いったい何が？」

「怪異……でしょうか」

　僕は少しの間、黙って彼を見詰めてから、

「実は気づいてないだけで二人とも、かなり病んでるのかもしれないな」

「可怪しなこと、言わないで下さい」

「ここで止めるか」

「できますか」

「中止するにしても、残りの二つには目を通しておきたい」

「やっぱり止める気がないわけですね」

「違うよ。中止するにしても――だ」

「はい、分かりました」

　まったく信用していない様子である。

「二つ目の手紙は、それほど長くないですよね」

「今ここで、互いに読んでしまうか。僕は鞄に実物を入れてるし、君もコピーは持ってきてるだろうから」

僕が睨《にら》んだ通り、彼は三つのコピーを持参していた。

「でもお酒が入った状態は、あまり宜しくないのではありませんか」

「それもそうだな」

「次の頭三会の日取りだけ先に決めておいて、それまでに二つ目の記録をお互いが読んでおく、ということでどうでしょう」

三間坂の提案を受け入れて、このときの頭三会はお開きになった。

その家に入れない　自分宛ての私信

第一信

これは私に宛《あ》てた手紙である。

私に何か異変が起きた場合、本紙を読むのは第三者になる。そのための記録と思ってもらえれば間違いない。

彼女は意外にも精神的な問題を抱えていたのか。

引退は年齢《ねんれい》のせいだけでは結局なかったのか。

人は見かけによらないな。

この手紙を書いた経緯《けいい》が分かればそんな風に誰《だれ》もが驚くだろう。私と親しい人ほどそれは大きいと思われる。しかし動機《どうき》は極《きわ》めて単純である。

そこに無いはずの家は本当に存在しないのか。

この不可解《ふかかい》な問題を私は確かめたかった。自分の耳目で検《あらた》めたかった。その場に立って実感したかった。それだけである。

「ちちんぷいぷい」

亡き祖母が私の背中を押すとき口にした。不思議と勇気が出た。やればできると思った。そんな呪文《じゅもん》である。

「行きはよいよい帰りは怖い」

こちらは私を諌《いさ》めるときの言葉だった。「それでいいのかい」という祖母の問い掛け。いつも的を射《い》ていた。

今は「ちちんぷいぷい」である。

何故《なぜ》その〈家〉のことを知ったのか。そこは明かせない。だが本紙を第三者が読む事態になっている以上、追々それも分かってくるはずだ。

私がまず調べたのは〈家〉が建つとされるIという住宅地の土地所有者である。すると地元の不動産屋だと分かった。

客を装《よそお》って会いに行くと、まだ子供っぽさの残る青年が応対した。彼が社長だったのだが、他には年配の女性が一人しかいなかった。きっと社員は彼女だけなのだろう。

「あそこは良い所ですよ」

私が問題の土地のことを訊《き》くと、彼は快活《かいかつ》に答えた。不動産屋が担当物件を悪く言うはずもないが、本心から言っているように聞こえた。

「子供の頃、あの辺りでよく遊びました」

懐《なつ》かしそうな様子からも決して嘘《うそ》ではないらしい。

「売地ですよね」

当たり前のように尋《たず》ねたのだが、青年社長の返答に戸惑《とまど》った。

「賃貸《ちんたい》もできます」

貸し土地も可能と分かり驚いた。しかし更なる驚愕《きょうがく》が、彼の次の台詞《せりふ》によって齎《もたら》された。

「ご興味があるのは、あそこの土地のほうですか」

「はっ、どういうことでしょう？」

「先程から土地の話ばかりされてるので、今ある家は壊《こわ》して更地《さらち》にしたうえで、新しく建てられるのがご希望なのかなと、ちょっと思ったものですから」

私はその場で固まった。一つの言葉が脳内をぐるぐると回っている。

今ある家。

あの土地に家が建っている。その可能性を少しも考えなかった。そこに家が存在することは有り得ない。そう無意識に決めつけていた。

問題の土地には実在しない家しかない。

という強固な思いにずっと私は囚《とら》われていたらしい。

「ご覧《らん》になりますか」

青年社長は内覧を勧めてくれた。

「うちは人手が足りないので、私がご案内するのは無理なんですが、自由に見て頂くのは一向に構いません」

私にとって「その土地に実際に建っている家」には少しの価値もなかった。ただ「どんな家なのか」と、ちょっとだけ興味を覚えた。せっかく来たのだから問題の土地だけでも見ておこうと思った。

そこで鍵《かぎ》を借りることにした。

駅前の駐車場から車を出して目的の場所へと向かう。ここに来るまで感じていた胸の高鳴りはすっかり半分以下になっている。その一方で「これでケリがつく」という思いもある。長年の懸案事項がようやく消える。そう考えることにした。

車で六、七分も走ると目指す住宅地に着いた。しかし青年社長がメモしてくれた住所に該当《がいとう》する家がない。その付近を捜《さが》すのだが一向に見当たらない。

この辺りのはずなのだが……。

都合良く見つけた空地の前に車を停めると、私は降りて付近を歩き回った。でも相変わらず見つからない。

そのとき主婦らしき人が通りかかったので、私はメモを示して尋ねた。

「この住所って、何処《どこ》になるのでしょうか」

すると彼女は上品に笑いながら、

「あら、ここですよ」

目の前の空地を指差《ゆびさ》した。

家など建っていない更地を……。

「えっ、ここなんですか」

だが驚くのはまだ早かった。なぜなら彼女はこう続けたからだ。

「こちらの家を、お借りになるのですか」

第二信

私が声をかけたのはT家の夫人だった。目の前の更地から二軒右隣の家になる。表札から右隣がK家で、左隣がS家と分かった。これらの名前を知ったのは勿論《もちろん》あとからである。

この人は何を言ってるのか。

私は目の前の人物に対する軽い危惧《きぐ》を覚えた。第一印象は普通の主婦である。だが人は見た目だけでは分からない。

精神的に何か問題を抱えているのか。

だから幻覚が見える。しかも口に出して第三者に伝えてしまう。そんな診断《しんだん》を下しかけて、あっと私は声を上げそうになった。

何もないはずの更地に建っている家が見える。

これこそ私が捜していた〈家〉ではないか。青年社長のメモはここを示していた。しかし彼が勧めた家がそこになかった。だから別の場所だと思った。見つからないと捜し続けた。でも該当する土地は目の前にあったのだ。

私は改めてT夫人を観察した。

彼女は存在しないはずの〈家〉が見える人なのか。

それが本当なら素晴らしい。だが私に見えないのは何故か。その能力がないからか。私は〈家〉を目にすることができないのか。絶対に無理なのだろうか。

青年社長はここに家があると言った。

その事実を思い出して、私は頭が混乱しそうになった。彼とT夫人には〈家〉が見えている。それも普通の家として映っているらしい。一体どういうことか。

こうして文章に書くと長くなるが、ここまでの思考は一瞬だった。とはいえT夫人は少し戸惑いはじめていた。家を借りるのかと訊いたのに、私が何も答えないままだったからだ。

「いえ、今日は下見に来ただけなんです」

取り敢《あ》えず無難《ぶなん》に返す。下見とは「家」とも「土地」とも取れる。

「まぁ、そうですか。やっぱり下見は大切ですわね。でも一目で気に入られたでしょう。こんな立派な家なんですから」

確実に彼女には〈家〉が見えている。青年社長も同様なのか。それを確かめる必要がある。ここへ彼を連れて来よう。そう私は考えた。

そのとき左隣のS家からT夫人と同年代くらいの女性が出て来た。

「奥さん、どうなさったの？」

二人はすぐに喋《しゃべ》りはじめた。

「こちらの方が、この家の下見にいらっしゃったの」

「あら、うちのお隣さんね」

「でもね、まだお決めにはなってないみたいなの」

「何も迷《まよ》う必要なんかないわ」

S夫人は私に顔を向けながら、

「これほどの物件、なかなか他所《よそ》じゃありませんよ」

その横でT夫人が頷《うなず》いている。

「あっちのお隣のK家の奥さんも、それは好い人でね。勿論こちらのTさんもそうですし、私も同じなのよ」

そう言ったあと二人は楽しそうに笑い合った。

私は顔が強張《こわば》るのが分かった。しかし無理に微笑《ほほえ》んだ。一緒に笑わないと不味《まず》い気がした。彼女たちの仲間ではないと悟《さと》られる。それが怖かった。

地元の人たちには存在しないはずの〈家〉が見えている。

その〈家〉が見えないのは私だけなのかもしれない。

第三信

T夫人とS夫人は買物に出かけた。

私は〈家〉に入る振りをした。手には確かに鍵を持っていた。だが使うべき玄関の扉がない。そもそも〈家〉自体がないのだから。

二人がいなくなって助かった。存在しない〈家〉に入る演技《えんぎ》など無理である。

私は不動産屋に車で取って返すと、青年社長に再び面談した。そしてT夫人とS夫人の二人に会った話をした。

「あぁ、左隣のSさんですか。本当に好い方ですよ。右隣のKさんも。お二人とも、あの家に住みたいって、よく私の顔を見ると仰《おっしゃ》るんです。Tさんのことは、私もあまり存じ上げませんが、Sさんと親しいのなら、まず間違いありません」

この受け答えで更にはっきりした。やはり彼にとっても〈家〉の存在は自明らしい。

「あの家を借ります」

そう口に出してから自分でも驚いた。

存在しない〈家〉を賃貸してどうするのか。そこに住むことはできない。毎日わざわざ見に来るのか。肝心《かんじん》の〈家〉を目にできるまで。近所には一体どう思われるだろう。いつまで経《た》っても入居しない。毎日ただ車で訪れるだけで。

問題だらけなのは分かっている。だが目的の〈家〉を見つけたのだ。まさか「在る」とは思いもしなかった。無論《むろん》そう望んでいたのだが、本当に「存在」したとは驚きである。この「事実」は大きい。私には確かに見えない。こんな事態は予想外だ。とはいえ無視はできない。なかったことにして立ち去るなど論外だろう。

私は正式に賃貸契約を結んだ。

不動産屋を出て車を走らせながら考える。そのうちデパートが目に入った。

次の瞬間、ある案が浮かぶ。とんでもない考えだが、やってみる価値はあるか。それ以外の方法が浮かばない以上、実行してみるか。

「ちちんぷいぷい」

デパートの駐車場に車を入れて、社員に案内を乞う。私が向かったのはスポーツ用品の売り場である。すると案の定テントが目についた。夏のキャンプに向けた展示を期待したのだが、見事に読みが当たった。品数は少ないものの幸い一人用もある。あとは寝袋やランプやバーナーや鍋《なべ》など必要な物を一通り揃《そろ》える。

女の私が一人分のキャンプ用品を求めたせいか、店員は明らかに戸惑っていた。だが何も言わなかった。ここがT夫人やS夫人が買物に行く商店街のスポーツ用品店なら、色々と不味かったかもしれない。要らぬ噂《うわさ》の広まる心配もあっただろう。そういう観点から言ってもデパートなら安心である。

私の案とはあの土地にテントを張ること。勿論そこに住むために。

ぶっ飛んだ発想だろう。だが私は試《ため》したかった。あの空地に〈家〉を見ている人たちが、どんな反応を示すのか。〈家〉が建っているらしい土地にテントを張る。そのときテントは果たして存在するのか。彼女たちには見えるのか。だとしたら〈家〉は消えるのか。それとも二重写しのようになるのか。色々な可能性を想像するだけで興味が尽きない。

デパートの地下で缶詰などの保存食を買う。これで数日は保つ。あとは車を走らせて銭湯《せんとう》を捜す。まだ春っぽいとはいえ入浴できないのは辛い。

残る問題はトイレである。あの土地の近くに欲しい。戻る途中で付近を走る。すると公園があった。〈家〉から歩いて五、六分くらいか。特に近くはないが贅沢《ぜいたく》は言っていられない。見つけられただけ増しである。

あの土地に戻って左隣のS家寄りに車を停めた。それからテントを張る。ほぼ空地の真ん中を選んだ。初体験なので大変だった。ただ興味深い観察もできた。

何人か〈家〉の前を通ったのに、誰も私に見向きもしない。

その中にT夫人とS夫人はいなかった。しかし全員が女性で近所の主婦に思えた。

つまり独《ひと》りで空地にテントを張っている不審な年配の女を、それらの人々は完全に無視したわけである。

私が見えていないから。そうとしか思えない。正確には〈家〉の「中」に入っているためか。だから私もテントも目に入らない。という解釈で正しいのか。

そんな場所で寝泊まりして本当に大丈夫だろうか。

第四信

テントを張り終わる。キャンプ用品と保存食を運び込む。さすがに疲れた。

だがソファに座って休めない。座敷の畳《たたみ》の上に寝転がることも望めない。満足に立てない狭い空間内で、座って膝を伸《の》ばすのが精々である。

湯を沸《わ》かしてインスタント珈琲《コーヒー》を飲む。少しだけ気が紛れる。自分の判断は間違っていない。そんな風に思おうとする。

そのとき向かって右隣のK家から女性が出てきた。K夫人だろうか。T夫人とS夫人よりは若く見える。彼女は〈家〉に視線を向けている。ここに来るつもりだろうか。だとしたらどんな訪問の仕方をするのか。私は俄然《がぜん》そこに興味を覚えた。

彼女がこの土地の前で立ち止まる。それから何か身振りをした。その意味を理解した瞬間、私は予想していたにも拘《かか》わらず驚いた。

門扉を開ける振りをしたのだ。

つまり彼女には門が存在している。恐《おそ》らくT夫人とS夫人も同じだろう。不動産屋の青年社長も。この近所の人たちも。

果たして何処まで？

この「共同幻想」とも言える現象は起きているのか。何丁目という近隣の中だけか。それとも何々町という区分までか。あるいはIの住宅地一帯まで広がるのか。

その場合、不動産屋の青年社長は例外になるか。

彼は住宅地の外に属している。ただし〈家〉の管理者である。だから見えるのだろうか。そうなると今度は、なぜ住人たちに見えているのか。その理由が知りたくなる。

彼女がインターホンを押した。

無論そう私に映っただけである。テントから出る。だが向こうは知らん顔をしている。彼女の目の前まで行く。まだ認めていない。

私は玄関の扉を開ける振りをした。

「こんにちは」

途端《とたん》に彼女が笑顔を浮かべて挨拶《あいさつ》をした。

「お隣のＫです。先程Ｓさんにスーパーでお会いしたとき、『お隣さんができそうよ』って教えてもらって。それで今、こちらに車が停まってるのに気づいたら、もうお顔が見たくなってしまって、こうしてご迷惑にも押しかけて来たんですけど、ごめんなさいね」

かなりの話し好きらしい。今後の調査に役立つかもしれない。

「いいえ。わざわざありがとうございます。こちらから引っ越しのご挨拶をしなければなりませんのに」

「あっ、だったらお住まいになるんですね。良かった。Ｓさんから、とっても知的な方よって聞いてたので、もう楽しみにしてたんです。そんな方が、うちのお隣さんになるなんて。ご近所の皆さん、何方《どなた》も気さくなんですけど、読書をする人がいなくって。ちょっと淋しかったんです。だから嬉《うれ》しいです」

本の話題など少しもしていないのに。私が知的に見えたから？　自尊心は擽《くすぐ》られるが妙な気分である。一抹《いちまつ》の居心地の悪さを覚える。

「お車は、どうしてあっちに停められたんです」

何を言われているのか分からず焦《あせ》った。

「あっ、うちの庭木の心配をなさったんですか。車の排気ガスって、植物を枯らすって言いますものね」

K夫人がお喋りで助かった。自ら言葉の意味を説明してくれた。

「でも、駐車場があるんですから、どうぞお使い下さい」

どうやらK家側に〈家〉の駐車場があるらしい。その「事実」を知れたのは収穫《しゅうかく》だった。ただ他にも私が知ることの叶《かな》わぬ「情報」があるに違いない。今後の生活の厄介事《やっかいごと》の一つになりそうである。

幸い駐車の件は助かった。だがK夫人との会話は危険かもしれない。もっと〈家〉のことを「理解」する必要がある。

「また改めて、引っ越しのご挨拶に伺います」

やんわりとお引き取り下さいの意思表示をする。

「そんな必要ありません。Sさんも気になさらないので大丈夫です」

だが、そこからが長かった。K夫人が帰るまで「ご近所の噂話」を聞く羽目《はめ》になった。しかも〈家〉に関する情報はなかったため、ただただ疲れた。

K夫人を見送ったあと車で銭湯に行く。お陰で肉体的にも精神的にも楽になる。ついでに夕食も摂《と》る。最初はテント内で自炊《じすい》するつもりだった。だから保存食を買い込んだわけだが、ちょっと無理だと分かった。インスタント珈琲を飲むのが精々かもしれない。

帰宅する頃には日が暮《く》れていた。車をK家寄りに停める。とはいえ駐車場の正確な位置は不明である。これで合っているのかどうか。

テントに入ってガスランプを点す。テレビもラジオもないので読書をする。これなら本はもっと必要になる。鞄《かばん》には仕事関係の本しか入れていない。正確には「引退する前の」と但《ただ》し書きがつく。もっと軽い読み物が要《い》りそうだ。本屋を捜して推理小説を買おう。

家でも大抵は読書をする。だから〈家〉でも同じである。それなのに時間を持て余す。この差は何なのか。場所によって時間の流れが異なるからではないか。無論《むろん》それは主観に過ぎない。とはいえヒトの認識は自我によって成り立つ。

こんな夜が続くのか。

早くも私は途方に暮れかけていた。酒でも飲めればと少し思う。普段は下戸《げこ》であることを誇《ほこ》っているのに。酒など読書の邪魔《じゃま》になるだけである。

今は夜の心配をしているが、よく考えると日中も同様のことが言えると気づく。

こんなはずではなかった。

当初の目的は「そこに無いはずの家は本当に存在しないのか」を確かめることだった。それには「まさかとは思うが、もしかすると」という一抹の願望も含まれていた。だから問題の土地を見つけたあとは、時間帯を変えつつ何度も訪れる予定を組んだ。その結果「やっぱり実在していない」と分かれば満足だった。少なくとも「私には体験できない」と判断できれば十二分に気は済んだはずだ。

ところが、この計画が一気に崩《くず》れ去る。「そこに無いはずの家」が不動産屋と近所の人たちには「在る」と知ったからだ。全く予想外の出来事である。

予想外と言えば今の状況がそうか。

空地でのテント暮らし。

ここまでは良いとしても今後どうするか。計画では「何も建っていない土地を外から観察する」つもりだった。それが「土地の真ん中にテントを張って住む」に変わった。この状態で果たして〈家〉を確認できるのか。

どのようにして?

早計だったかもしれない。外側から客観的に認めるべきところを内側から主観的に眺めようとしている。それが間違いではなかろうか。

この特異な状況の一番の問題は、〈家〉が見えている人たち自身ではないだろうか。この土地や〈家〉に拘《こだわ》るのではなく、あの人たちを調べるべきではないか。

どのようにして?

もっとも同じ難関が立ち塞がる。人数を絞《しぼ》って一人ずつから話を聞くにしても膨大《ぼうだい》な時間が必要になる。その間ずっとテント暮らしを続けることはできない。まず無理だろう。

ではどうし

ここまで第四信を書いたときである。私は異様な感覚に囚われた。最初は気のせいかと思ったが、どうやら違うらしい。

テントの前に誰かいる。

第五信

前の続きを書く。

別に物音が聞こえたわけではない。ただ気配を察した。そうとしか言えない。周囲が静かだからこそ分かったのかもしれない。

S夫人かK夫人が訪ねてきたのか。

そう考えかけたが、すぐに有り得ないと気づく。二人にとってテントの前は、もう〈家〉の中だからだ。勝手に「入ってくる」わけがない。

だとしたらテントの前にいるのは誰か。

どうしてテントの前に立っているのか。

覗いて確かめたいが身体《からだ》が少しも動かない。実際は覗きたくないからか。ヒトの身体反応は正直である。自分では認め難いが、きっと恐怖を覚えたのだろう。

ガスランプが点《つ》いているので「在宅」はバレている。ただし私が気づいたことを相手は知りようがない。ランプを消して寝袋に潜り込む。そうしてやり過ごす。相手の正体も目的も不明である以上は、それが最も無難な対応かもしれない。

まず寝袋を広げる。その側《そば》にガスランプを置く。寝袋にすっぽり入る。片手でランプの摘《つま》みを回して火を消す。たちまちテント内は真っ暗になる。すぐに〈家〉の正面側に目を向ける。するとテント地に人影《ひとかげ》らしきものが朧《おぼろ》に映った。街灯の明かりが空地まで届いているらしい。

もっとも本当に人影なのかどうかは分からない。このテントで迎える初夜なのだから。何か別のものの影がそう見えるだけとも考えられる。

この頃になると自分の思い過ごしだという気がしてきた。その証拠《しょうこ》に人影らしきものは少しも動かない。今なら顔を出して確かめられるだろう。

そのとき影が急に身動ぎした。

そして反時計回りに歩き出した。

ゆっくりとテントを回りはじめた。

くぅ、くぅ、くぅ……と地面を穿《うが》つような音が聞こえる。人影の靴《くつ》が土に減《め》り込んでいる。

その足音だろうか。かなり忌《い》まわしく感じられる。

そんな薄気味《うすきみ》の悪い足音がテントの周りを回っている。

何者が？

何のために？

一周し終わる辺りで不意に足音が消える。いくら耳を澄ましても聞こえない。

もう外を覗いても大丈夫だろうか。しかしその勇気はない。寝袋の中がぬくぬくとしているだけに余計である。

いつしか私は寝入っていた。色々と慣れぬことをして疲れたのだろう。

翌朝は早い時間に目覚めた。すぐさまテントから出て外を見る。予想していたのに二の腕に鳥肌が立った。

テントの周りを一周している足跡《あしあと》が残っている。

しかも足跡は一周して閉じていた。その円の外にも内にも一歩たりとも踏み出していない。綺麗《きれい》に円を描いていた。

　では人影は何処から来て何処へ去ったのか。

第六信

もっと小まめに手紙を書くことにする。

私に何が起きるか本当に分からない。益々そう実感している。

第一信にも同じことを記した。だが、まだまだ甘かった気がする。そういう予防措置を取る自分に酔《よ》っていたのかもしれない。

この手紙が役立つときがくる。

それは取りも直さず私に異変が起きたことを意味する。勿論そんな状況を望んでいるわけではない。とはいえ何ら危険な目に遭《あ》わずに〈家〉を目にするのは恐らく無理ではないか。そう都合良くはいかないだろう。

二日目の午前中は図書館で調べものをする。この地方の郷土史《きょうどし》を紐解《ひもと》いてみた。特にＩという土地の過去を浚《さら》ってみる。だが元は何処にでもありそうな野山だったらしい。そこを住宅地として切り拓いた。高度経済成長が齎《もたら》した開発の一つである。

あの空地に何故〈家〉が出現するのか。

その推理の端緒《たんしょ》は残念ながら摑《つか》めなかった。Ｉの土地自体に歴史的な謂《いわ》れがない以上、あそこの空地にだけ因縁があるとも思えない。

それとも宅地開発されたあとの問題か。

駅前の食堂で昼食を済ませてからケーキを買う。それを手土産に左隣のＳ家を訪ねた。狙《ねら》った通り家にはＳ夫人しかおらず、私はいそいそと迎え入れられた。

紅茶を飲みケーキを食べながら雑談をする。最初は私のことを訊かれたので無難に答える。働き詰めだったので引退したあとは、のんびりと独りで暮らせる家を見つけたかった。そんな誤魔化《ごまか》し方をした。

もっと突《つ》っ込まれるかと思ったが、Ｓ夫人は素直《すなお》に受け入れた。

「うちも同じです。この家は中古で買ったんですよ。そりゃ新築に越したことはありませんが、一番は周囲の環境《かんきょう》でしょう。新しい所って、実は色々と不便だったりしますからね。その点この辺りは複数の電車も乗り入れていて、とても交通の便が良いでしょう。駅の周りもお店が沢山あって、ちょっと足を延ばすとデパートもありますし、本当に便利なんです」

私の引っ越しは正解だったと盛んに力説した。

「お隣さんにも恵《めぐ》まれて、本当に良かったです」

実際にＳ夫人もＫ夫人も悪い人ではない。ただ毎日こんな茶飲み話がしたいかと言えばご免《めん》である。しかし今は願ってもない相手だった。

一通り地域と近所の噂話が済んだあとで、私は本題に入った。

「あの家には前に、どんな方がお住みだったんですか」

「ええ、とても良い人たちで……」

と言いかけたところで、ぷつんとＳ夫人の言葉が途切れた。

私は辛抱《しんぼう》強く待った。だが、いつまで経っても彼女は続きを話さない。口を少し開いたまま黙《だま》っている。

そして突然、話題を戻した。その直前まで喋っていた近所の噂話を再び一からはじめた。

私は急に怖くなった。

S夫人の言動に興味を引かれるよりも先に恐怖を覚えた。目の前には紅茶のカップとケーキ皿がある。居間には良い意味で生活感が溢《あふ》れている。彼女の見た目も普通の主婦に映る。そういった日常にいきなり非日常が、ばあっと顔を覗かせたような恐ろしさに囚われた。

すぐに帰りたかった。けれど情けなさ過ぎる。もう一度〈家〉の話題に戻そうとした。すると彼女が妙なことを口にした。

「お宅を見たとき、本当にうちとそっくりだなって……」

どういうことかと訊いた。だがS夫人は再び元に戻っていた。あとは無理だった。どう頑張っても〈家〉とは関係のない話になる。

まだ喋り足りなそうなS夫人に挨拶して、私はS家を辞した。

そのまま〈家〉に帰っても気が滅入りそうである。車に乗るとテントを買ったデパートを目指す。別に用事は何もない。ただ人混みに我が身を置きたい。それだけだった。

夕食もデパートで済ませる。しかし味などほとんど分からない。

これからどうするべきか。

自分が動揺するなど予想もしていなかった。仮に「存在しない家」を目の当たりにしても私なら対処できると思っていた。

ところが、この有様である。夜のテントに謎《なぞ》の訪問者があった。隣家の夫人との会話が異様だった。たったそれだけで不安になるとは。

テントに戻って読書をする。だが集中できない。そのうち昨夜と同じ時間になった。また訪問者があるだろうか。ガスランプの火を小さくする。本当は消したい。すると街灯の明かりが仄《ほの》かにテントに射すようになる。あの人影が現れても分かり易《やす》い。とはいえ真っ暗な中で待つのはご免である。

もっとも杞憂《きゆう》だったようだ。そこまで勇気が湧かない。いつまで経っても何も起こらない。

テントから出て辺りを見回す。誰もいない。念のため一周するが異状は何処にもない。S家とK家は窓に明かりが見える。一家団欒《いっかだんらん》の最中だろうか。それに比べて私は何をしているのか。いいやS家に変事が起きていないとは断言できない。S夫人の言動は明らかに妙だった。この〈家〉が隣に「在る」ことで何らかの影響を受けているのではないか。

明日の午後はK夫人を探ってみよう。

先の予定ができたためか少し落ち着く。もう寝ようとテントに戻りかけて、そこで私は固まってしまった。

道の向こうに誰かが立っている。

四十代半ばくらいの女性である。

その人が凝《じ》っとこちらを見ていた。

ここに建っているはずの〈家〉を凝視しているわけではなく、彼女は真っ直ぐ私に視線を向けていた。

第七信

昨夜は大きな失態をした。

相手の視線から逃《のが》れるようにテントへ入ってしまった。反射的に取った行動である。その原因は恐れだろうか。私らしくもない。

あのまま道まで出て彼女に話しかけるべきだった。どう思われようと構わない。頭が変な人だと警戒されても問題ない。

「あなたには〈家〉が見えますか」

「それともテントが目に入っていますか」

そう尋ねて答えを聞きたかった。

彼女なら前者の質問に「いいえ」と、後者には「はい」と返したのではないか。あの眼差《まなざ》しが各々の答えを物語っている気がしてならない。

昨夜はテントに逃げたあと、すぐに自分の間違いを悟った。慌《あわ》てて外へ出たが、もう彼女の姿はなかった。

彼女も近隣の住人だろうか。

ここは住宅地である。ただの通りすがりではないはずだ。となると〈家〉の存在を認められない者もいるわけか。〈家〉が見える人と見えない人。この二種類の人間がいるとして齟齬《そご》は起きないのか。

田舎《いなか》のように近所付き合いが濃くなければ大丈夫か。この近辺の住人さえ〈家〉を認識できていれば問題ないのかもしれない。

　完全に外部の人はどうか。郵便や新聞の配達員、米屋などの御用聞《ごようき》き、各種セールスマンといった人たちだ。

　恐らく彼らにとって〈家〉は存在しない。

　例外は不動産屋の青年社長だろう。彼は商売上〈家〉に関わっている。だから見えるのか。それなら新聞購読をした場合どうなるのか。配達員は〈家〉と接点を持つことになる。すると彼にも「在る」ものとして映るのか。

　非常に興味深い。だが突き詰めていっても答えが出るとは限らない。むしろ更に混沌としてしまう気がする。

　昨夜は寝袋に入ったあと、特に異変は起こらなかった。ただし妙な感じは覚えた。まるで誰かが訪ねてきたような……そんな気配である。その人物がテントの前に立ったり周りを回ったりしたわけではない。そうではなく〈家〉に上がってきた感覚と言えば近いか。となると「訪問」ではなく「帰宅」だったのか。

　誰が？

　この〈家〉の真の住人だろうか。

　テントの中には「居ない」のに〈家〉には「居る」気持ち悪さがあった。あれでよく眠れたものだと自分でも思う。

　三日目も昨日と同じように過ごす。午前中は図書館で調べもの。午後からケーキを手土産にK家を訪ねる。

Ｋ夫人はＳ夫人以上の歓待振りを見せた。読書友達に餓《う》えていたのは本当らしい。しばらく本の話題が続いた。

頃合いを見つつ〈家〉の先住者について訊く。

「ええ、何人もお住まいになりました。どの方とも、うちは親しく……」

と突然、口籠《くちごも》って黙り込んだのは、全くＳ夫人と同じだった。

覚悟はしていたものの思わずぞっとする。身構えていただけに衝撃《しょうげき》は大きかった。矛盾《むじゅん》しているかもしれないが事実である。

私が固唾《かたず》を呑んで静かに待っていると、何事もなかったように彼女が喋り出した。それも予想通りに〈家〉の先住者について触れる直前にしていた話題を。完全にＳ夫人と同じ反応を見せたことになる。

「うちの家って、お宅と似てますか」

だから唐突に尋ねた。普通なら失礼だろう。しかし今のＫ夫人には問題ないと判断した。

案の定、彼女は少しも気にした風を見せなかった。むしろ心地好い話題を振ってもらったと言わんばかりの笑みを浮かべている。

「ええ、ほんとにそっくりかも……」

その答えもＫ夫人と同じだった。

第八信

その夜、テントで寝ているとき。

ぼそぼそと話し声が聞こえたような気がした。無論テント内ではなく〈家〉の中で。独り言なのか会話なのかは分からない。

ずっと喋っていたように思える。そうしながら歩き回っている感じ。それが近づいたり遠退《とおの》いたりする。

この〈家〉の中に張ったテントの存在を知って捜しているかのように……。

ひょいとテントの中に、それが入ってきそうで怖かった。

こんな形でまさか〈家〉を体感する羽目になるとは。当初は「見える」か「見えない」かのどちらかだと考えていた。見事に覆《くつがえ》されてしまった。

はっと我に返るとテントの外にいた。

それに見つかる前に逃げようとしたのか。

もしくは自ら〈家〉に入ろうとしたのか。

このままテント生活を続ければ、いずれは〈家〉の真の住人になれるのかもしれない。

第九信

四日目の朝、敷地内に白いものが落ちていた。テントよりも道路寄りである。

近づいてみると封筒だった。

拾い上げて目を見張る。この〈家〉の住所と私の名前が記されていたからだ。ちゃんと切手も貼《は》られて郵便局《ゆうびんきょく》の消印もある。

慌てて裏返すが差出人《さしだしにん》の名前はない。土で汚れているものの何も書かれていない。そんな封筒の裏を見ていると寒気《さむけ》がした。

　封筒の宛名は手書きだったが私の字と似ている気がする。

　しかし私は自分宛てに手紙など出していない。いいや出しているのだが、それは本当の家に宛てている。この〈家〉ではない。

　見たいけど見たくない。複雑な気持ちで封を開ける。薄い便箋《びんせん》が一枚だけ入っている。それを取り出して開く。

　行きはよいよい帰りは怖い。

　その一文だけが震える筆致《ひっち》で書かれていた。

　　メモ
　地震によりＩの住宅地では五分の一もの家屋が全壊《ぜんかい》したと、たった今ニュースで知る。その際に火災が発生しているが、ほぼ〈家〉の付近と思われる。これ以上の正確な情報はまだない。
　次に地震関係の新聞記事を貼っておく。

幕間（二）

「対照的な記録だったな」

まず僕が電話口で感想を述べると、

「新社会人の彼は『家』に受け入れられたのに、私信の彼女は違ったからですね」

三間坂《みまさか》秋蔵《しゅうぞう》も同じように感じたのか、そう返してきた。

前回の頭三会《とうさんかい》のあと、次に会う日時を決めておいたのだが、彼が予定外の仕事を振られて忙《いそが》しくなった。普段は結構好き勝手にやっている手前——その幾分《いくぶん》かに僕は絡《から》んでいるわけだが——こういうときは点数稼《かせ》ぎをする必要があるらしい。

僕は引き続き『碆霊《はえだま》の如《ごと》き祀《まつ》るもの』を執筆中ながら、どんな結末を迎えるのか自分でもまだ分からず、その頃は精神的にあまり余裕がなかった。また版元《はんもと》別にある年末恒例《こうれい》のミステリの各種ベスト10に投票するため、読み残している作品に目を通す時間も必要だった。

そこで飲み屋での頭三会は止めて、取り急ぎ電話でやり取りをすることにした。

「前のとき『新社会人の報告』の彼は、Ｊ君と呼ぶと決めたから、この『自分宛《あ》ての私信』の彼女は、Ｉの住宅地からＩさんとするか」

「分かりました。それにしてもＩさんは、なぜ『存在しない家』に関わろうとしたのか」

「ニュースソースも不明だな」

「Ｊ君から彼の体験を何処《どこ》かで聞いて……だったら話は早いのですが、肝心《かんじん》の場所が違いますよね。どちらも似た住宅地であるものの、地名も隣家の住人のイニシャルも異なってます」

「同じような描写がないか、実は捜《さが》したんだけど――」

「あっ、一緒です」

三間坂が嬉《うれ》しそうな声を出した。

「特に見当たらなかった。郊外の街で、駅から少し離れた所で宅地開発が行なわれ、という特徴は確かに似ている。でも高度経済成長期以降は、日本のあちらこちらが同じような状況だったはずだから――」

「手掛かりにはなりませんね」

「最も気になるのは、それぞれの『家』の謂《いわ》れだよ。場所は違っているにも拘《かかわ》らず、どうして『存在しない家』が現れるのか。その理由に近しい何かが、もしかするとあるのかもしれない。そうとでも考えないと、こんな家が複数もある『事実』を、ちょっと受け入れられない」

「先生の『迷家《まよいが》の如き動くもの』に出てくる、あの迷家のようなものでは？」

「いやいや、あれは創作だから――」

「でもヒントになさった伝承は、昔からありますよね」

「そうだけど、あくまでも山中の怪異《かいい》になる。いかにＪヶ丘が元は山だったとはいえ、住宅地になっているのに、依然として出るとは思えない」

「しかも、そんな場所が二箇所もあります」

「蔵《くら》で発見された記録は、もう一つあるよね。それを加えると、三箇所か」

「いえ、三つ目の『精神科医の記録』は、この二つと毛色がかなり違っているようです」

ここで彼の口調が少し変わった。

「J君とIさんの体験に比べると、まったく別物と見るべきでしょうか」

「もう読んだのか」

「あっ、まだです。三つの記録を発見した際に、ざっと目を通したと言いましたけど、そのとき最後だけ異質だなと感じました」

「そう聞いて余計に楽しみになったよ」

僕の本心だったが、同時にある種の不安も芽生えていた。

「とはいえ、今更なんだが……」

「何ですか」

「さっきも触れたように、『存在しない家』の事例が、そうそうあるとも思えない」

「小説の作例もあまりないと、前の頭三会のお話で分かりました」

「それなのに三つの記録の内容が、見事に異なっているのは、なぜだろう……って、ふと気になったんだ」

「希少なはずの事例なのだから、もっと似ていて当然ではないか……ということですね」

「うん。君のお祖父《じい》さんのことだから、できるだけ変わった、他とは違っている、そういう記録を集めようとしたのだと思う。ただ何度も言うけど、『存在しない家』の『存在』そのものが珍《めずら》しいわけだろ」

「にも拘らず三つも蒐集《しゅうしゅう》できた。しかも内容に似通ったところがない」

　と続けたあと彼は、

「ですけどＪ君とＩさんの体験は、まだ似ていると言えませんか」

「それは先程も指摘した、二人を取り巻く環境《かんきょう》が、よく似て見えるからではないかな。しかし肝心の体験は、まったく異なってる」

「場所が違うから？」

「それが理由の一つだろうけど、もう一つは体験者の差《さ》かもしれない」

「Ｊ君がＪヶ丘の西岡《にしおか》家に住んで、その隣の空地と関わったのは、たまたまに過ぎません。一方のＩさんは、Ｉの住宅地に『存在しない家』が『在る』と知っていて、わざわざ問題の『家』を賃貸《ちんたい》したうえで、そこにテントを張りました。二人の立ち位置が、明らかに違いますね」

「しかも皮肉《ひにく》なことに、Ｊ君には『家』が見えて、最後には中まで入れた」

「大学ノートを読んでいて感じたんですが、あれは『家』が少しずつ彼を誘《さそ》ってましたよね」

「彼が不快《ふかい》を覚えたもの、例えば歩き難《にく》い泥《どろ》や廊下《ろうか》の冷たさなどが、次のときは敷石《しきいし》に変化していたり、またスリッパが用意されたりして、改善されているところか」

「あの気色の悪さが、やっぱり先生の『夢の家』と似てるんです」

　前にも指摘されているのに、そう言われると無数の虫に背筋を這《は》われているような、厭《いや》な嫌悪感を覚えた。偶然に過ぎないと思うのに、妙に気になってしまう。

「それに比べてＩさんは――」

　三間坂の再度の指し示しを、僕はやんわりと回避《かいひ》して、

「自ら『存在しない家』を求めて、Ｉの住宅地に行っている。そこで彼女を待っていたのは、

本人以外には『存在している家』の『存在』だった」

「あれは本当に、まったく意味が分かりません」

　彼も大いに引っ掛かっていたのか、短篇《たんぺん》「夢の家」の話はそっちのけで、こちらに食いついてきた。

「先生は、どう思われました？」

「長年に亘《わた》って『家』は、その土地に『存り』続けた。でも見えるのは、J君のように限られた人だけだった。仮に彼がIさんに代わって、Iの住宅地へ行っていれば、そこでも『家』を目にしていたかもしれない。でもJ君のような人物は、ずっとIの住宅地には現れなかった」

　受話器の向こうで三間坂が、凝《じ》っと熱心に聞き耳を立てている。

「フレドリック・ブラウンの短篇『叫べ、沈黙《ちんもく》よ』って知ってるかな」

「いいえ」

「この作品の冒頭《ぼうとう》に、『聞く人の誰《だれ》もいない森の奥で木が倒れたら、それは無音であろうか。聞く耳がない所に音はあるのだろうか（中村保男訳）』という文章がある」

「つまり人間が森の奥にいて、はじめて倒木の音が存在するのではないか。そういう認識論ですか」

「うん。これは昔からある議論なんだけど、同じ問題に『存在しない家』が、もしも気づいたとしたら……どうだろう」

「えっ？」

「このまま誰にも気づかれないと、いつまでも『存在しない家』のままである。だからといって『家』が望む特定の人間に、自らの姿を認めさせるほどの力はない。でも『家』は己《おのれ》の『存在』を示したかった。だから願い続けた。その念がいつしか、あの土地の周囲に影響を与えはじめた」

「よって近隣の住人たちには、その『家』が見えはじめた……」

「目に映っていたという以上に、『家』が『存在』している記憶が、付近の人たちに植えつけられたのかもしれない。ただし、その記憶に具体性はなかった。そこまで『家』の『歴史』を作ることは、『家』自身にもできなかった」

「それでIさんが前の住人について尋《たず》ねたとき、S夫人もK夫人も答えられなかった……」

「という解釈《かいしゃく》はできるかな」

「うーむ」

彼は満足そうな声を出したあと、

「さすがです、先生」

「いやいや、何の説明もしてないから。単なる空想に過ぎないから」

「とはいえ一応、なぜ近所の人たちには『家』が見えて、Iさんには認識できなかったのか、という謎《なぞ》の答えになっています。先生がよく仰《おっしゃ》るように、怪異そのものの謎は解けていませんが、その不可解《ふかかい》な現象の中での筋の通った解釈が、ちゃんとできているではありませんか」

「ところが、そうでもない」

「何か不都合でも？」

「だったら不動産屋の青年社長にも、どうして『家』は見えたのか」

「それは彼の商売が――」

「人間社会の不動産という概念を、その『家』自身が気にするだろうか」

「…………」

三間坂も困《こま》ったらしく黙《だま》っている。

「もっとも先程の解釈を進めるためには、データが足りな過ぎる。Ｉの住宅地に於《お》いて『家』が見える人たちと、逆に見えない人たちのリストが、少なくとも必要になる」

「問題の土地の周辺の住人には見えるけど、ある程度そこから離れた人たちは認識できない。それが明確になるようなリストですね」

「その場合も、不動産屋の青年社長の件は残る。いや、彼だけではない。Ｉさんに手紙が届いたことから、そこには郵便《ゆうびん》配達員も含まれるんじゃないか」

「となると少しでも『家』に関わった者なら、もう例外なく――」

「そう考えると、逆に郵便配達員は除外されてしまう。なぜなら『家』が『存在』しているという認識が先にないと、彼らは配達しないだろうからね。それほど重大な認識を、ただ『家』の前の道をバイクで走る郵便配達員に、事前に与えるほどの力が果たしてあったのかどうか。それが可能であれば、Ｉの住宅地の多くの者に、自身を認めさせられたはずだ。するとテント生活をしているＩさんに気づいたらしい、四十代半ばくらいの女性が現れることも、恐らくなかったんじゃないかな」

「あの手紙は、いったい何でしょう？」

「警告文《けいこくぶん》のように読めるけど……」

「それが分かるのは、当のIさん自身です」

「お祖母《ばあ》さんは、もう亡くなってるしな」

「まさか『家』が出した……とか」

「近隣の住人には『存在』を認められたいが、他所者の冷やかしは嫌だったのか」

「それにしては『家』も、Iさんに少しずつ手出しをしていませんか」

「J君や赤城《あかぎ》保子《やすこ》さんに対するような、好意だったかどうか。それは不明だよ。そもそも二人に対しても、どんな気持ちを持っていたのか、そこは謎だけどね」

「いずれにせよ正確なデータがないと、これ以上の解釈は無理ですか」

「残念ながら……」

そう応《こた》えた僕の声音は、特に沈《しず》んでいなかったと思う。この「存在しない家」の謎を解きたいという気持ちは、もちろんあった。だが、それ以上に関わらない方が良いという思いも、やはり感じていたからだ。

「最後の地震については、どう思われました？」

「新聞記事を貼《は》ると、メモにあったけど――」

「最初から見当たりませんでした。祖父が蒐集した時点で、すでに剝《は》がれ落ちていた可能性があります」

「年代を絞《しぼ》ったうえで、地震が起きた地域を洗い出して、Iのイニシャルに該当《がいとう》する地域を捜せば、Iさんが赴《おもむ》いた土地を突《つ》き止められるかもしれない」

「やってみます」

「三つ目の記録を読んだあとで、それは考えることにしないか」

「あっ、そうですね」

　本当は彼を止めたかったのだが、はっきり言うと逆に張り切りそうなので、ここは無難《ぶなん》に回避する言い方をしておく。

「それで地震についてですが……」

「ただの偶然だとは思うけど、S夫人もK夫人も妙なことを口にしていて、実はあれが気に掛かってたんだ」

「例の『家』と彼女たちの自宅とが、なぜかそっくりだ……という台詞《せりふ》ですか」

「うん。あの部分を読んで、どう思った？」

「そっくりである必要はないと言いますか……。正直まったく意味が分かりませんでした」

「僕も最初は同じだった」

「けれど、そのうち何か思いつかれた？」

「あれって言うなれば、自宅のドッペルゲンガーを見たことにならないか」

　僕の指摘に、三間坂は驚いたようである。

　ドッペルゲンガーを日本語に訳せば、「分身」や「生霊《いきりょう》」になる。自分と瓜二《うりふた》つの人間を、あるとき本人が目にしてしまう。すると数日後に、その人は死ぬという伝承が、日本にも海外にも昔からある。そのためミステリやホラー系の小説でも映画でも、何度もテーマにされていて、もちろん彼も知っていた。

「家屋のドッペルゲンガーですか」

　意外そうに言うので、僕は笑いながら、

「だって我々《われわれ》は、家屋の幽霊《ゆうれい》の話をしてるじゃないか」

「あっ、そうですよね。家のドッペルゲンガーがあっても、別に可怪《おか》しくはありませんか」

「自分のドッペルゲンガーを見た者は、いくらもしないうちに死ぬ……と言われている。だったら家の場合も、同じかもしれない」

「だから地震で潰れた……」

「Ｉの住宅地では五分の一の家屋が全壊《ぜんかい》して、そのとき火災が発生した。どちらもＩさんのメモでは、あの『家』の付近らしいと分かる」

「つまり全壊した家屋の住人たちには、『家』が見えていた……」

「そうなるな。Ｉの住宅地の規模が不明なので、確かなことは言えないけど、五分の一という範囲は、一つの町内分だったとも考えられる。要は『家』の力が及んだ地域ということだ」

「筋は通りますね」

「不動産屋の青年社長と郵便配達員の件は、依然として残るけどな」

「今回の記録は、やっぱり訳の分からないことだらけ……ということでしょうか」

　ある程度の解釈をしながらも、結局は謎のままに終わると思ったのか、さすがに三間坂も意気消沈したようである。

「前回の頭三会でも最初に言った通り、これらのテキストに何等かの解釈を下すのは、どう考えようとも無理だよ」

「……ですよね」

彼の声が沈む。

「ただ……」

「えっ、何ですか」

そこで突然、期待感に満ちた声音に変わったので、僕は大いに警戒しつつ、

「もう一度はっきりさせとくけど、いかなる解釈もできない」

「はい、それは理解しました。でも先生は今、『ただ』と仰った」

「ただ、ある一つの妄想《もうそう》が、こうして君と喋《しゃべ》っている間に、ふと脳裏《のうり》に浮かんだ……」

「どんな妄想です？」

「その妄想を、ひょっとすると裏づける何かが、残りの三つ目の記録にあるかもしれない」

「まったく関係のない、三つの記録なのに……ですか」

「だから妄想なんだよ」

「論理的な推理ではない……と？」

「僕の場合は推理というよりも、あくまでも一つの解釈に過ぎないからな。それでも前回と前々回は、曲がりなりにも謎解きに挑んだ。けれど今回は、そこまで望むのは酷《こく》だと思って欲しい」

「分かりました。でも次回はお電話ではなく、お会いしたいですね」

こうして我々は、次の頭三会の日時を仮決めした。

以下に三つ目の記録を載《の》せるが、横書きを縦書きにしたため、西暦や数値は算用数字のままにしてある。また現在では使用されていない病名や民族の名称なども、記録当時のまま残すこ

とにした。どうか了《りょう》とされたい。

ここでも老婆心《ろうばしん》ながら、何かが「一つずつ減っている」または「増えている」と思しき現象には、なおも注意が必要である——とだけ付言しておく。

この家に囚われる　精神科医の記録

著作『心宅療法《しんたくりょうほう》』に関する覚え書き

目次　File No.01「箱庭《はこにわ》療法」の技法について
File No.02「箱庭療法」の理論について
File No.03「心宅療法」について
File No.04　患者《かんじゃ》Ｒのデータ
File No.05　患者Ｒの問診
File No.06　患者Ｒの「心宅療法」経過
File No.07　患者Ｒの「心宅療法」分析
File No.08　メモ

File No.01

最初に「箱庭療法（sandplay therapy）」の説明を簡単にしておく。

ＳＦ作家であるＨ・Ｇ・ウェルズの小説『Floor Games』（1911/Frank Palmer, London）が発端《ほったん》となる。本書は子供と床の上で玩具《がんぐ》遊びをした著者の体験に基《もと》づいて書かれた。これを読んだイギリスの小児科医マーガレット・ローエンフェルトが、まず「ワンダーボックス」を１９２５年に考案して、次いで「世界技法（The World Technique）」を１９２９年に発表する。

その後、ローエンフェルトが重視しなかった治療者と患者の関係を「母と子の一体性」と表現したフランスのマビルが「村技法」を開発し、またユング分析《ぶんせき》心理学の考えを応用したスイスのドラ・カルフが「砂遊び療法（Sandplay Therapy, Sandspiel Therapie）」を確立させる。

当初「箱庭療法」は子供を対象にした精神的な療法として用いられた。何種類もの玩具を使用する非言語的な取り組みが、子供に対して有効と考えられたからだ。だが次第に成人した精神病患者にも試《こころ》みられるようになる。

日本では心理学者の河合《かわい》隼雄《はやお》が１９６５年に紹介した。カルフと会って本療法を体験した彼は、日本の「箱庭」に似ていると気づく。ローエンフェルトの発想は『Floor Games』にあったが、「日本の庭園の様子を例にとって」と説明しているため、河合の直感は正しかったと言える。「sandplay therapy」を「箱庭療法」と訳したのは河合である。

用意する物は以下の通り。

舞台となる砂箱は内法57×72×7センチが基準となる。箱の外側は黒く内側は青く塗る。青色は「水」をイメージしている。

砂は色々な考え方がある。ローエンフェルトは茶色の粗《あら》い砂と細かい砂及び白い砂を用いた。カルフは茶色と白色を使用した。河合は灰色のみである。ローエンフェルトによると白色は山上の雪を表現する際に使われるという。また彼女は砂を適度《てきど》に湿《しめ》らせた。その方が山などを作り易《やす》いからである。しかしカルフと河合は水を使うことを認めていない。なお湿った砂と乾《かわ》いた砂の両方を用意して患者に選ばせる方法もある。

玩具に対して特に指定はない。ただ玩具棚には可能な限り多くの種類を並べたい。比率に拘《こだわ》る必要は全くなく、むしろ大中小とあるのが好ましい。材質も金属、布、プラスチック、粘土《ねんど》と種類が欲しい。同じ物でも色違いがあると良い。

具体的な例を挙《あ》げると、人間、動物、樹木、草花、乗物、機械、建築物、橋、柵《さく》、石、怪獣《かいじゅう》など。人間は老若男女《ろうにゃくなんにょ》を揃《そろ》え、そこに警官《けいかん》、医師、料理人といった特定の職業や、インディアンやエスキモーなどの特定の民族、更にバイクや自転車に乗っている人、楽器を弾いている者など、できるだけ多彩に用意する。また人間ではないが、仏像やキリスト像や天使など宗教的な偶像《ぐうぞう》も対象となる。悪魔《あくま》や妖怪《ようかい》も有りだろう。

動物は哺《ほ》乳類《にゅうるい》、爬《は》虫《ちゅう》類、鳥類、魚類、貝類、昆虫《こんちゅう》など。同じ哺乳類でも野獣と家畜《かちく》の両方が欲しい。蛇《へび》や蛙《かえる》などの爬虫類は特に重要となる。また「親子関係」を表現できるように、ここでも大小を用意したい。

乗物は飛行機、船、電車、自動車、バイク、自転車といった身近なものだけでなく、戦闘機《せんとうき》や戦艦《せんかん》や戦車まで含まれる。自動車は乗用車の他に、クレーン車などの特殊車両も加え、特に救急車や消防車やパトカーといった「象徴《しょうちょう》的に用いられる車」を忘れないようにする。

建築物は和風と洋風の一般住宅、神社、仏閣《ぶっかく》、教会、城、駅舎、ビルディング、学校、店舗《てんぽ》など。また「給油」を意味するガソリンスタンドは、乗物の項目とも密接に関わってくるため大切である。

柵は塀《へい》や垣根《かきね》なども含む。竹や楊枝《ようじ》などの手作りも有りだが、とにかく多くの種類が必要になる。しばしば「防衛《ぼうえい》」に用いられるため、使用頻度《ひんど》が高い。

石は何の変哲《へんてつ》もない普通の石ころ、タイル、ビーズ、ビー玉など。石の代用になるものでも問題ない。これも使用頻度が高い。

怪獣は特撮映画やテレビ番組「ウルトラマン」に登場する架空《かくう》の巨大生物及び恐竜《きょうりゅう》など。子供の患者用にウルトラマン自身も用意しておくと良い。

以上の玩具を全て一度に揃える必要はない。時間をかけて集める。玩具の数が少ない場合は、その限られた中で患者が如何《いか》なる表現を行なうのかを診《み》る。

患者に対する教示は単純であること。

「砂の入った箱の中で、玩具棚から選んだ物を使って、何でも好きな表現をして下さい」

これ以上のことは諄《くど》く言わない。もっとも患者の多くは、砂箱と玩具棚を目にしただけで、すぐさま察する傾向《けいこう》がある。ローエンフェルトが「日本の庭園の様子を例にとって」と説明したことからも、特に日本人には向いている技法かもしれない。また子供ほど理解が早いのも確かである。治療者《ちりょうしゃ》が何も言わないうちから、ほとんどの子供は自然に取り掛かる。

仮に患者から「砂に触っても良いか」「動物ばかり使っても大丈夫か」という質問があれば、「何でも好きにして下さい」と答える。治療者は余計な口出しを一切せずに、とにかく見守りつつ観察をする。

記録は必ず取ること。

箱庭を作りながら喋《しゃべ》る患者もいる。どんな話をしたか残す。棚から玩具を取った順番も重要になるので記しておく。もっとも記録に腐心《ふしん》するあまり、治療全体の流れを壊さないように注意しなければならない。理想的なのは治療後に、記憶によって記録することである。

箱庭が完成したら写真を撮る。ここで注意すべきは死角を作らないこと。背後の玩具まではっきり写すこと。ただし真上からの撮影《さつえい》のみでは全体を摑《つか》み辛《づら》い場合がある。斜《なな》め上から撮るのが望ましい。

ローエンフェルトは描画を勧めている。写真よりも絵に頼るべきだという。

カルフは全体的布置を重視する。また他の患者の箱庭との比較《ひかく》も行なう。そのため真上から一定の距離で撮影をする。あとは作品に応じて様々な角度から撮る。

写真及びスライド撮影、描画によるスケッチや略図、記述による説明など、記録は多岐《たき》にわたるのが望ましい。

治療者から質問はしない。どうしても不明なものに対して「これは何ですか」と尋《たず》ねるくらいは良い。患者が自ら説明するのは問題ない。もっとも説明を鵜呑《うの》みにしてはいけない。これは治療者の患者に対する「態度」に関わるため次に述べる。

患者が箱庭を作っている間、治療者は必ず側《そば》にいること。

そのときは許容的な態度が望まれる。作品の出来上がりを患者と一緒に楽しむ。そういう気持ちで接する必要がある。

患者によっては「一緒に作ろう」と誘《さそ》う者、箱庭の砂を弄《いじ》るだけで玩具には見向きもせずに話し始める者などもいる。子供の場合は玩具で遊び始める、または砂箱の外に玩具を配置する、といった例も見られるが決して妨《さまた》げない。箱庭作りを患者の求めに応じて、治療者が別の砂箱で同時に行なうことで、よりよい効果を上げた事例もある。如何なるときも患者の自由にさせるべきである。

ただし患者の言葉に素直《すなお》に従うことで、その防衛の手段にみすみす乗せられてしまう場合がある。これには充分に注意しなければならない。

また、あまりにも荒《あ》れた内容の作品については、途中で制作を中止させる必要がある。分裂《ぶんれつ》病と神経症の境界《きょうかい》例などを取り扱うとき、しばしば起こり得る。箱庭作りは時に、患者の言動では表現できない攻撃《こうげき》性や自我《じが》の崩壊《ほうかい》感が出る。これが自我によって再統合される限度を超えてしまうと、著しい症状の悪化を齎《もたら》す危険がある。治療的にも逆効果になり兼ねない。治療者が「耐え切れない」と感じたときには、直《ただ》ちに中止させること。

患者の想定外の言動には、その時点で治療者が相応《ふさわ》しいと判断した対応を行なう。箱庭を作らせることが目的ではないため、それに固執《こしつ》してはいけない。常に治療的立場から判断するように心掛けなければならない。

File No.03

ここでは「箱庭療法」を基に考案した「心宅療法」について簡単に纏《まと》める。

とはいえ技法も理論も「箱庭療法」に負うところが多い。ほとんど同じと言っても良い。一番の違いは玩具棚の内容にある。患者に作ってもらう作品が大きく違っているからだ。

　患者が砂箱の中に自身の世界観を作り上げるのが「箱庭療法」である。

　患者が箱の中に自身の心の家を建てるのが「心宅療法」である。故《ゆえ》に「心宅」という言葉を当て嵌《は》めた。

　そのため玩具棚（この呼称は便宜《べんぎ》的に残す）には、家を建てるのに必要な各種の材料を用意する。和風と洋風を揃えること。ある程度は比率を統一すること。できれば城や砦《とりで》などを作れる材料も欲しい。勿論《もちろん》そこには庭に配する樹木や岩や池、また室内装飾に必要な各種の家具なども含まれる。

　和風の家屋には、敷地の溝に掛かる橋、敷地を囲む土塀や垣根、飛び石や石畳《いしだたみ》の通路、長《なが》屋《や》門などの各種の門、玄関、外壁、窓、縁側、間取り毎《ごと》の畳の間、板間、障子《しょうじ》、襖《ふすま》、床の間、階段、大黒柱、瓦屋根《かわらやね》、仏壇《ぶつだん》、箪笥《たんす》、食卓、囲炉裏《いろり》、竈《かまど》、風呂《ふろ》、厠《かわや》、樹木、岩、池、塔、物置小屋、畑、田圃《たんぼ》などを用意する。

　洋風の家屋には、鉄柵や垣根といった敷地を囲む柵、様々な門、玄関、色々な材料の外壁、各種の扉、窓、廊下、床、階段、暖炉《だんろ》、テーブル、椅子《いす》、洋箪笥、ベッド、風呂、トイレ、樹木、プール、東屋などを用意する。

　他にも家屋に関連しており、和洋を感じさせるものなら何でも揃えておく。

　人間と動物については「箱庭療法」と同じにする。乗物は乗用車とバイクと自転車くらいで足りそうに思えるが、戦闘関係も揃える。

　あとは地面を表現する土、小石、砂利、砂、芝生、タイルなどが必要になる。そこにビーズやビー玉なども加える。

この「心宅療法」が「箱庭療法」と大きく異なる第二の点は、患者が二つの箱を使用することにある。第一の箱では家屋の外観を作ってもらい、第二の箱では家屋の間取り（内観）をレイアウトしてもらう。

外観に関しては完全に組み立てる必要はない。どんな家を建てようとしたのか。そこを「箱庭療法」の理論を応用して診ることが大切である。内観も同様でレイアウトの正確さよりも間取りの位置関係に注目する。

File No.06

もう一つの療法である「心宅療法」に取り掛かり、Ｒの第一の箱の家が完成する。患者によっては第二の箱と並行して作るが、Ｒの場合は違った。ひたすら第一の箱の家作りに取り組んだ。ただし予想外に時間が掛かった。

「箱庭療法」では通常20分から40分ほどで作品は完成する。だらだらと進める患者も無論いる。話してばかりで一向に手が動かない、玩具を取っ替え引っ替えし続けて使用する物が定まらない、無気力で初めからやる気がないなど、個々に一応の理由がある。

ところが、Ｒは違った。一日に少しずつしか進めない。気力の問題ではなく、そう患者自身が決めている節がある。Ｒの勤務先（住宅関係の会社）との関係も考える。だが確かなことは分からない。

以下に日を追って記す。

第一回

まず箱に土を敷き詰める。そこに木の柵で四角い囲みを作る。

実際の住宅建設では資材の搬入《はんにゅう》などを考え、家屋を建てたあとに作られると思われる。そうしないと邪魔で仕方がない。

だが「心宅療法」では、最初に塀などで敷地を仕切る患者が多い。塀や柵は「防衛」を意味するからだ。そのうえで家作りに取り組む。

Rも同様に見えた。ただし柵を選ぶのに時間が掛かる。最終的には納得したようだが、ある程度は妥協したように見受けられる。

治療者「あなたが望む柵はありませんか」
患者R「そういうわけでも……」
治療者「もっと別の柵が必要でしたら、どうぞ遠慮なく仰《おっしゃ》って下さい」
患者R「あぁ、こんな所に好い物がありました」

玩具棚の奥を覗くような格好で、そこに右手を差《さ》し入れて、

患者R「この爪楊枝《つまようじ》で作られた柵なら、ぴったりかもしれません。先生の手作りですか」
治療者「アメリカの郊外住宅をイメージして、ちょっと作ってみました」
患者R「センスがおありですね」
治療者「それを使っていただけて、とても嬉《うれ》しいです」
患者R「この柵に合わせた門も、ちゃんとありますね」

Rは満足そうに見える。これで柵の問題は解決したらしい。

第二回

土に水をかける。全体を万遍《まんべん》なく湿らせたいらしい。

そこで霧《きり》吹《ふ》きの使用を提案すると物凄《ものすご》く喜んだ。受付から植木用の霧吹きを持ってくる。

柵で囲った敷地内だけに霧を吹きつける。それを延々と繰《く》り返《かえ》す。

第三回

しばらく土の状態を見る。

少し考え込んでから霧吹きを使う。ただし前回とは違い、敷地内の前半分だけに使用する。

そのうち前半分の更に中央付近に集中し始める。そこだけ土の色が明らかに濃くなる。

どんな意図があるのか。かなり興味を惹《ひ》かれる。

第四回

前回と同じように霧吹きを使用する。土を湿らせるのは前回の後半に集中した場所と全く一緒である。

そこだけ完全に土の色が変わったところで石畳を配していく。土に埋《う》めるようにして門から延びる通路を作る。

敷地を先に囲む患者の場合、その後の展開は大きく二つに分かれる。一つは、まず家作りに取り掛かってから周囲の庭などに手をつける。もう一つは、先に周囲を完成させてから家作りを行なう。

Rは後者か。

通路の材料選びに迷《まよ》いは見られない。思い通りの物があったというよりも拘りがないように感じられる。目についた玩具をあっさり使っているらしい。

第五回

Rは後者だという前回の見通しは間違っていた。

石畳の通路を作ったあと、そのまま玄関に取り掛かったからだ。このときの材料選びも簡単だった。目についた玄関を手に取って使った。そんな風にしか見えない。

第六回

一気に家を建てる。これまでの進行具合からは考えられない速さである。

前回の玄関に、まず正面の外壁を加える。次いで左側と右側、それから背面に取り掛かる。各々の壁には窓も設置する。左右の側面は平らだが、正面と背面の外壁には凹凸《おうとつ》が見られる。最後に瓦屋根を載《の》せて完成である。

それは郊外の新興住宅地に見られる建売《たてうり》住宅に近い家屋で、特に目立った点は一つもない。瓦屋根を除いて材料に洋物が主に使われたのは、昨今の建売に見られる和洋折衷の家だからと思われる。

家の造形に拘った様子は見られない。それは材料の選別からも感じ取れた。とにかく完成した家屋を作ること。そこにしか重点を置いていない。そんな風に受け取れた。

第七回

第一の箱の家に少し手を加える。それ以外は何もしない。

治療者「第二の箱で、この家の内部を作りませんか」

患者R「それは無理だと思います」

治療者「何か理由はありますか」

患者R「しばらく独《ひと》りになりたいのですが……」

治療者「第二の箱は、お一人で作りたいということでしょうか」

Rは黙《だま》ったままだったが、しばらくすると微《かす》かに頷《うなず》く。

治療者「では20分ほどしたら、また戻ってきます」

すぐに治療室を退出する。

約束通り20分後に戻るが、第二の箱は空のままである。

Rは第一の箱の家を見詰めている。新たに手を加えた痕跡は特に見当たらない。

このとき妙な臭いがした。

第八回

第二の箱には見向きもしない。相変わらず第一の箱の家を見詰めるだけである。

治療者「この家の内部を作るのは、やっぱり無理ですか」
患者Ｒ「はい」
治療者「何か訳があるのでしょうか」
患者Ｒ「不可能です」
治療者「分かりました」
患者Ｒ「また独りにしてもらえませんか」
治療者「それでは20分ほどしたら、また戻ってきます」
すぐに治療室を退出する。
約束通り20分後に戻るが、前回と全く同じ状態である。
またしても妙な臭いがした。
治療者「この家は、もう完成でしょうか」
患者Ｒ「はい」
治療者「別の家も作ってみますか」
患者Ｒ「いいえ、この家で問題ありません」

第九回
今回は最初から希望を伝えてくる。
患者Ｒ「独りになりたいのですが」
治療者「分かりました。20分ほどで戻ります」

すぐに治療室を退出する。

約束通り20分後に戻るが、例の臭いも含めて前回と何ら変わりはない。

第十回

治療者が治療室を出るまでは前回と同様である。

ただし20分後に戻ると、Rの姿が見えない。

あの妙な臭いが室内に漂《ただよ》う。

トイレだろうと考え、しばらく待つが一向に現れない。

心配になりトイレを確認するがいない。念のため女子側も検《あらた》めるが同じである。

受付で訊《き》くと「帰っていません」と言われる。

治療者「裏口を使ったのかもしれない」

受付嬢「いつも鍵《かぎ》を掛けております」

急いで確かめてみたが、彼女の言う通りだった。

受付嬢「それに傘《かさ》が、まだあります」

玄関脇の傘立てに、Rの傘が残っているらしい。

治療者「もしRさんを見掛けたら、帰さずに引き止めて、すぐ私に知らせて欲しい」

そう頼んでから治療室に戻ると、Rがいた。

治療者「何処《どこ》に行っていたのですか」

患者R　無言。

大量の汗を掻《か》いている。例の臭いがきつく感じられる。
治療者「具合が良くないですか」
患者R　無言。
息遣いが激しい。かなりの恐怖を覚えているように見受けられる。
治療者「今日は、もう終わりにしましょうか」
患者R　無言。
しばらくして微かに頷く。

第十一回
最初から独りになりたがる。
治療室の扉を見張る。
20分後に戻ると、第一の箱に対峙している。
特に進展はない。

第十二回
前回と同様で特に進展はない。

第十三回
またしてもRの姿が見えなくなり、そして現れる。

その状況は第十回とそっくりだった。Rの身体的及び精神的な状態も似ている。見張っていた治療室の扉からRは出ていない。窓は全て内側から錠が下りていた。窓の施《せ》錠《じょう》の確認は、治療者が20分後に治療室へ戻ってすぐ行なっている。

治療者「この前も、同じようにいなくなりましたね」

患者R　無言。

治療者「院内の何処にも、Rさんはおられなかった。何処に行っていたのですか」

患者R　無言。

治療者「来院されたときは普通なのに、治療室から何処かに行かれて戻ってきたあとは、あまり具合が良くないように見えます。大丈夫ですか」

患者R　無言。

何を訊いても答えない。

第十四回

最初から独りになりたがる。

20分後に戻ると、第一の箱に対峙している。

特に進展はない。

第十五回

またしてもRの姿が見えなくなる。

その状況は第十回と第十三回と同じである。

ただし今回、Ｒは再び現れなかった。

治療室に出入りできる唯一の扉は、治療者が見張っていた。退出してから入室するまで一度も目を離していない。治療室の窓は全て内側から鍵が掛かっていた。そんな密室の中からＲは姿を消した。

念のため受付にも確認したが、Ｒは玄関から外へ出ていない。裏口も内側から施錠されている状態だった。

例の臭いだけを治療室に残して、Ｒは忽然《こつぜん》と消えてしまった。

File No.08

患者Ｒの「心宅療法」分析は見直す必要がある。

本当に「心宅療法」が行なえていたのか、治療者は疑いを持っている。

Ｒの連絡先《れんらくさき》に電話をしたが誰《だれ》も出ない。

患者が途中で来院を止めることは別に珍しくない。無理強いはできないしするべきでもない。とはいえＲの場合は特殊である。他の患者と同様に考えて良いものか。

Ｒの紹介者に事情を知らせるが、「こちらでも連絡の取りようがない」と返事がある。それでも友人と家族には「Ｒの行方不明を伝えて」、何か分かれば治療者まで連絡してくれるという。そっち方面での進展を望みたい。

Rの家族から連絡があった。

会社は無断欠勤をしたままらしく、実家にも帰っていない。


Rの家族と友人が来院する。

警察に捜索願《そうさくねがい》を出すことになる。


Rの友人の一人が再び来院する。恋人だろうか。


やはり最後に記しておく。

第十五回の「心宅療法」に於《お》いて治療者が治療室に戻ったとき、本当に微かな声が聞こえた気がした。

「ここから出してくれ」

とても小さな小さな叫びが、第一の箱の家内から響いたように思えた。

その家に目をやると、小さな窓の中に何か動くものが見えたのだが、近づくと消えていた。

屋根を外して覗いたものの、虫などは入り込んでいなかった。


後日、Rの「家」を解体する。

患者の作品に手を触れることは許されない。だがRだけは例外とした。

一つだけ予想外の発見があった。床の下の土に、何故《なぜ》か穴が開いている。その小さな穴をＲは開けていない。ずっと治療者が見守っていたため、仮にＲが隠れて行なおうとしても絶対に無理だった。

どうして、あの穴は開いたのか。

あれは一体、何なのか。

終章

一

「三つ目の記録を読んで試《こころ》みた推理《すいり》が、君にもあるんじゃないか」

前の電話での打ち合わせ通り、僕と三間坂《みまさか》秋蔵《しゅうぞう》は横浜のビアバーで、今回の『そこに無い家に呼ばれる』に関する頭三会《とうさんかい》を開いた。

ビールの乾杯《かんぱい》が済むと、すぐに僕はそう切り出したのだが、

「はい、あるにはあるんですが……」

彼は明らかに戸惑《とまど》っている。

「自信がないとか」

「というよりも、でき過ぎではないか……と」

「ぜひ聞かせて欲しい」

それでも僕が詰め寄ると、なおも躊躇《ためら》いつつ三間坂は、

「三つ目の記録で『心宅療法《しんたくりょうほう》』を受けている患者《かんじゃ》Ｒは、一つ目の報告者であるＪ君なのではないのか——という推理です」

「根拠《こんきょ》は？」

「あの家にJ君が入るまでと、心宅を患者Rが作るまでの過程が、何処《どこ》か似《に》ているからです。それだけでは弱いと、私も思うのですが――」

「いや、恐《おそ》らく合ってるだろう」

「本当ですか」

　彼は驚きながらも、そこで大事なことに気づいたらしく、

「ちょっと待って下さい。前回の電話での頭三会のとき、先生は『ある一つの妄想《もうそう》』が脳裏《のうり》に浮かんだ――と仰《おっしゃ》いました。まさか、あれって……」

「うん、今の君の推理と同じだよ」

「けど先生、あのとき三つ目の記録は、まだお読みじゃなかったはずです」

「確かに、目を通す前だった」

「それなのに、どうして推理できたんです？」

「だから『ある一つの妄想』だったわけだ」

「お聞かせ下さい」

　今度は逆に詰め寄られたが、やんわりと僕は押し返《かえ》すように、

「ちなみに君の推理は、そこから先に進まなかったのかな」

「どういう意味でしょう？」

「三つ目の記録の治療者《ちりょうしゃ》と、二つ目の手紙の差出人《さしだしにん》のIさんが、もちろん同一人物だという推理だ」

「えっ……」

三間坂は慌《あわ》てて鞄《かばん》からコピーを取り出し、それらに目を落とした。

「我々《われわれ》は『新社会人の報告』↓『自分宛《あ》ての私信』↓『精神科医の記録』の順で読んだけど、時系列に並べ直すと『新社会人の報告』↓『精神科医の記録』↓『自分宛ての私信』になるのではないかと思う」

「その推理を先生は、『記録』に目を通される前に、『報告』と『私信』を読んだ時点で、もうされてたと仰るんですか。いえ、別に疑うわけじゃ――」

「無理もないよ。逆の立場だったら僕も、後付けの推理ではないかと、きっと不信感を覚えただろうからね」

「だから『妄想』だと……」

「切っ掛けは、『私信』を書いた人物が引退する前、いったい何の仕事をしていたのか、と考えたことにあった。あの手紙を読んでいると、何かの研究者のような感じを受けた」

「あっ、私もです」

「K夫人が彼女のことを読書友達と見做したのも、似た印象を受けたせいか、具体的な話をしたためではないだろうか」

「なるほど」

「すると次に、『存在しない家』の『存在』を知り得たのは、その研究に絡《から》んでいたためではなかったのか、という風に推理が進んだ」

「筋は通っています」

「まず思いついたのは建築学だったけど、『存在しない家』を研究者が相手にするとは、ちょっと考えられない。その他の分野も同様だ。かといってオカルトの関係者とするには、第一信の冒頭《ぼうとう》の言葉が、あまりにもそれらしくない。逆に反している」

「えーっと、『彼女は意外にも精神的な問題を抱えていたのか。引退は年齢《ねんれい》のせいだけでは結局なかったのか。人は見かけによらないな』という箇所ですね」

「特に『意外にも精神的な問題』という表現で、人間の精神に関わる研究者ではないかと当たりをつけたとたん、J君の同期の大村《おおむら》君のお祖母《ばあ》さんのことを思い出した」

「でも――」

　彼が納得いかなそうな声で、

「そのお祖母さんって、一種の拝《おが》み屋《や》ですよね。むしろオカルト寄りではありませんか」

「大村君はJ君に手渡した紙片《しへん》に、『その手のものが苦手でも、また別の対処法があるから大丈夫や』と書いている。『その手のもの』がオカルトを指していることは、二人の最初の会話からも明らかだろう。そうなると『別の対処法』とは、オカルトとは正反対の何か、と考えるのが自然ではないかな」

「つまり精神医学ですか」

「大村君のお祖母さんは拝み屋だったけど、相談相手をよく観察したうえで、この人は自分の祈禱《きとう》よりも精神科医に掛かった方が良いと判断したら、相応《ふさわ》しい医者を紹介《しょうかい》していたのかもしれない。その一人が『記録』の治療者であり、『私信』のIさんだったとしたら、どうだろう」

「なるほど」

「Iさんは第一信で、『何故《なぜ》その〈家〉のことを知ったのか。そこは明かせない。だが本紙を第三者が読む事態になっている以上、追々それも分かってくるはずだ』とも書いている。明かせないのは、患者に対する守秘義務があるからではないか。しかし『第三者』即《すなわ》ち彼女の知人である他の精神科医たちの目に触れることで、いずれ患者Rのカルテにまで、その人たちが行き着くと予想できた。そんな風に、僕は解釈《かいしゃく》したわけだ」

「Iさんは『共同幻想』という表現を使ったり、『時間の流れ』と『ヒトの認識』についても、確か言及してましたね」

「同じような記述は、もちろん精神科医でなくても有り得るだろう。ただ『記録』全体から受ける印象として、Iさんの引退前の――」

「待って下さい」

三間坂は急に思い当たったかのような様子で、

「彼女をIさんと命名したのは、本人の赴《おもむ》いた先がIの住宅地だったからです。一方のJ君は、西岡《にしおか》家がJヶ丘にあったからです。つまり二つの『存在しない家』は、やはり別物だということになりませんか。その証拠に『報告』の『存在しない家』の左隣は西岡家で、右隣は麦谷《むぎたに》家ですが、Iさんが賃貸した土地の左隣はS家で、右隣はK家になります。二軒ともイニシャルが合いません」

「それはJ君の体験があったあと、西岡家も麦谷家も引っ越したからと考えれば、別に不思議でも何でもない」

「一軒だけならまだしも、そんな短期間に二軒もなんて――」

「さっき三つの記録の時系列の話をしたけど、もう一つ事実誤認《ごにん》があるのかもしれない。それは『記録』と『私信』の間には、十数年から二十数年の時が流れている可能性だよ」

「あっ……だからＩさんは、すでに引退してるのか」

「西岡家は銀行勤めの主人の人事異動が、結局は上手《うま》くいかずに、仕方なく家を手放したのかもしれない。そして麦谷家が隣の空地に対して、あまり良い感情を持っていないことは、『一度は引っ越しを考えたらしい』とか『麦谷さんの奥さんは空地に忌避《きひ》感を抱いている』といった記述によって、『報告』の中でも触れられていた。だから二軒の住人が変わっていたとしても、少しも不思議ではない。ちなみに麦谷家の右隣は、『報告』では高崎《たかさき》家であり、『私信』ではＴ家とされている」

「イニシャルは合ってますね」

「また『記録』ではＨ駅しかなかったけど、Ｊ君の義兄《ぎけい》によると近い将来そこに地下鉄が通ることになっていた。しかし例によって、彼の話は当てにならなかった。ようやく『この辺りは複数の電車も乗り入れて』いると、『私信』のＳ夫人が言えるようになったのは、『記録』から十数年も二十数年もあとのことだった」

「なるほど」

と納得しかけたあと、彼は慌てながら、

「駄目《だめ》ですよ。Ｊヶ丘とＩの住宅地という地名が、そもそも違っているんですから」

「それについては、きっと『Ｄ坂の殺人事件』と『Ｏ坂の殺人事件』が真相だと思う」

「はっ？」

「大学ノートの字は、かなり悪筆だった。我々がアルファベットの『I』を『J』と読み間違えてしまうほど」

「ええっ……」

彼はノートのコピーを検《あらた》めていたが、

「実物を見せて下さい」

そう言ったので、僕は大学ノートだけでなく手紙の束と加除式《かじょしき》ファイルも、テーブルの上に並べた。

「最初に舞台となる地名を誤認したために、まさか『報告』と『私信』が同じ『存在しない家』を扱っているとは、まったく考えもしなかったわけだ」

三間坂は大学ノートから顔を上げると、

「他にも証拠《しょうこ》はありますか」

アルファベットの誤認という推理を半ば受け入れつつも、残り半分は納得できていないような口調である。

「患者Rの勤務先は『住宅関係の会社』だと、『記録』の中には記されている。それを頭に入れて『報告』を見直すと、ところどころで気になる文章や単語がある」

僕は大学ノートを返してもらうと、それを捲《めく》って該当《がいとう》箇所を捜《さが》しながら、

「例えば、『何よりも人の住んでいない家は、たちまち傷《いた》んでしまいます』とか、空地に家を建てることについて『とはいえ二週間という期間では、まず絶対に無理です。しかも私が引っ

越してきた日、この空地には何もありませんでした。あの翌日から基礎工事を行なって、と考えるだけでも無謀《むぼう》な工期であることは間違いないでしょう』とか、近所に没個性な家屋が並んでいる眺めに対して『そんな批判を私がするのは変だろうと考えながらも』とか。単語だけ拾っても、『新築分譲住宅』『組立工事』『敷地面積』『床面積』『延べ床面積』、階段の『各段板』『蹴込《けこ》み板』『踏み段』、そして『透かし階段』など、二つか三つくらいなら引っ掛からないけど、ここまで揃《そろ》うとどうだろう」

「そうやって抜き出していただくと、確かに……」

「それにJ君の姉の義母《ぎぼ》が、彼の両親に向かって、西岡家に『お宅の息子さんが住めば、どうですやろ。ぴったりやありませんか』と言っている。この『ぴったり』とは、彼の就職先を指していたとも考えられる」

「あっ、なるほど」

「またJ君が火曜から三日も会社を休んだあと、西岡家を出て四日目から高原《たかはら》君の部屋に居《い》候《そうろう》したとき、その週末には嶋中《しまなか》さんが見つけてくれたアパートに、早くも引っ越しをしている。ここまで素早い対応を彼女ができたのは、勤めている会社が住宅関係だったからではないだろうか」

「そこにも手掛かりがありましたか」

「あと『記録』の中で、患者Rは『柵《さく》を選ぶのに時間が掛かる』と記され、最終的に『爪楊枝《つまようじ》で作られた柵』に決めたとある。これは治療者が『アメリカの郊外住宅をイメージして』作った柵だったわけだが、何を意味してるか分かるかな」

「爪楊枝は先が尖っており、アメリカの郊外住宅の柵は白が多いため、Ｊ君が空地で見た柵に近かった――ってことですか」

「さすがだな」

「そこまで示唆《しさ》されれば分かります」

ややプライドを傷つけたようだったが、今はそれどころではないと思ったのか、

「しかし、そんな風に三つが繋《つな》がるなんて、いくら何でもでき過ぎではありませんか」

「いや、むしろ自然じゃないか」

「なぜです？」

「この世に三つも『存在しない家』があって、その個々の記録を君のお祖父さんが偶然にも集めたと考えるより、同じ『存在しない家』の記録を一つに纏《まと》めたと見做《みな》す方が、遥《はる》かに筋が通るからだよ」

この指摘には彼も、素直《すなお》に納得したらしい。

「患者Ｒが第二の箱で、その家の内部を作らなかったのは、あの地下室の再現が無理だったからでしょうか」

「多分そうだろう」

「そして独《ひと》りになりたがったのは、第一の箱に作った家の中に入るため？」

「彼の意思なのか、心宅に呼ばれたのか、それは分からないけど、その小さな家に入ろうとしたのは、まず間違いないと思う。なぜなら雨の日を選んで、かつ治療者が退室したあとで、彼は飲酒をしてるからだ」

「室内に漂《ただよ》っていた臭いって、お酒だったんですか」

「治療者は下戸《げこ》だから、ぴんとこなかったのかもしれない」

「雨の日を選んだという推理は、受付に傘《かさ》が残っていたからですね」

「うん」

そこで二人とも同時に黙《だま》ってしまったのは、患者Rがその後どうなったのか、とっさに想像しそうになったからに違いない。

しばらく互いにビールを飲んでいたが、先に口を開いたのは三間坂だった。

「患者Rが心宅の中に入れたのは、『存在しない家』を第一の箱に再現できたから、と考えるべきなんでしょうか」

「そうなるかな」

「でも分からないのは、彼が家作りのパーツ選びに、ほとんど拘《こだわ》っていない点です。柵だけは吟味《ぎんみ》をしたのに、他の材料には無頓着《むとんちゃく》でした。そんな有様で、果たして正確な再現ができたのでしょうか」

「どんな家が出来上がるのかは、実は関係なかった」

「まさか」

「そもそも『報告』に出てくる『存在しない家』の描写《びょうしゃ》が、かなり曖昧《あいまい》で不明確だったじゃないか」

「あっ、そう言われれば……」

「建売住宅であることに間違いはないが、何処にでもありそうな、特徴のない家だった。だから患者Rも、家作りのパーツ選びに腐心《ふしん》しなかった」

「けど、それでよく『家』に入れましたね」

「彼が心の中で思い描いた文字通りの『心宅』が、恐らく出来上がったからだろうな」

「患者R即ちJ君は、『存在しない家』に憑《つ》かれてた……」

「そして大村君のお祖母さんは、彼を誤診してしまった」

「必要なのは精神科医ではなくて、拝み屋だったのに……」

「その解釈が正しければ、大村君のお祖母さんの力不足を問題にするよりも、『存在しない家』の力の絶大さを、我々は恐れるべきかもしれない」

「だから祖父は、これらの記録を封印した……」

そこで二人は改めて、テーブルの上に載《の》る大学ノートと手紙の束と加除式ファイルに目をやったが、敢《あ》えて突《つ》っ込む会話はせずに、

「治療者が心宅を壊したところ、土の地面に穴があったわけですが、あれは『存在しない家』の地下室に通じていたのでしょうか」

「そこにJ君は、引《ひ》き摺《ず》り込まれてしまった……のかもしれない」

「やっぱり」

「そして気がつくと、Iの住宅地の南××四丁目の例の空地の、あの地下室にいた。でも今回は外へ出ることが、まったくできなかった……のかもしれない」

「そんな……」

「そこは今でも空地のままだけど、何年後かに新しい所有者が現れて、そして家を建てようと

したところ、地面の下から白骨《はっこつ》死体が……という展開になるのかもしれない」

「まさか……」

「あくまでも想像だよ」

彼は少しの間、『記録』に目を落としてから、

「治療者が連絡を取った紹介者とは、大村君のお祖母さんですよね」

「そうだな。だから患者Rの連絡先を訊《き》かれても、まったく答えられなかった。そして来院した友人とは、同期の高原君と嶋中さんだろう」

「恋人らしい人物は？」

「その流れから考えると、嶋中さんになるだろうか」

「後味が悪いです」

三間坂の呟《つぶや》きに、僕は苦笑した。

「これまでの『どこの家にも怖いものはいる』と『わざと忌《い》み家《や》を建てて棲《す》む』も、似たようなものじゃないか」

「そうなんですが――」

彼は無念そうな様子で、

「前の二つの場合、まだ先生が解釈を下せる余地がありました。けど今回は三つの記録とも、まったくお手上げの状態です」

「個々の繋がりが、少なくとも分かっただろ」

「そこは満足してますが、怪異《かいい》の謎《なぞ》がすべて解けないのは、どうにも悔《くや》しいです」

「可笑《おか》しな感情だな」

「だって先生――」

思わず詰め寄る彼に、僕は軽く溜息《ためいき》を吐《つ》きながら、

「一つくらいなら、解釈できないことはない」

二

「本当ですか」

さらに三間坂が詰め寄ってきたので、つい僕は笑ってしまった。

「どの記録です？」

「Ｉさん即ち治療者の『自分宛ての私信』だよ」

この答えが彼には意外だったらしい。

「あれ……ですか」

「予想外だったようだね」

「Ｊ君即ち患者Ｒが残した『新社会人の報告』は、彼の主観で書かれています。きっと治療者のＩさんに促されて、あのノートを記したのでしょう。となると、すべては本人の妄想だった……という解釈も有り得ます。またＩさんが記した『精神科医の記録』の患者Ｒに起きた出来事は、言わば密室状態だった治療室と医院からの人間消失とも受け取れます。つまり先生の得意分野になるわけです」

「いつから僕は、不可能犯罪の専門家になったんだ？」

「刀城《とうじょう》言耶《げんや》シリーズは一部の短篇《たんぺん》を除いて、ほとんどの作品で密室と人間消失の謎を扱っているではありませんか」

「いやいや、小説だから――」

「その応用をした推理が、絶対できると思います。でも『自分宛ての私信』は違います。記録者のＩさん本人ではなくて、その他の複数の人々が『存在しない家』の『存在』を認めているからです。三つの記録で最も難問《なんもん》なのは、どう考えてもこれでしょう」

「そうなんだけど、問題はＩの住宅地で暮《く》らしていない不動産屋の青年社長まで、そこに含まれることだ」

「怪異にも、それなりの筋がある。しかし青年社長の件は、そこから外れる。例の先生のお考えですね」

「もちろん『お考え』が正しい証拠など何もないから――」

「いえ、これまでも同じ解釈で取り組んできたわけですから、まったく問題ありません。ただ近所の人たちだけではなく、そこに青年社長も加わることで、謎の範囲が余計に広がって、さらに大変になると思うのですが……」

「むしろ逆だよ。不動産屋の青年社長の存在があるからこそ、この謎にも解く余地が生まれるわけだ」

「どういう意味です？　どう解かれるおつもりですか」

「全員が嘘《うそ》を吐いていた」

「はぁ？」

　彼が完全に呆《あき》れたような顔をした。

「空地に『存在しない家』など当然『存在しない』のに、恰《あたか》も見えているように皆が演技《えんぎ》をしていた」

「な、何のために？」

「J君の騒動のあとで、問題の空地の噂《うわさ》が不本意にも広まったとしたら……。そして物見遊山《ものみゆさん》で訪れる者が、少しずつ増えていったとしたら……。それをIの住宅地の人々が、苦々しく感じていたとしたら……。いくら住人たちが『存在しない』と否定《ひてい》しても、誰《だれ》も聞く耳を持たなかったとしたら……。皮肉《ひにく》にも否定すればするほど、野次馬《やじうま》が集まったとしたら……どうだろうか」

「裏づけは取れてませんよね」

「僕の想像に過ぎない」

「けど、信憑性《しんぴょうせい》はあります」

「住人たちが業《ごう》を煮《に》やしていたとき、誰かがとんでもない逆転の発想をしたのではないか。『存在しない家』を『存在する』と認めることで、物見遊山で訪れる者を脅《おど》して追い払えるのではないか……と」

「それには不動産屋の協力が必要だった、わけですね」

「ただ空地を見るだけで満足せずに、不動産屋まで行く奴《やつ》もいたんだろう。それの最たる例が、Iさん即ち治療者だったことになる」

「ちょっと待って下さい」

三間坂は手紙の束を見返していたが、そこから第五信を取り出して、

「すべてが住人たちの嘘だったとしても、ここに書かれた『足跡《あしあと》は一周して閉じていた。その円の外にも内にも一歩たりとも踏み出していない。綺麗《きれい》に円を描いていた』というテントの周りに印された足跡の謎が残ります」

「それは住人たちの脅しではなく、ある人物の警告だった」

「誰です？」

「赤城《あかぎ》保子《やすこ》さん」

「……その人って『新社会人の報告』に出てきた、西岡家の右斜め向かいの家の彼女ですよね。Ｊ君に手紙を渡して、彼女も『存在しない家』を体験していたことが分かる――」

僕は頷《うなず》きながら第六信を手に取って、

「そして『自分宛ての私信』にも、『道の向こうに誰かが立っている。四十代半ばくらいの女性である。その人が凝《じ》っとこちらを見ていた』として再登場したわけだ」

「あれが、彼女……」

「赤城さんは『新社会人の報告』では、二十代の後半と記されていた。となると『自分宛ての私信』までの間に、少なくとも十六年から十九年の時が流れたことになる」

「そしてＪ君に対したのと同様、Ｉさんにも警告した。けど足跡の謎は……」

「Ｊ君が赤城家の前で保子さんを見たとき、彼女は掃除《そうじ》用の竹箒《たけぼうき》を持っていた。あれが十数年後に――同じ箒かどうかは知らないけど――円から食《は》み出て帰っていく自身の足跡を消すの

に使われたんだと思う」

「そんなことをしたのは、『存在しない家』の怪異に見せ掛けるため？」

「恐らく。相手はテントまで張ってるからね」

「テントの中で、夜中に聞こえた声も……」

「彼女の仕業《しわざ》かもしれないし、Ｉさんの幻聴だったとも考えられる」

彼は少し口を閉ざしてから、

「郵便《ゆうびん》はどうなります？」

「あれはＩさん自身が無意識レベルで、自分に宛てて送ったんじゃないかな」

「えっ……」

「色々な体験をする中で、ここにいては危険だとＩさんも悟《さと》った。けど今更もう引っ込みがつかない。何より自分自身に対して――」

「どうも屈折してますね」

「無意識レベルが言い過ぎなら、あの場から立ち去るための言い訳を、自分のために作ったとも考えられる。それは取りも直さず、一連の手紙を読むかもしれない知人たちへの、やはり言い訳にもなるわけだ」

「こんな不条理な理由があって、止《や》む無《な》く逃《に》げたのだ……と」

「そっちの方が有り得るかな」

「先生の解釈が正しいとすれば、何とも信用のできない記述者になりますね」

三間坂は手紙に目を落としながら、

「そんな語り手の手紙を、真剣に検討するのもどうかとは思いますが、まだ気になる記述が残っています。K夫人とS夫人が、『存在しない家』の前の住人について口籠《くちごも》るところと、自分たちの家が『存在しない家』に似ていると言うシーンです。これらも脅しだったのでしょうか。それにしては妙な感じがしませんか」

「そこなんだ」

　僕の口調に、彼は不穏な響きを覚えたらしく、

「まさかとは思いますが――」

「うん？」

「たった今された解釈を、ひっくり返す気じゃないでしょうね」

「二人が同じことを口にしたのは、事前に打ち合わせがあったと考えれば済む。ただ脅しにしては中途半端だし、何よりもIさんが尋《たず》ねて、はじめて答えている」

「やっぱり『存在しない家』は『存在』した……」

「この二人のエピソードだけで覆すのは、確かに弱い。けれど無視できるほど、小さな問題かというと違うだろう」

「でも、そうなると不動産屋の青年社長の件が、また浮上してきますよ。Iの住宅地で暮らしていない彼が、どうして『存在しない家』の影響を受けるのか」

「それについては、また一つだけ妄想がある」

「何ですか」

「Iの住宅地ができる前、そこが山だった頃の持主である不動産屋の一家のうち、一人だけ生

き残った三男こそ、青年社長の正体ではなかったか……という妄想だよ」

「あっ……」

「青年社長はIさんに対して、『子供の頃、あの辺りでよく遊びました』と言っている」

「け、けど不動産屋の三男が遊んだのは、山の麓《ふもと》のはずでは……」

「それくらいの差異は、別に大丈夫だろう。それに大人《おとな》たちには『山の麓』と嘘を吐いて、実際は『山の中』で遊んでいたのかもしれない」

「もしそうだとすれば……」

三間坂は何とも言えぬ表情を見せながら、

「J君と患者R、Iさんと治療者、赤城保子さんと四十代半ばくらいの女性、不動産屋の三男と不動産屋の青年社長、高崎家とT家といったように、三つの記録に関わった人たちが複数いたことになります」

「記録には残っていないけど、J君とIさんが接した共通の人物が、もっと存在している可能性はあるだろう」

「三つの記録は、実は同じ『存在しない家』を取り扱っていた……」

「だからこそ君のお祖父さんは、三つを一緒に封印した」

「これから、どうしましょう」

僕は取材ノートを取り出すと、該当《がいとう》の頁《ページ》を開いて見せながら、

「各々の『新社会人の報告』『自分宛ての私信』『精神科医の記録』というタイトルは硬いので、それはサブとして、メインを考えてみたのだが、どうかな」

そこには次のように記しておいた。

あの家に呼ばれる　新社会人の報告
その家に入れない　自分宛ての私信
この家に囚《とら》われる　精神科医の記録

彼は戸惑いつつも、どうやら気に入ったようである。

「とても良いと思います」

「君にそう言ってもらえると、ほっとする」

「ということは先生、今回も小説として発表されるおつもりですね」

「もちろん君の承諾《しょうだく》が――」

「いえ、それは構いません。J君即ち患者Rは行方不明で、Iさん即ち治療者は存命の可能性が極《きわ》めて低いでしょう。その他の人たちは分かりませんが、最も影響を受けるのは二人の記述者ですので」

「ありがとう。これで『どこの家にも怖いものはいる』と『わざと忌み家を建てて棲む』に続ける形で、『そこに無い家に呼ばれる』が書けるよ」

　すると三間坂が、凝っとこちらを窺《うかが》うような眼差《まなざ》しで、

「本当に執筆なさるんですか」

「何か他に問題があるかな」

「前の二冊に比べると、今回は『解決』がありません」

「……」

とっさに言葉に詰まる。

「確かに三つの記録の意外な関連について、先生は謎解きをされました」

「それが解決に、ならないか」

「そういう捉《とら》え方《かた》も、確かにできます。でも前の二冊では、核《かく》となる『家』そのものの解釈があったのに、今回はありません。『どこの家』も『忌み家』も、先生は『家』の正体をちゃんと暴かれています。けど『存在しない家』は、依然として謎のままです」

「なるほど。なのに小説化するのか、ということか」

「はい」

彼は真っ直ぐに、僕を見詰めている。

「そこは見解の相違かな。これまでの経緯《けいい》を纏《まと》めることで、充分に一つのお話に成り得ると、僕自身は感じている。しかし君は違う。だからといって三つの記録の使用を、決して認めないわけではない」

「それはありません」

「ありがとう。でも君は、肝心《かんじん》なことを失念してる」

「何ですか」

「僕が『そこに無い家に呼ばれる』を書き上げたとしても、その原稿を読んだ中央公論新社の担当編集者が、『今回は解決がないので、これでは刊行できない』と、君と同じように判断したら、その時点で終わるってことだよ」

「怪談《かいだん》好きのＹさんですね」

「そう。仮に彼女が『解決をつけて欲しい』と注文を出してきても、僕には無理だからな」

「やはり解決はできない？」

「こればかりはどうしようもない」

「それでも出版の可能性が高いと、私は睨《にら》んでいます」

「どうして？」

「先生は『怪談のテープ起こし』が文庫になったとき――」

いきなり彼が、今回とは何の関係もない拙作《せっさく》のタイトルを口にした。

「加筆をなさいましたよね」

「うん。単行本の刊行後のエピソードを、文庫特典として付け加えた」

「その中で、作家がＳＮＳなどで単行本の告知をした場合、『文庫になってから買います』とコメントする読者がいるけれど、そもそも単行本が売れないと文庫化も有り得ないので、愛読する作家を応援するためにも、偶《たま》には単行本も買って欲しい――という業界の裏話的なことを書かれました」

「覚えてるけど……」

この話が何処へ向かうのか、まったく分からない。故《ゆえ》に妙な不安に駆られたが、ここは黙って聞くしかないだろう。

「あのお話に嘘はありませんが、先生は肝心なことを書き忘れています」

「えっ、そうか」

「昨今の出版不況のご時世では、そもそも単行本を出せる作家は限られること。よって出版社も予《あらかじ》めある程度の売上を見込めない場合、最初から単行本は出さないこと。故に文庫の書下ろしが増えていること。その文庫でさえ売れないと見做されれば、最初から電子書籍になること。つまり纏めますと、文庫化が望めない作家や作品は、端《はな》から単行本を出してもらえない——ということになります」

「世知辛《せちがら》い話だけど、まぁその通りかな。とはいえ単行本の売れ行きが悪ければ、やっぱり文庫化に影響が——」

僕は反論し掛けたところで、ようやく三間坂が何を言いたいのか察することができた。

「ひょっとして拙作なら、仮に出来栄えが悪くても、中央公論新社が無条件で刊行する——なんて思ってるわけじゃないよね」

「そこまで失礼な考えはありませんが、意味は合っています」

「失礼というよりも、僕を買い被《かぶ》り過ぎだ。さっきも言ったように、『今回は解決がないので、これでは刊行できない』という判断も、充分に有り得る」

「そうでしょうか。『そこに無い家に呼ばれる』を脱稿された場合、幽霊屋敷シリーズの三冊目になります。本シリーズはミステリではなくホラーなのですから、必ずしも『解決』は求められません」

僕は少し頭が混乱してきた。

「君が言いたいのは、『解決』のない『そこに無い家に呼ばれる』を刊行するべきではない、ということなのか」

「いいえ。今も申しましたように、幽霊屋敷シリーズの一冊であるのなら、何の問題もないと思っています」

「だったら――」

「これまでの先生は類似《るいじ》の著作に於《お》いて――つまり〈作家三部作〉や『のぞきめ』、『どこの家にも怖いものはいる』や『怪談のテープ起こし』や『わざと忌み家を建てて棲む』などで――核となる謎の解釈を必ず試みられているのに、今回はそれがありません」

「だから――」

「はい、無理だということは理解できます。でも解釈ができないと分かった時点で、先生なら小説化はしないのではないか……と私は疑問を覚えました」

「いやいや、何の解決もない怪異譚《かいいたん》を、それこそ僕は多く書いてるぞ」

「それらは短篇ですよね。『赫眼《あかまなこ》』や『ついてくるもの』や『誰かの家』など、最初から単発でお書きになった短篇を一冊に纏《まと》めた、そういう短篇集です。ただし『怪談のテープ起こし』のように、一誌に集中して執筆されて、その過程で何らかの怪異が起きた例では、ちゃんと先生は解釈を試みられています」

「今回それが無理であるのに、なぜ小説化するのか――ということか」

「はい。先生らしくない、ような気がします」

「その理由は、幽霊屋敷シリーズの一冊であるなら別に問題はないから――としか言い様がないよ。それに繰《く》り返すけど、最終的な判断は出版社が行なうからね」

「私はそこに、まったく別の理由があるからではないか……と感じはじめています」

「どんな？」

「先生ご自身も実は、まだ気づいておられない……。というよりも無意識でなさっているのかもしれない……。そんな理由が……」

「えっ……」

　いったい彼は何を言おうとしているのか。

「この三つの記録に関わる中で、先生のご著作との奇妙《きみょう》な関連性に、我々は気づきました」

「あれらは、ただの偶然としか……」

「本当に、そうでしょうか」

「僕が確信犯的に、やっていると？」

「もしくは無意識に――」

「何のために？」

「前の二作では、先生は読者に注意喚起《かんき》をされました」

「余計なお世話だったかもしれないけど――」

「あれには先生の、より読者に恐怖を与えるため、という計算が働いていたと思います」

「小説として見ると、そうなるか」

「しかし、思わぬ逆効果が出てしまった」

「えっ、何だ？」

「一部の読者が怖がり過ぎて、あろうことか途中で読むのを止めてしまった。または読破したけど、他の三津田作品に手を出さなくなってしまった。だから先生は今回、やたらと『ただの偶然』とか『単なる気のせい』であり、かつ『自分が書いているのは小説に過ぎない』と言い出された」

「売れないと困《こま》るから？」

　実際その通りだが、彼が言わんとしていることは、きっと別にある。

「一人でも多くの読者に、先生の試みに参加させるためです」

「僕の試み？」

「壮大《そうだい》な実験と言うべきでしょうか」

「意味が分からん」

「こんな妄想は、私だけかと思っていました。ところが、例の小学館の〈小説丸〉のインタビューを読み直したところ、ときわ書房本店の宇田川拓也《うだがわたくや》さんが、まさに同じ意見を口にされていることに、改めて気づいたんです」

　いったい何の話だ。

「もちろん彼も、本気で信じてるわけではないでしょう」

　そう言いながら三間坂はスマホを操作《そうさ》して、〈小説丸〉のウェブの該当箇所を表示した。

「ここです」

　そこには次のような発言があった。

宇田川……三津田さんは、複数の小説を通した仕掛けで、読者を得体《えたい》の知れない何かに取り

こんでいこうとされているのでは？　と深読みしています。『わざと忌み家を建てて棲む』も、壮大な実験のひとつなのかもしれません。


「いや、これは……」

と切り出したものの、あとが続かなかったので、

「そんな実験をしているつもりがないことは、自分が一番よく分かっている」

とっさに言い替えたのだが、

「先程も申しましたように、無意識という可能性もあります」

「いくら何でも……」

「もしくは、そう仕向けられているとか」

「誰に？」

「この場合は、何に……でしょうか」

「莫《ば》迦《か》な……」

「そう仰いますが、過去にもマーモウドンや目童《まどう》たかり、のぞきめの例もあります。名もない怪異まで含めると、もっと多くなります」

「…………」

「自分が何かに憑かれていても、たいてい本人には分からないものです」

「…………」

「ただし先生の場合、何かに憑かれて……というよりも、やはり作家の三津田信三が邪悪《じゃあく》な意

図を抱いて、読者を巻き込むレベルの怪異的な壮大なる実験を、著作を通じて密《ひそ》かに行なっているると考える方が、私には相応しいように思えてなりません」

「…………」

「私は先程、Iさん即ち治療者を『何とも信用のできない記述者』と表現しましたが、それは先生にも当て嵌《は》まるのかもしれません」

「…………」

「この解釈を先生は、どう見られますか」

「…………」

結局、何の結論も出せないまま頭三会は終わった。

実はこのとき僕の脳裏には、ヘンリー・ジェイムズの「絨毯《じゅうたん》の下絵」という短篇が、極自然に浮かんでいた。

この小説には作家が登場する。彼は数多くの作品を書いているのだが、すべての物語が一つのテーマの変奏であることを、作家の崇拝者であるにも拘《かかわ》らず見抜けない読者がいる事実を知って驚く。つまり彼の全作品には、恰《あたか》も絨毯の下絵のように一つの絵が一貫して描かれていたのである。しかし作家は、その下絵の正体を明かさずに亡くなってしまう。そのため残された崇拝者である読者は生涯を懸けて、作家の全作品に隠された趣向の秘密を解こうとする。非常にタイトルセンスの優れた短篇と言える。

そんな話が、ふっと脳裏を過ぎった。

でも三間坂には、敢えて言わなかった。いつもなら嬉々として「知ってるかな」と尋ねてから、この短篇を話題にしただろうに。

ちなみに三つの記録は、三間坂萬造《まんぞう》の封印《ふういん》を再現した缶と木箱に納めたうえで、三間坂家の庭に埋《う》めることにした。場所を知っているのは、出入りの植木屋の老人だけである。彼なら口が堅《かた》くて信用できるという。

三間坂秋蔵との付き合いは、その後も普通に続いた。猟奇《りょうき》を愛する同好の士として、相変わらず頭三会も開いている。

もっとも彼はそのたびに笑いながら、僕にこう言った。

「もしも宇田川さんの行方が、ふっと急に分からなくなったら……、真っ先に先生を疑いますからね」

「君が消えたときは、誰がその役目を負うんだ？」

「ご心配、痛み入ります。けれど私の場合は、何処かで秘密の日記が発見されて、先生を告発することになってますから、大丈夫です」

そうこうしているうちに二年余りが過ぎた。僕は『そこに無い家に呼ばれる』の原稿に取り掛かることにした。そして今まさに、ここまで書き終わった。

あとは締めとなる文章を記して、本書のテキストデータを中央公論新社のYさんにメールで送るだけである。

しかし、肝心の締めが浮かばない。

ただ脳裏を過ぎるのは、次のような疑問ばかりである。

なぜ『どこの家にも怖いものはいる』と『わざと忌み家を建てて棲む』と本書を書いたのか。

三間坂家の魔物蔵から発見された各種テキストが魅力的だったから題材にしただけなのか。

それが「幽霊屋敷」シリーズとして纏まったのは飽くまでも偶然に過ぎないのだろうか。

これらの作品に関わる出来事として何かの増減が見られるのはどう解釈すべきなのか。

その増減のうち減る現象にのみ現実の人間が巻き込まれるなど本当に有り得るのか。

僕も三間坂秋蔵も減る対象になることなど絶対にないと果たして言い切れるのか。

ここまで本稿を書きながらも僕ひとりが何の怪異にも見舞われないのはなぜか。

もしも魔物蔵から家屋に纏わる怪異な原稿が新たに出てきたらどうすべきか。

この「幽霊屋敷」シリーズは三冊で完結させることがやはり望ましいのか。

そんなことを言い出すと他の拙作は今後どういう扱いをすれば良いのか。

特に怪奇短篇の多くはこれまで実話を基に創作をしているではないか。

過去の怪異譚蒐集の財産により作家を続けられているのではないか。

それを全否定した場合にこれまで通り拙作を書き続けられるのか。

あるいは三間坂萬造の蒐集資料だけが問題であり要注意なのか。

拙作に漠然とした不安を覚える読者の存在はどう考えるのか。

そういう人たちはどんな感覚や感情に囚われてしまうのか。

具体的な怪現象を体験してしまうことも普通にあるのか。

それらは本当に拙作が読者に齎したものと言えるのか。

作者は意図していないのに怪異が起きるものなのか。

本当の怪現象は第三者に障《さわ》りを齎してしまうのか。
現実と虚構の区別を完全につけることは可能か。
これまで僕は何を考えて創作をしてきたのか。
拙作を使用した実験は本当に存在するのか。
そこには如何《いか》なる理論や仮説があるのか。
どのような悪影響を読者に与えるのか。
どうして僕に少しの自覚もないのか。
この文を読む人に障りはないのか。
なぜ一文字ずつ減っているのか。
このシリーズは本書で最後か。
いったい何が書きたいのか。
いつまで書き続けるのか。
どんな意味があるのか。
止まらないのはなぜ。
指が動くのはなぜ。
どこへ行くのか。
連れ去るのか。
消えるのか。
このまま。

あれに。
厭《いや》だ。
無。
。

追記

本書の初校ゲラが出たので、少しだけ加筆しておく。

僕も三間坂秋蔵も担当編集者のYも、何ら変な目に遭うことなく過ごしている。

ですから読者の皆様も、どうぞ安心して本書を閉じて下さい。

そして今後も、拙作をお楽しみいただければ幸いです。

なお谷川千佳さんに確認してもらったところ、例の三人の顔が融合したイラストには、本当に目が七つあったそうである。ちなみに本書のカバーイラストは、それとは関係なく完全な描き下ろしです。

主な参考及び引用文献

フレドリック・ブラウン『まっ白な嘘』（創元推理文庫／一九六二）
河合隼雄編『箱庭療法入門』（誠信書房／一九六九）
アンブローズ・ビアス『完訳　ビアス怪異譚』（創土社／一九七四）
ホルヘ・ルイス・ボルヘス、アドルフォ・ビオイ＝カサレス『ボルヘス怪奇譚集』（晶文社／一九七六）
E・F・ベンスン『ベンスン怪奇小説集』（国書刊行会／一九七九）
J・A・ブルックス『倫敦幽霊紳士録』（リブロポート／一九九三）
シンシア・アスキス他『淑やかな悪夢　英米女流怪談集』（東京創元社／二〇〇〇）
バーナード・ケイプス『バーナード・ケイプス怪奇小説選　床に舞う渦』（鳥影社／二〇〇一）
ジョエル・ライス‐メニューヒン『箱庭療法　イギリス・ユング派の事例と解釈』（金剛出版／二〇〇三）
イーデス・ウォートン他『ざくろの実　アメリカ女流作家怪奇小説選』（鳥影社／二〇〇八）
平井杏子『ゴーストを訪ねるロンドンの旅』（大修館書店／二〇一四）
マネル・ロウレイロ『最後の乗客』（オークラ出版／二〇一七）
南條竹則編訳『英国怪談珠玉集』（国書刊行会／二〇一八）
マリアーナ・エンリケス『わたしたちが火の中で失くしたもの』（河出書房新社／二〇一八）

解説――いちファンとして

芦花公園

本年度、一月二十四日、十二時二十九分。一通のメールが私のアドレスに届いた。

私のアドレスはツイッター上に公開しているので、（私の振る舞いが良くないせいもあって）たまに誹謗中傷《ひぼうちゅうしょう》や、「読む嫌がらせ」としか表現できない怪文書のようなものまで届く。そういったものは直接本文を視界に入れず、一括でボックスに振り分けて保存している。視界に入れたくないために、普段は送信元をきちんとチェックしてから開けているのだが、そのときは訳が違った。

タイトルに「三津田信三」の文字が見えたからだ。

あらゆる媒体《ばいたい》でうんざりするほど何度も公言しているので端的《たんてき》に言うが、私は作家・三津田信三の大ファンであり、中でも『蛇棺葬《じゃかんそう》』は世界で一番面白い小説だと思っている。今こうやって地の文で「先生」を付けずに書いていることも自分で自分が許せないくらいなので、以降読みにくいかもしれないが三津田先生、と書く。

とにかく、メールは中央公論新社のＹさんという方からのもので、なんと幽霊屋敷シリーズ最終巻である『そこに無い家に呼ばれる』の解説をお願いします、という内容だった。自分の目が信じられなかった。

なぜこんな無名の、インターネットのイナゴみたいな人間に依頼が来るのか。私は趣味で書いていた小説がツイッターでバズり、書籍化し、今まで仕事を戴けているのが奇跡のような立場の人間なので、自己認識は作家ではなく、インターネットのイナゴである。

そもそもデビュー作自体が幽霊屋敷シリーズ、特に『どこの家にも怖いものはいる』に多大な影響を受けているのは誤魔化《ごまか》しようのない事実だ。三津田信三先生にとっては迷惑な話だろうが、幽霊屋敷シリーズは芦花公園という存在の血であり骨である。

長々とした自分語りはここまでにして、シリーズをまとめて振り返っていきたいと思う。

まず言っておきたいのはこの幽霊屋敷シリーズの特異性だ。

このシリーズの設定はこうだ。三津田信三先生と河漢社《かかんしゃ》の編集者である三間坂秋蔵氏は定期的に「頭三会」という会合を開いている。これは単なる編集者と作家の打ち合わせではなく、三間坂氏が数寄《すき》者である彼の祖父から集めた話を三津田先生に読ませ、あるいは聞かせるための怪談会である。二人は怪談について、様々な考察を交わす——映画で言うところのファウンド・フッテージのスタイルだ。

シリーズ三作ともこの形式は変わっておらず、集めた話の幕間に必ず三津田先生と三間坂氏の解説（あるいは感想）パートが挿入される。

このような形式の小説はホラーではそこまで珍しいものではない。大体怖い話を集めるうちにその関連性に気付き始め自分の身にも怪奇現象が起こってしまいました、というものだ。勿論作者の技量によって品質は左右されるが、そういうオチにすること自体はそう難しくない。結末から決めて、短編をたくさん書いて、幕間でドッキングするだけなのだから。しかし、この幽霊屋敷シリーズはそうではない。特異性はその形式ではなく、その題材・幽霊屋敷なのである。

一作目の『どこの家にも怖いものはいる』は（一つ一つが震えるほど怖い話であることを除けば）一般的な幽霊屋敷の怖い話、ではあるかもしれない。しかし、二作目の『わざと忌《い》み家《や》を建てて棲む』は違う。題材になっているのは一般的な幽霊屋敷ではなく、複数の幽霊屋敷を解体して接いで一か所に集めた狂気《きょうき》の代物だ。三作目である本作『そこに無い家に呼ばれる』の題材は一般的な幽霊屋敷というものの定義である怪奇現象が起こった家、ではなく、家そのものが幽霊という突飛《とっぴ》なものだ。シリーズ三作でここまで多様性のある「集めていたら怖いことが起きました」というオチになるパターンを見せられたら脱帽《だつぼう》するしかない。

また、本シリーズの特徴としてある「実は関連性のある話でした」に関してだが、実は関連性は一作品（一幽霊屋敷？）で終わることはなく、シリーズ三作品通しての特徴である。一作目の晨鶏《しんけい》屋敷、二作目の烏合《うごう》邸、三作目の存在しない家、これらの家とその関係者には繋がりがある。それが少しずつ少しずつ明かされていくのだ。なんと贅沢《ぜいたく》な構成だろう。贅沢なだけでなく、この三作品が虚ではなく実なのではないかという信憑性《しんぴょうせい》が増す。積みあがっていく関連性に、オチを作ってからそこに行くまでの道を整えました、という作り物感、不自然さがない。これはメタフィクション形式の作品としてはとても重要なことである。

本作『そこに無い家に呼ばれる』はそんなシリーズの最終巻である。

『どこの家にも怖いものはいる』では五編、『わざと忌み家を建てて棲む』では四編、本作では三編の物語が収録されているのだが、本作の三編は「新社会人の報告」「自分宛ての私信」「精神科医の記録」で成っている。

ざっくりまとめると「新社会人の報告」では就職したばかりの青年が家族の事情で新築の一

軒家に住むことになるが、隣接した空き地に時折存在しないはずの家を見、あろうことか招かれてしまう。「自分宛ての私信」では存在しない家に興味を持った女性がわざわざテントまで建てて存在しない家を観測しようとする。「精神科医の記録」では箱庭療法《りょうほう》に準えた心宅療法なるものを施す精神科医によるある患者の記録だ。

　この三編の中で派手なことが起こるのは「新社会人の報告」だけで、残り二つは比較的落ち着いた筆致で淡々と書き記されている。

　特に「精神科医の記録」に関して私が驚いたのが、そのディテールだ。

　心宅療法というものは箱庭療法を元にした作中精神科医のオリジナル療法なわけだが、箱庭療法についても詳細な説明があるだけに――作中でも心宅療法は箱庭療法に負うところが多いと書いてあるが――心宅療法もなんだかエビデンスレベルが高くて効果があるのではないか、むしろ内装も外装も作るのだから、箱庭療法よりも詳細で正確な成果が得られるのではないか、などと思ってしまう。こう思ってしまった時点で私はこの精神科医の記録を疑《ぎ》似《じ》体験する状態になってしまっており、最終的に患者の作った家を解体した気持ちに強く共感した。

　いずれにせよ前二作と比べれば、三編とも非常に落ち着いたテンションで事実の報告のみがなされており、それだけに地に足がついていると言えるかもしれない。単純な恐怖感とは違う、安心ができない、とても嫌な気持ちになること請《う》け合《あ》いだ。

　さて、この三作目『そこに無い家に呼ばれる』は一作目、二作目とは毛色の違う、家自体が意思を持ち、人を誘い、招き入れる話だ。

人自体の怨念が宿った従来の幽霊屋敷であればもしかしたらなんとかなるかも、という希望がある。前二作の恐怖の対象を例にすると、一作目はヒトの形をしたバケモノとしか言いようのない世智《よち》、二作目は恐怖の来訪者川谷妻華《かわたにつまはる》だが、両方とも全く話題にしなければ諦めてくれそうな感じがある。全く話題にしないということは好奇心が勝って無理そうだが、それはそれとして、だ。

しかし今回は家そのもの、人ではないから、当然彼？　彼女？　それ？　の意図が分からない。何かが何かしてくるがその何かが分からない、これはとてつもなく怖いことだ。

最後に、私はこのシリーズを読んでいるとき、作中に起こっていることとの奇妙なシンクロニシティを感じて読むのをやめたことがあることを報告したいと思う。

まず一作目『どこの家にも怖いものはいる』では特徴的な小石がぱらぱらと降ってくるような音。読んでいる最中に急に強い雨が降ってきて、屋根に雨が当たり、そういう音がした。私は無性に恐ろしくなり、一旦三つ目の「幽霊物件　学生の体験」で読むのをやめた。これは作品の完成度ゆえ、恐らく多くの読者が経験したことだと思う。

二作目『わざと忌み家を建てて棲む』では「白い屋敷　作家志望者の手記」を読みはじめてすぐのことだ。「七艘小舟《しちそうこぶね》」という文字が見えた瞬間私は本を閉じた。

私はそのときたまたま民俗病因論（医学者でない人々が考える病気の原因についての理論。妖術、タブー違反など）についてのレポートを書くために資料を集めていて、テーマにしようと考えていた医療習俗がある地域が八丈島《はちじょうじま》だったのである。八丈島では海で亡くなった先祖等が祀《まつ》りを求めて頼ってきて、体が重くなることがある。そのようなときに七艘小舟を作成し、海に良くないものを流す——というのをちょうど知識として得た直後に物語でも同じことを書かれたら堪らない。他の三編に比べて特別怖かったというわけでもないのに私は白い屋敷だけは再読する気にならない。怖いものが向こうから意思を持って近付いてくる、という二作目全体のテーマがまさに自分にも当てはまってしまった気がして、結局そのレポートは破棄し、司法精神医学を題材にしてレポートを書いた。

こんな経験をしているのに、私は三津田先生の作品の魔力には抗《あらが》えなかった。

私は本当に、本作の序文に記されていたこの一節をうっかり読み飛ばしていたのだ。

〈以下の記録を読んでいる最中に、何かが「一つずつ減っている」または「増えている」とご自身の日常で気づくことがあったら、いったん読書を中止された方が良いかもしれない。いったい「何か」とは何なのか、それは僕にも分からない。〉

私には霊感《れいかん》がなく、霊による直接的な怖い体験をしたこともないのだが、実は数年前から唯一不思議な現象を観察し続けている。それは私が学生時代に使っていた教科書、『臨床法医学テキスト（中外医学社）』が増えたり減ったりする現象である。私は一冊しか所有していないはずなのだが、ある日二冊になっているのを目撃した。そのときは「もしかして間違えて二冊買っていたが今になって気付いたか」と思い、「法医学というものがどんなものか知りたい」と言って来たツイッターのフォロワーにあげてしまった。さてこれで一冊に戻るはずなのだが、なぜか本棚には二冊、臨床法医学テキストがあった。とても不思議な体験だが、血まみれの女が現れたとかそういう怪奇現象に比べると非常に地味なのですぐに忘れてしまった。そしてふと思い出したときに確認すると、今度は三冊に増えている。また忘れ、思い出した時に確認し、というのを繰り返して出た結論としては、最大四冊まで増えるということだ。減ることもある。

現在は二冊だ。

私は頭を抱えてしまった。

これはまさに、ものが減ったり増えたりする怪異だからだ。

前二作品と違って「途中で読むのを一旦やめる」ということができなかった。何故かは分からない。遅かった。もう私は全て読み終えてしまったのだ。

もしかして、私はずっと前からこの壮大な実験の中に組み込まれていたのではないだろうか。『どこの家にも怖いものはいる』を初めて読むずっと前、三津田信三という作家の本を手に取ったあのときから。

おかしい。どうして今自分が作家になって、三津田信三の本の解説を書いているのか分からない。こんなことがあるのか。

組み込まれていたとして、この実験はどうやって終わるのだろうか。何に巻き込まれているのだろうか。

答えが欲しいが、きっとないと思う。

どうでしょうか。私は良き被検体でありますでしょうか。

追記

多分恐らく絶対関係ないと思うが、先程外で小石のばらまかれるような音がして、確認をしに行ったら玄関に節分《せつぶん》の豆が撒《ま》かれていました。

（ろか・こうえん　作家）

『そこに無い家に呼ばれる』二〇二〇年七月　中央公論新社

中公文庫

そこに無《な》い家《いえ》に呼《よ》ばれる

2023年7月25日　初版発行

著　者　三《み》津《つ》田《だ》信三《しんぞう》

発行者　安 部 順 一

発行所　中央公論新社
〒100-8152　東京都千代田区大手町1-7-1
電話　販売 03-5299-1730　編集 03-5299-1890
URL https://www.chuko.co.jp/

ＤＴＰ　ハンズ・ミケ
印　刷　大日本印刷
製　本　大日本印刷

Published by CHUOKORON-SHINSHA, INC.
Printed in Japan　ISBN978-4-12-207396-8 C1193

恐怖の体験
続々!!

〈STORY〉
作家の元に集まった五つの幽霊屋敷話。
人物、時代、内容……
バラバラなはずなのに、ある共通点を見つけた時、
ソレは突然、あなたのところへ現れる――。

これまでとは全く異なる
「幽霊屋敷」怪談に、驚愕せよ。

装画／谷川千佳